黑川博行

1

麻吉停在鳥籠上，頭埋在翅膀裡閉著眼，正在午睡。

二宮大氣不敢吭一聲，躡手躡腳地站起來。萬一麻吉察覺，就會跟上來。後退著來到門邊的時候，麻吉睜眼，「咻」一聲飛了過來，停在二宮頭上，喊著：『小啟，小麻吉，走、走，來、來！』

「麻吉，我要去吃午飯，你乖乖看家。」

『小鳥在哪裡？小鳥在哪裡？』

「你在這裡，在我頭頂。」

『去吃飯，去吃飯！』二宮聽見「噗」的一聲，麻吉好像在他頭頂拉屎了。

「你是鳥，又不能吃拉麵煎餃。」

『說的也是、說的也是！』麻吉從頭頂跳到肩上，啄了啄二宮的嘴唇。牠餓了。

二宮折回鳥籠，拿起飼料碗。麻吉飛到碗邊來，啄起種子。麻吉這種玄鳳鸚鵡愛吃小米、稗籽和麻籽。

麻吉吃了一陣子飼料，在事務所裡盤旋了幾圈，停在鳥籠上，開始整理羽毛。雖然是隻要人照顧的任性小鳥，卻活潑到了極點，不管做什麼都惹人疼。

二宮拿面紙揩掉頭頂的鳥屎，套上外套出門。鎖好門，搭電梯下一樓。打開信箱查看，沒有郵件。

離開大樓時，一道呼聲傳來：「二宮？」回頭一看，那裡站著一個穿白色連帽毛外套配緊身牛仔褲的女人。

「呃，哪位……？」很讚的女人。有種似曾相識之感。

「你是二宮對吧？我是藤井朝美。」

二宮立刻想起來了。藤井朝美是他高三時的同班同學，也是男生心目中的女神。她身材高佻，留著一頭栗色短髮，眼睛細長，鼻樑高挺。

「哦，藤井啊……好久不見。」這反應也太呆了。

「二宮，你來送貨？」

「什麼……？」

「抱歉，我以為你是送貨員。」

「不是啦，我的事務所在五樓，叫二宮企畫，做的是類似建築顧問的工作。」

「咦？建築顧問？聽起來好厲害。」

「一點都不厲害，是猴子也做得來的仲介工作。」

「又講那種話，二宮你真是一點都沒變。」

怎樣沒變？難道這女的一直覺得我就是猴子——？

沒錯，學生時代二宮成績吊車尾，也曾在上課時間傳閱「小本的」被沒收。還曾經因為抽菸和喝酒，分別被停學一次。

「我在這棟大樓開公司。一〇三號室，才剛搬來一個月而已。」

公司叫「可麗普」，批發零售女性服飾與鞋包。

「真的嗎？太巧了。我知道一樓裡面有一間空著，原來被妳租走了。」

「可是實際搬進去一看，空間好小。我們辦公室跟倉庫是一起的。」

「商品的倉庫嗎？」

「對。房間裡放上鐵架，堆上紙箱，連理貨的空間都沒了。房租很便宜，而且就在美國村外圍，地點是很不錯啦……」

「這樣啊。一樓每個房間都很小嘛。」

一樓共有七間辦公室，而二宮企畫所在的五樓只有四間，一樓的空間想必狹窄了許多。

「二宮，你們事務所有幾坪？」

「快六十平米，大概十八坪吧。」

「好大喔。早知道就租上面一點的樓層了。」

「可是樓上都租光了吧？這棟大樓很少有空房。」

「果然，房仲也這樣跟我說。」藤井朝美輕笑了一下。「二宮，你要去哪？」

「去吃午飯。」

「我剛吃完回來。『露可琪』的義大利麵商業午餐。」

「哦，那家滿好吃的。」

「那，拜拜囉。」

藤井說完，揮揮手走進福壽大樓。

可惡，搞砸了——二宮暗自嘖了一聲。我怎麼這麼不靈光？吃完午餐當然應該來杯咖啡，怎麼不邀她呢——？

二宮打手機給悠紀。悠紀立刻接聽。

『小啟，怎麼了？』

「妳午飯吃了嗎？」

『還沒。』

悠紀說她今天帶便當。當然不是自己做的，是她母親英子準備的。

「我想去『露可琪』吃義大利麵。」

『這是在邀我作陪嗎？』

「是的，女士。」

『好，我陪你。』

「便當帶來吧，當我的晚餐。」

二宮收起手機，安步當車地往前踱去。

吃過一千兩百八十圓的義大利麵商業午餐後，兩人進入附近的塔利咖啡。悠紀點了咖啡歐蕾，二宮點了美式咖啡，坐在吸菸區點起菸來。

「──我一時沒認出來，疑惑我在哪裡認識過這樣一個模特兒似的美女？我又沒上新地的俱樂部，而且那女人以酒廊小姐來說，年紀又太大了點……沒想到居然會是同學。我從來沒參加過同學會嘛。居然能像那樣愈來愈美，簡直就像脫胎換骨，嚇死我了……悠紀也是，往後會變得愈來愈漂亮，美到我都不敢靠近，也不願意陪我一起吃飯了對吧？所以我才會打電話給妳。」

「是喔？小啟，你是對人家一見鍾情了吧？」

「對妳是很不好意思啦。」

「我一點都不在意啊。」

「不過冷靜一看，如果悠紀是滿分十分裡面的九分，藤井朝美大概只有八分吧。」

「為什麼我不是十分？」

「妳有時候會跟一些不像話的男人交往不是嗎？這是妳的美中不足之處。」

上個月悠紀才剛跟男友分手。對方儘管是阪大法律系畢業生，司法考試卻落榜了兩次，第三次總算考上，去年才剛成為律師；但他好像有一對在大型廣告代理商當高層的父母，居然囂張地在西天滿開起自己的事務所，成天開著蓮花跑車趴趴走。二宮告誡那種吊兒郎當的土豪男不好，悠紀卻說他很帥，跟他約會了好幾次。後來悠紀說，那男的是個媽寶，有三張母親的信用卡，二宮高喊快哉，「就跟妳說嘛！」這才放下心中一塊大石。

「是我眼光太高嗎？」悠紀喝著咖啡歐蕾說：「如果能遇到真心愛慕的對象，我立刻就會獻出我的一切，卻總是遇不到那樣的人。」

「我剛才也說了，隨隨便便的男人配不上妳。往後妳會變得更美更國色天香，變成十分裡面的滿分。」

「是嗎？要是這樣就好了。」悠紀說著，抬起頭來。「小啟，那個藤井朝美單身嗎？」

「嗯，應該。看她打扮得很年輕，而且自己開公司。」

「搞不好是用老公的錢在開。」

「說的也是，有這個可能。」

「你拍一下那個人的照片給我看。」

「我的智障手機有辦法拍嗎？」

半年前在羽曳野的梅酒工廠拆除工地拍的照片，全都失焦了。八成是鏡頭壞了。

「你應該換智慧型手機啦。還有，小啟你應該多注意一下外表。」悠紀把手伸向二宮的夾克，捏起麻吉的鳥屎。「看，就算你不在乎，別人也都看在眼裡。看看你的鬍渣，頭髮也該理了。」

「妳幾個月上一次美容沙龍？」

「什麼幾個月，二十天就去一次。」

「會刮臉上的汗毛嗎？還有手毛。」

「這還用說嗎？女生全身上下都跟臉一樣重要。比基尼線也要處理。」

二宮身體一顫。是V線？還是I線？雖然想問，但問了會被扁。

「下星期我要參加試鏡。蘋果劇場的《瑪麗紅襪》。」

悠紀說這是百老匯初次到日本上演的音樂劇，如果試鏡上了，將有四個月無暇分身。

「妳跟『棉花』說了嗎？」

「當然說了，不過如果試鏡上了，就需要替補的教練。好像要我去找的樣子。」

「那我去幫妳代課怎麼樣？穿紅色緊身褲教舞。」

「小啟好聰明喔，會說人話耶。」

悠紀坐在高腳椅上，立起單膝，將起皺的刷破牛仔褲褲管塞進雪靴裡。悠紀手腳修長，身體柔軟。香草系的香水味撩撥著二宮的鼻腔。

悠紀在日航飯店後面的舞蹈教室當教練。課程多半集中在上午和傍晚，因此有空的時候便到走路不用十分鐘的二宮的事務所，反覆觀看相同的芭蕾或音樂劇影片，有時也會進行自己設計的發音練習。去年秋天她在湊町的「弗姆茲」演出為期三個月的長期音樂劇《克蕾曼汀小姐》。

參加試鏡的舞者多如過江之鯽。舞者不像歌手或女星是以個人品牌取勝，因此只靠跳舞這項技能，難以糊口。不過我喜歡跳舞……悠紀從幼稚園到高中都在學古典芭蕾，高中畢業後，又到漢堡留學，學了兩年芭蕾，在六年前的春天回國。她似乎頗有才華，在德國國內的芭蕾比賽得過幾次獎。悠紀是二宮的阿姨英子的女兒，也就是他的表妹。

「小啟，你有在洗衣服嗎？」

「有啊，一星期一次吧。」

其實是半個月一次。二宮有二十件T恤、十件馬球衫、十五件褲子，髒得差不多了就扔進紙箱，滿了便搬到公寓附近的自助洗衣店。陽台上的洗衣機已經壞了三年。

「欸，悠紀，明年三月我就四十了。」

「這樣。」

「三十而立，四十而不惑，五十而知天命……這說的就是我的人生。」

「是喔？好像很聰明。」悠紀一點佩服的樣子都沒有。

「這是《論語》裡面的話啦，孔子說的。我這個人一點迷惘都沒有。」

沒錯，對於每一天的生活，二宮沒有任何迷惘。他隨波逐流。

早上九點左右起床，想的話就吃個麥片。然後開著義大利車愛快羅密歐156，從大正區千島的公寓前往西心齋橋的事務所，把麻吉從籠子裡放出來，餵牠吃飯。午飯後，躺在沙發椅上等顧客電話；天黑了就把麻吉放回鳥籠，打開寵物用暖氣，離開事務所。接著在美國村一帶吃晚飯，租個五片電影DVD，回去公寓。邊看電影邊喝紙盒裝燒酎，漸漸地睏了，醒來的時候，窗外麻雀正吱喳啼叫。真是簡單而毫無迷惘的生活。

「仔細想想，搞不好我一天睡上十個小時。」

「哪像我，要好努力才能睡上八小時。」

「俗話說，一瞑爛一寸。」二宮揉掉香菸，拿起悠紀給的便當。「我要回事務所了。」

「我也去。我要去看麻吉。」

悠紀也喝光咖啡歐蕾站起來。

星期四，敲門聲吵醒了二宮。

「哪位？」

『我是藤井。』

咦……！二宮連忙從沙發上爬起來。

「等一下，我立刻開門。」

二宮衝到洗手台看鏡子，打溼亂翹的頭髮，用手耙了耙，抓起毛巾抹抹臉，漱口之後才前往門口。麻吉停在窗簾軌上。

解鎖開門，藤井朝美站在門外，手中捧著一小把玫瑰花。

「不好意思，我本來想先打個電話說一聲，但不知道號碼。」

「啊，我忘了給妳名片。請進請進。」

二宮請她入內。玫瑰花香撲鼻而來。藤井一身粉紅色上衣配白長褲，腳上蹬著白色細高跟鞋。

藤井環顧事務所。「可以插在那裡嗎？」她指著櫃子上的花瓶說。

「可以，花瓶只有那一個。」

二宮取下伊萬里燒的花瓶，將乾枯的花丟進垃圾桶。藤井拆掉花束包裝插上花，拿到流理台裝水，理好花朵形狀。

「謝謝。這裡已經不曉得多少年沒有花朵裝飾了。」

「冬天沒什麼花，這都是溫室玫瑰。」

「我喜歡有香味的花，像玫瑰或梅花。」二宮把鼻子湊近花瓶。「這就叫『馥郁的馨香』吧。」

二宮賣弄了一下，卻毫無反應。回頭一看，藤井坐在沙發上。

「這裡果然很大。」

「有六十平米嘛。」

「房租多少？」

「一個月十三萬吧。」

「跟我那裡差不多。」藤井說一樓是十二萬圓。

她是來做什麼的……？二宮納悶。只是禮貌性拜訪嗎？不過還帶花上門，太誇張了。二宮從來沒有受女性青睞的經驗，不知該如何反應。

「我叫個外送飲料吧。一樓的『米涅瓦』。妳要喝什麼？」二宮拿起辦公桌上的電話。

「我要伯爵紅茶。」

「那我要大吉嶺。」

二宮打了電話。「米涅瓦」會外送整壺紅茶上來。

二宮也在沙發坐下並沉思。該聊些什麼好呢……？

藤井朝美望向旁邊的鳥籠：

「你養鳥？」

「玄鳳鸚鵡。在妳頭上。」

藤井抬起頭來。

「真的，有鸚鵡。」

「看到不認識的人，牠就特別安分。會默默觀察。頭頂的羽毛豎起來，就是在提高警覺。」

「咦，我嚇到你了嗎？你叫什麼名字？」藤井問麻吉說。

「麻吉。不過是公的。（註1）」

「真可愛，臉蛋紅通通的。」

「所以也叫『多福鸚鵡』（註2）。」

註1：麻吉音maki，在日文裡面，一般是女性的名字。

註2：玄鳳鸚鵡的日文叫「オカメインコ」（多福鸚鵡），以日本傳統面具「多福」為名。多福面具的形象為圓臉塌鼻，有著渾圓豐滿的臉頰。

「麻吉幾歲？」

「不曉得，應該還滿小的。」

麻吉過來，吃飯囉——！二宮叫喚，麻吉「嗶」了一聲，從窗簾軌道飛到二宮肩上。

「哇！一叫就來。」

「很可愛對吧？牠整天就在這裡玩。」

不只是籠子裡，籠子上和流理台旁邊也放了飼料和水。麻吉星期一到五住在事務所，週末讓二宮帶回千島的公寓。

二宮是在去年四月開始養麻吉的。他正像平常那樣睡午覺，附近忽然傳來鳥叫聲。看見辦公桌信匣上停著一隻鳥時，他差點沒從沙發上摔下來。身體是灰色，頭是黃色，臉頰紅通通，頭頂豎著一根長長的羽毛，就像個半吊子飆車族。體形就像消瘦了幾圈的鴿子。

鳥似乎是從打開的窗戶飛進來的。應該是有人養的，逃出去又誤闖這裡吧。「你是打哪來的啊？」二宮問，鳥便靈巧地飛起，停到他的膝上。真親人。他覺得這也算是某種緣分，決定飼養。後來他查到這種鳥叫玄鳳鸚鵡，之所以叫牠麻吉，是因為鳥喊著『麻吉、麻吉』。這是二宮第一次養鳥，不過親近之後，真的很惹人疼。自從麻吉來了以後，他也幾乎不會丟下事務所跑去打柏青哥了。

「麻吉，小乖乖。」

藤井伸出手指靠過去，結果麻吉豎起冠羽，羽毛全張開了。

「牠在威嚇，叫妳不要再靠近了。」

「這麼小，卻很凶悍呢。」

「是膽小才會這樣。」

麻吉會認人。牠只在二宮和悠紀面前說話和唱歌。

「雖然有點不好意思，」藤井直勾勾地望著二宮說。「我想拜託你一件事。」

「嗯，什麼事？」

二宮叼起一根菸。麻吉跳上鳥籠，啄起飼料。

「可以讓我把一些架子放在你這裡嗎？」

「架子……？為什麼？」

「我上次不是說嗎？我的事務所那邊擺上鐵架，連理貨的空間都沒了。半年就好了，在我找到更大的事務所，還是在附近租到倉庫之前，讓我把進來的貨寄放在這裡可以嗎？」

「簡而言之，妳想把我這裡當成倉庫使用是吧？」

「兩組鐵架就好了，拜託！」

藤井朝美向二宮行禮。二宮尋思起來。有新的侵入者打擾他和麻吉兩個人的生活，令人厭煩，不過他又想親近藤井這樣的大美女。

「只是當成倉庫而已吧？就兩個鐵架？」他確認地問。

「對，我不會在這裡理貨，當然也不會在這裡辦公。」

藤井說，她願意支付一個鐵架一萬圓的租金，因為要放兩個鐵架，所以每個月付二宮兩萬圓。

「不過我不能把這裡的鑰匙給妳，這樣也行嗎？」

「沒問題。我只會在你在事務所的時候搬貨。」

「妳說的貨，是紙箱嗎？」

「是從中國或美國這些國外寄來的包裹，大概五十公斤重的紙箱，滿大的。」

「好。既然這樣，妳把鐵架搬來吧。反正這間事務所很空。」

兩個鐵架，頂多就占去一坪吧。這樣每個月就有兩萬圓的不勞所得，何樂而不為？況且或許可以更進一步親近藤井。

「謝謝你，二宮。你真的幫了我大忙。我本來好擔心萬一你拒絕的話該怎麼辦。」

藤井微笑。齒列很整齊。

「鐵架什麼時候要搬來？」

「明天可以嗎？我要先連絡業者。」

「好。中午時間我大部分都在這裡睡覺。」

外送的紅茶送來了，兩人邊喝邊聊。藤井賣的是以年輕女性為客群的服飾、進口貨、皮包和鞋子，沒有店面，零售只做網購。另外也進口上衣洋裝等等，批發給年輕人的精品店。藤井說，近年來的服飾業界通貨緊縮嚴重，與部分人氣名牌的價格相差懸殊。二宮對這方面毫無興趣，但只要提出問題，藤井都會詳盡回答。

「人氣商品的變化速度之快，完全無法捉摸。比方說，A牌的毛皮鑲邊夾克很流行，所以進了一百件，下星期卻突然整個賣不動了，變成B牌的夾克成了搶手貨……流行的時候，就是衰退的時候，時機真的很難抓得準。」

「就像股票買賣吧。雖然我是不懂啦。」

「以某個意義來說，或許就像賭博吧。」

「唔，做生意就像賭博嘛。」

「二宮，你做這一行不是很穩定嗎？」

「難說喔。建築顧問這一行，肯定是長期處在低迷啦。營收一年比一年少，這裡的房租也是勉勉強強才付得出來。」

其實決定性的影響，是繼《暴力團對策法》之後施行的《暴力團排除條例》，不過這可不能說出口。要是說出來，藤井會以為他跟黑道掛勾。

「不好意思，打擾你工作了。」藤井望向手錶，準備起身。「我明天再來。」

「可以給我一張名片嗎？」

「名片正在印耶。舊的名片還有，可以嗎？」

她說公司名稱和手機號碼都一樣，但住址和室內電話會更改。

兩人交換名片。名片上印著「（有限公司）可麗普　業務主任　藤井朝美」。舊地址在尼崎的道意町。

「道意町在尼崎中央游泳池附近對吧？」

「對，走路只要五分鐘。你真清楚。」

「年輕的時候我常去。去賭賽船。每次都輸到脫褲子，哭著回家。」

那時候二宮高中剛畢業，在立賣堀的機械貿易公司任職。有個很迷賽船的前輩，每個星期都抓他一起去。仔細回想，或許就是這讓他染上了賭癮。柏青哥、賽船、賽馬、競輪，從地下賭場到合法賭場，什麼樣的賭博他都玩過。輸在賭場裡的錢，大概都可以買一間公寓了。

「我還滿欣賞會賭博的人。」

「咦，真的嗎？」這話真教人開心。

「因為賭博的人屢敗屢戰，百折不撓啊。不光是賭博，什麼樣的場面都有辦法應付。」

噢，真是個識大體的女人！她懂事理，明白大人的生存之道。二宮期待往後能更進一步交往，指點她賭博的精深博大。

「今年夏天我剛去過澳門。改天我帶妳去玩。」

二宮說氹仔的「威尼斯人渡假酒店」全是套房，共有三千個房間，六千台吃角子老虎、八百張賭桌，藤井卻完全不感興趣，說「那我先走了」，離開事務所了。

「麻吉，我泡妞的技術太爛了嗎？」

『啾啾啾、啾啾啾啾、對呀！』麻吉叫道。

「噯，算了，反正今後每天都可以見到她。」

二宮將壺裡的紅茶倒入杯中。麻吉停到杯上喝了一口，也許是覺得茶澀，眨著眼睛甩了甩頭。

二宮又望向藤井的名片。上面的「業務主任」應該意味著她就是老闆，不過有員工嗎？有限公司的資本又是哪裡來的？他忘了打聽員工的事，萬一是個男的就礙事了。

二宮跟藤井同學年，她應該四十了。這表示她可能結婚了，也可能離過婚，有孩子。

「麻吉，糟了，重點我一個都沒問到。」

二宮讓麻吉停到指頭上，摸了摸牠的頭。

2

隔天二宮一進事務所，電話就響了。藤井朝美說約了業者十一點過去。二宮說好，掛了電話。打開空調，把麻吉放出鳥籠餵食。麻吉心情很好，自言自語，還模仿瓶裝茶倒進茶杯裡的「咕嘟咕嘟」一聲、啤酒開罐的「噗咻」一聲，而且還滿像的。迷途鳥兒的麻吉居然好巧不巧就飛進了這家事務所，二宮不禁要感謝牠的前飼主。

業者十一點過來，是兩名男子。他們在事務所門口旁邊的牆壁組裝起鐵架，尺寸非常大，寬二公尺，深約六十公分，支柱幾乎頂到天花板。「這樣的架子可以承重幾公斤？」二宮問，業者說耐重三百公斤。兩個三百公斤的鐵架——希望地板不會被壓垮。

業者組裝完鐵架離開，很快地藤井現身，瞥了鐵架一眼說：

「二宮，謝謝你。比想像中的更大對吧？」

「呃，還好吧？鐵架差不多都這樣吧。」大得要命，很占空間，而且礙眼。

「如果你有空，要不要下來喝杯茶？我想讓你見一個人。」

「見一個人？誰？」

「同學。我們兩個的老同學。」

「真的嗎？太好了。」

二宮想像起來。和藤井一樣，男人會喜歡的漂亮女人。離過婚也可。如果未婚、身材苗條、腳線美麗，就更沒得挑剔了。

「麻吉，你乖乖看家喔。」

二宮交代完，和藤井一起離開事務所。鎖上門，搭電梯下一樓。一〇三號室的鐵門貼著一塊檸檬黃的塑膠牌，刻著「ＣＬＩＰ」字樣。

「這門牌好時尚。」

「認識的設計師送我的，是喬遷禮。」

二宮隨著藤井走進事務所。左右排著鐵架，紙箱直堆到天花板。架子前面擺著附滾輪的衣架，掛著上衣、線衫、外套、長褲等，底下排著涼鞋、包鞋和靴子。

「衣架上的商品大部分是樣品。冬衣跟春衣混在一起，毫無季節感對吧？」

這麼說來，毛線開襟衫旁邊吊的是小可愛。

「我是很想好好整理一番，可是完全沒空間。」

「跟我那單調的事務所天差地遠呢。」

穿過衣架之間進入室內。只有這處約四坪大的空間看得到窗戶，擺了辦公桌、檔案櫃、置物櫃。左邊沙發坐著一名男子，以眼神略略向二宮致意。

「這是長原，你還記得他嗎？」藤井說。

「啊，你好。」

媽的，不是女的。男子一襲深色西裝配襯衫，打著深紅色領帶。這年頭居然有人梳七三分頭還吹過，到底是哪門子品味啊？

「啊，二宮，好久不見。我一眼就認出你來了，你完全沒變呢。」

男子親熱地說，但二宮對這個小澤一郎（註3）似的傢伙毫無印象。

「我長原啦，三年二班，座號十四號。二宮你是十五號對吧？」

看來是同班同學。二宮以前屬於調皮搗蛋幫的，這傢伙應該是書呆子幫吧。雙方雖然不到反目成仇的地步，但向來把彼此當成空氣。

註3：小澤一郎（一九四二〜），日本政治家。目前為自由黨主席。

「哦，長原啊。我也想起來了。」

二宮應酬地說。這大叔在這裡幹嘛？

「噯，坐吧。」

長原說。二宮在沙發坐下。仔細一看長原的領帶，上面有品味可怕的孔雀刺繡。

「二宮，你畢業以後進了哪家大學？」

「我出去工作了。我討厭唸書。」

母親悅子勸二宮升學，但他毫無幹勁，也沒興趣，只想快點出社會賺錢。雖然現在他也後悔過，早知道起碼也該混張三流大學文憑。

「你一定考上了名門大學吧？」二宮挖苦地問。

「我讀的是光誠學園大。唸了六年才畢業。」

這傢伙是腦殘。別說三流了，那是只有智障才會去唸的白痴學店。記得學校在北茨木的高爾夫球場附近。

「我現在在做這個。」

長原從旁邊的手拿包取出名片夾。二宮接過名片，上面印著「光誠政治經濟談話會　理事　長原聰」。

「這什麼？哪裡的政治團體？」

二宮提防起來。這傢伙是右翼分子？總會屋（註4）？還是道上的？

「不是不是，不是那樣的。」長原誇張地揮手。「西山光彥，你知道這個人吧？大阪九區的民意代表，我是西山議員的祕書啦。」

「祕書……公設還是私設？」

「私設祕書。事務所在北茨木櫻丘，平常我都在那裡。」長原說。「居然知道公設和私設，你很內行嘛？」

「沒有啦，我經常在各種地方碰上議員祕書，尤其是民政黨的。」

「西山議員是民政黨的。」

「唔，是啊。」

二宮認識的保守黨國會議員的選區祕書，沒一個好東西。他們身為沒有國家保障職位的約雇勞工，賺錢的管道就是喬事和謀利，從排解糾紛、公共工程圍標、拉生意、安插人事、走後門入學，到協調職位、強迫推銷政治餐會入場券、假借演講會或海外研修名義索討贊助，靠著參與一切說得出來的檯面下活動來謀取利益，有時還要進貢給議員。祕書的名片就形同黑道幫派的「代紋」（註5）等於是利用老大議員的名號及祕書的身分賺錢的自營業者，這部分與黑道分子幾乎沒有兩樣。

註4：總會屋指濫用股東權利，以獲得利益者。可分為兩類，一類為持有少量股份，在股東大會上鬧場，妨礙正常營運者，以及公司付錢請來恐嚇其他股東，抑制其發言等，操縱會議者。

註5：日本黑道代表一個幫派組織的徽章。

沒錯，在二宮心目中，議員私設祕書就是幫人喬事的吸血蒼蠅。

「你是靠著什麼門路當上西山議員的祕書的？」

「光誠學園集團的老闆是西山家。讀大學的時候，我是劍道社的社長。」

長原畢業後，在大學當行政人員，九年前在西山邀請下，成為他的祕書。

「真是太幸運了。我這樣的人居然能成為民意代表祕書。真慶幸我當時進了劍道社。」

這傢伙搞屁啊？被貪腐議員當狗使喚，就這麼開心嗎？

藤井把瓶裝茶放到圓桌上，在高腳椅坐下來：

「長原的太太是我年輕時工作的船場纖維貿易公司的晚輩。他們生了三個小孩。」她說大女兒讀小六，底下兩個男的是雙胞胎。「我同事結婚的時候，我在新郎親屬桌看到長原，就跟他相認了。」

藤井和長原參加婚宴後的續攤，藤井把晚輩介紹給長原。

「咦，原來是這樣的緣份啊。」

「世界真的很小。我和長原之間，就像一家人一樣。」

「那個時候我在大學當行政人員，我老婆好像誤以為我是公務員。」長原說。「『可麗普』是有限公司，我也出資了一點，算是股東之一。」

「真不錯，原來你是個實業家呢。」二宮語帶調侃地說。

「別傻了，一年到頭都在哭窮好嗎？」明明沒什麼好笑的，長原卻笑了。「我聽小朝說了，你在當建築顧問？」

「唔，只是自個兒這麼自稱啦。」

這傢伙好像叫藤井朝美「小朝」。真囂張。

「居然能在美國村開自己的事務所，真的很了不起。顧客多半是地方政府嗎？」

「沒那麼好啦，主要顧客都是拆除業者，仲介一些拆除工程。」

「難道是『圍事』嗎？」

「什麼……？」太令人驚訝了。這傢伙居然知道「圍事」。

「我可是議員祕書，對建築業的內幕還滿清楚的。也曾經受包商請託，做過一些類似圍事的事。」

「這樣啊。不愧是議員祕書，人面真廣。」

「不過，不是因為《暴排條例》，沒辦法再這麼幹了嗎？」

「這樣嗎？我是不太清楚啦。」

王八蛋，還不閉嘴？這些話怎麼能讓藤井聽到？

不過長原說的沒錯。這半個月以來，二宮企畫沒半個訪客上門。即使偶有電話，問了工作內容報了價，就沒有下文了。

他知道工作為何會減少。是因為平成二十三年（二〇一一）春季實施的《大阪府暴力團排除條例》。主要內容是「府政府事務及事業內容如經查明與『暴力團員或與暴力團密切相關者』有關，或『有利於暴力團體』，將不予核可或承認」，「事業者與其事業『不得藉由暴力團體權勢提供利益』、『不得助長暴力團體活動，或透過資助提供其利益』」。

現在是十二月。二宮今年的收入，六月之前的上半年約一百五十萬圓左右。七月到八月，被叫做桑原的孽緣黑道分子抓去幫忙，賺了二百五十多萬圓，但這並非本業收入。九月仲介了一件基礎工程挖掘案，三十萬圓；十月介紹拆除工程，十五萬圓。十一月圍事賺了四十萬圓；仲介灌模工程三十萬圓。這個月大概沒收入——扣掉從桑原那裡弄到的二百五十萬圓，今年只賺了二百六十五萬圓。

二宮企畫掛出來的招牌是仲介建築工程和拆除工程，但收入有三分之二都來自於「圍事」。然而這樣的圍事工作，今年卻只有三件。

大樓和公寓、地方自治團體的再開發案等工地現場，總是擺脫不了黑道或黑道檯面公司的糾纏。圍標、妨礙標案不必說，有時還會擔任當地建商的爪牙，搶包工程，或找碴抗議噪音太吵、振動造成房屋龜裂、影響地下水脈造成地盤下陷，到公所或工地事務所叫罵；要是負責人拒絕出面，就每天在工地閒晃，甚至開車堵住搬運道路。《暴對法》實施以後，黑道這類露骨的勒索行徑收斂了，但還是會以各種騷擾手段妨礙工程。結果造成工期延宕，使建商蒙受莫大的損失，因此對付黑道團體的預防措施不可或缺。

以毒攻毒——利用黑道來壓制黑道的策略，建築界稱為「防範措施」，也就是「圍事」。二宮企畫向來是從建商那裡接到圍事委託，然後斡旋給合適的黑幫，靠著這筆仲介費用來維持事務所的經營。

我就是所謂的「黑道密切相關者」嗎？因為圍事的關係，二宮幾次被府警搜查四課的刑警找去問話。他們也知道二宮過世的父親是黑幫幹部。沒錯，二宮肯定名列四課手中的黑幫團體密切相關人士名單。

「怎麼突然低頭不說話了？」

「嗯……」二宮抬頭。「沒有，想點事情而已。」

「既然你在做圍事，應該有朋友吧？」

「什麼朋友？」

「這個啊。」長原用指頭劃過臉頰，表示刀疤。

「小朝，可以幫我們泡杯咖啡嗎？」

長原對藤井說。藤井點點頭，往隔板另一頭走去。

二宮一陣火大，差點沒一拳揮出去。

「接下來我要說的算是家醜，你可以保證不說出去嗎？」長原說，上半身往這裡探過來。

「嗯，既然你這麼說，我絕對守口如瓶。」

可以聽到有意思的內幕了。愈是嚴禁說出去的事，別人聽了愈開心。二宮對自己的嘴皮子之鬆，有著莫大的自信。

「其實我們事務所被人丟了火焰瓶。」長原低聲接著說。

「火焰瓶……？怎麼會？」二宮也壓低聲音。

「是上個月二十六號的事。晚上八點左右，事務所的窗玻璃突然被人打破，一個點了火的啤酒瓶滾到辦公桌腳邊來。當時事務所裡面有三個人，大夥都慌了，急忙去找滅火器，可是來不及，我用臉盆裝了洗手台的水滅了火。」

「一盆水就滅啦？」

「要是啤酒瓶破了，應該已經整個燒起來了。」

「什麼？只是插在瓶口的布燒起來而已嗎？」

「沒錯。」長原說啤酒瓶裡面裝滿了汽油。

一名女員工要打一一〇報警，被首席祕書制止了。首席祕書說萬一警察來了，會問東問西，叮囑長原和女員工不許說出去。長原貼好破窗，當晚和首席祕書兩個人徹夜輪流監視。

「你們膽子真大。萬一三更半夜遭人襲擊，不是更可怕嗎？」

「我們大概知道是誰幹的。三島的麒林會。咱們跟他們有過節。」

「什麼過節？」

「上上個月底，北茨木市選區舉行了大阪府議會議員的補選。西山議員推派他的子弟兵出來參選，全面為他輔選。」

這場選戰被視為民政黨與自由黨候選人的一對一廝殺，首席祕書奉西山之命，委託麒林會買票賄選。一部分也因為有麒林會的援助，最後民政黨候選人以險勝贏得補選，然而麒林會卻獅子大開口。

「麒林會說他們幫忙買了五百票，叫我們支付一千萬。開什麼玩笑。首席祕書一口回絕了。」

「實際上買了多少票？」

「再怎麼多，頂多也就一百票吧。」長原說，行情是一票兩萬圓。「首席祕書本來是打算兩百萬以內解決的。」

「一旦求助黑道，之後的麻煩就沒完沒了，你們連這都不知道嗎？」

「那個時候是火燒屁股啊，就算只贏一票，無論如何都必須贏得選戰才行。」

「花錢買票啊？而且還扯上黑道。難怪不敢報警。」二宮嘲笑道。「怎麼不請西山議員出馬解決呢？」

「怎麼可能？這會讓議員顏面掃地。」長原嘖了一聲。「二宮，你在那個圈子有不少朋友吧？……可以請你幫個忙嗎？」

「等等，什麼意思？你是叫我搞定麒林會嗎？」

「又不是叫你出面。俗話說，蛇有蛇路，我是想請你安排一下，讓他們自己人去解決。」

「你早就知道我是幹什麼的吧？」

「什麼……？」

「建築顧問只是檯面上的身分，其實是靠圍事在糊口。你從藤井那裡聽到我的事，調查過我是吧？這可是侵犯隱私欸，啊？」

「別這麼生氣，你誤會了。我怎麼可能調查你？」

「你老子是你隨便叫的嗎？去你他媽的王八蛋。」不能破口大罵。會被藤井聽到。

「抱歉。要是冒犯到你，我向你賠不是。」

「冒犯到你老子祖宗八代去啦，礙眼的東西。」

二宮很想踹桌子站起來，但這裡是藤井的事務所。而且心裡有個聲音在細語：這事有甜頭可賺。二宮默默地瞪著長原。

「噯，你聽我說。」長原說。「你可以就當成工作，跟麒林會談談嗎？當然，我們會付你顧問費。」

顧問費？那就是生意了。二宮靠坐在沙發上，叼起菸來。

「應該要付麒林會的兩百萬再加一百萬，總共三百萬，這是我能決定的上限。」

「我說長原啊，你是小學數算沒學好嗎？麒林會就是不爽只拿個兩百萬，才會賞你們火焰瓶不是嗎？就算麒林會願意吞下那三百萬好了，那我呢？我就做白工嗎？」

二宮的話合情合理，駁得長原別開視線。不能硬逼。重要的是討價還價。

「顧問費四百萬圓，先付五十萬當定金。」

「四百萬沒辦法，我的權限……」

「去跟那個首席祕書講。」二宮打斷他。「叫他拿四百萬出來。」

這傢伙想要表現一番，證明憑他一個人就能解決與黑道的糾紛，所以不想把首席祕書扯進來。

八成是這麼一回事。

長原不說話了。先前的傲慢已不見蹤影。說到底，他不過就是個議員底下的倒茶小弟。

「你怎麼說？」

「……」

「簡而言之，就是不想付我這個不曉得哪來的顧問四百萬圓是吧？回去跟你們的首席祕書商量吧。」

「好。你等我回覆。我再打給你。」

「我不急，什麼時候都行。」

這時藤井用托盤端著杯子回來了。二宮點燃香菸。

二宮喝完咖啡，離開「可麗普」，回到五樓的事務所。他在沙發上躺下來思考。

藤井朝美應該聽長原提過西山光彥的事務所遭人襲擊的事，但她知道多少？與麒林會的糾紛、買票、首席祕書和長原的立場——這些事長原會向並非當事人的藤井透露多少，這部分二宮難以拿捏。

但藤井請二宮去可麗普，長原等在那裡，目的相當明確。長原知道二宮靠圍事吃飯，也查過圍事是怎麼一回事。長原是向誰打聽二宮的工作的？他又是怎麼跟藤井說，藤井才會邀二宮的？

上個月，二宮接到包商矢倉建設的名義人（大包）拆除鑽探業者田中土建的委託，仲介三島町東地區共同住宅的建築工程圍事工作給高槻的和泉會。和泉會開價八百萬。圍事的錢，與所謂的「睦鄰對策費（註6）」是分開的，矢倉建設把這筆帳目外的錢用鑽探工程費的名目追加八百萬圓的費用給田中土建，而田中土建支付所謂「黑錢黑帳公司」的赤字公司一成的手續費，要他們開出八百萬圓的收據，交給矢倉建設。如此一來，即使與黑道的關係曝光，涉入這件事的也只有田中土建，與矢倉建設無關。承包商外包出去的工程中，第一個進入工地現場的是拆除業者，可以做這種髒事，所以也才能擔任名義人。

和泉會答應圍事工作時，二宮便從田中土建那裡拿到一半的四百萬圓，交給和泉會。仲介手續費四十萬圓，也是田中土建給的。

二宮拿起辦公桌的電話，叫出電話簿，按下按鈕。電話很快就接通了。

『喂，田中土建。』

「你好，我是二宮企畫的二宮。」

『啊，所長啊。什麼事嗎？』

「我有個無聊的小問題，方便打擾嗎？」

『你的問題多半都很無聊。』

二宮忍不住笑了。工頭吉本從不講客套的。

「你知道眾議院議員西山嗎？」

『知道啊，是這一區的議員吧？我是沒投給他過啦。』

「西山的選區祕書叫長原，跑來對我的工作說三道四，說圍事怎樣的，而且還滿清楚的。我在想，是不是有人跑去跟吉本大哥你打聽我的事？」

『不曉得欸，沒看到這樣的人。』

「我很好奇，一個不是拆除業者的議員祕書居然知道我的工作。」

『你是說圍事嗎？』

「對。」

『我說所長啊，你可是個大名人耶。全大阪的拆除業者，沒有人不知道二宮企畫。手續費是比別人要來得貴，不過圍事找你包準沒錯，風評好得很呢。那個祕書就算不來問咱們，隨便找家拆除業者，都可以打聽到你這個人。』

「我的手續費很貴喔？」

『不算便宜……不過我也不曉得行情是怎樣啦。』

「最近委託愈來愈少，是因為我收得太貴嗎？」

『不是這樣啦，還是因為《暴排條例》的關係啦。如果隨便委託圍事，弄個不好，咱們的名字會被當成黑道密切相關人士公諸於世。萬一被包商切割，咱們就完蛋了。』

「少了圍事、喬事，工程要怎麼做下去？」

註6：施工前，向鄰近住戶致意、說明，以及維護工地環境整潔等，減少與居民摩擦的種種相關費用。

『圍事是不會消失啦……不過沒什麼前途是真的。往後的建築業，比起檯面下的圍事，會逐漸轉移到檯面上的睦鄰對策。』

用不著吉本提醒，二宮也明白幹這一行前途無亮。雖然是早知道的事，但感覺好像被人宣判死刑一樣，感覺爛透了。

「啊，真不好意思，為了無聊的小事打電話吵你。手續費的事，往後我會再想想。」

『不用費那個心，照之前那樣就好了。』

「謝謝。再見。」

二宮放下話筒，麻吉飛過來停在肩上。

「麻吉，小啟有點小憂鬱欸。全大阪的拆除業者都把我當成黑道密切相關人士欸。」

『嗶嗶嗶！』麻吉叫道。

「麻吉真可愛，總是這麼有精神。小啟要去睡覺了。」

二宮在沙發躺下。讓麻吉停在胸上，打了個哈欠，兩三下就睡著了。

3

二十七日星期六，是今年最後一天上班。二宮在事務所待到中午，卻沒有半通工作的電話，他把麻吉放進籠子，帶回千島的公寓。

二十八日到三十日，他有一搭沒一搭地喝著酒，看了十五部租來的片子，但片名和劇情都毫無記憶，因為他只是盯著畫面，卻沒有看進腦子裡。麻吉在整個房間飛來飛去，自得其樂，睏了就自己進籠子睡覺。

三十一日，二宮帶麻吉一起回去三軒家的老家，和母親兩個人邊吃跨年蕎麥麵邊看紅白歌合戰，但最近的流行歌曲就跟租來的電影一樣，左耳進右耳出。每首歌聽起來都半斤八兩，而且那些歌手他根本不認識。他覺得既然如此，根本沒必要看紅白，但母親看得很開心，所以也不需要轉台。簡而言之一句話，就是電視節目很無聊。

元旦當天，「別告訴知子。」母親說，偷塞壓歲錢給二宮。「我今年三月就四十了欸。」「不管幾歲，兒子就是兒子啊。」事後二宮打開紅包袋，裡面居然裝了十萬圓。二宮欠母親的錢，應該累積了將近一百萬，但母親從來不提這件事。二宮朝著在廚房忙碌的母親背影合掌膜拜，心想父母真是永遠的靠山。

初二知子帶著妹夫隆弘和拓郎回來了。拓郎現在讀小六，正值沒大沒小的年紀，也不好好打招呼，只顧著玩手機遊戲。二宮本來想給他一萬圓壓歲錢，但看這小子不懂禮貌，只給了他五千圓。

「哥，工作怎麼樣？」知子問。

「不好，毫無起色。」

「這陣子建築業不景氣嘛。」

「少子化的關係啦。人少了，新屋建案也少了。」

傻乎乎的知子不知道哥哥是靠著園事糊口。

「那妳那裡呢？老公有好好工作嗎？」

「他是老老實實在做啦，可是去年完全沒加薪。我在考慮出去找兼職。」

知子瞄了一眼兀自喝燙酒的丈夫隆弘說。

「全職主婦的時代已經過去了呢。」

「我可以去哥那裡打工嗎？」

「我有悠紀了。」

「悠紀很能幹呢。」

「不久前她參加音樂劇試鏡，都打進最後一關了，卻拒絕了。」

「怎麼這樣？太可惜了。」

「試鏡上了也只是背景舞者之一，沒台詞也沒歌唱。她說倒不如繼續留在現在的教室當教練，參加別的試鏡。」

「背景舞者薪水很低嗎？」

「收入連教練的一半都沒有吧。」

「早知道就不要辭掉學校工作了。」

「就叫妳不要辭職了。」

約七年前，妹夫隆弘升遷為組長，拓郎也上了幼稚園，知子便辭掉了國中美術老師的工作。當時二宮很驚訝，妹妹居然在這種一職難求的時代辭去地方公務員的工作，但知子應該有自己的考量。

「先不管這個，妳們家在北茨木對吧？」

「對啊，怎麼了嗎？」

「去年十月有府議會議員的補選嗎？」

「有。我是沒去投票啦。」

「妳知道民意代表西山光彥嗎？」

「你說那個鮟鱇魚對吧？嘴巴大得要命的。」知子語氣不屑地說。

「妳有聽說西山在北茨木的事務所被人丟火焰瓶的事嗎？」

「真的嗎？被丟火焰瓶喔……？事務所燒起來了嗎？」

「妳果然不知道啊。」

「是你丟的嗎？」

「妳啊，搞笑有妳那張臉就夠了。」

看來就像長原說的，沒有報警。

「議員都只會做一些骯髒勾當嘛。平日神氣得跟什麼似的，只有選舉的時候才會跟你哈腰鞠躬。事務所怎麼不燒掉算了？」

「說得好，不愧是我妹！」二宮為知子倒啤酒。「來，喝吧。」

二宮和隆弘、知子三個人拿年菜當下酒菜，喝到晚上，然後知子一家人搭電車回北茨木去了。

一月五日，二宮去了事務所。打開空調，把麻吉從籠子裡放出來。可能是知道回到熟悉的地盤，麻吉開心地唱起〈瑪莉有隻小綿羊〉、〈倫敦橋要倒了〉。

二宮坐到辦公桌前，整理信箱拿來的賀年卡。生意上的客戶寄來的有三十張、朋友寄來的十張，其餘的二十張是酒吧、小酒家、酒廊寄來的，但有一家叫「蜜糖」的店，他沒印象。

難道是……翻過來一看，背面是柔和的藍色墨水字跡，十分秀麗。

『恭賀新禧。一切都好嗎？去年承蒙關照了。我也努力過著每一天。如果有機會到附近，請務必過來坐坐。多田真由美敬上。』

這樣啊，店還在繼續開啊──二宮知道卡拉OK店「蜜糖一號店」關掉出售，但原來「蜜糖二號店」還在繼續營業。

真堅強。多田真由美是桑原的同居人，但是跟那個瘟神相差十萬八千里，是個沒得挑剔的好女人，真無法理解怎麼會跟那種爛人混在一起。那算是某種洗腦嗎？那麼桑原就是邪惡大魔頭，真由美是可憐的小綿羊。如果沒有人為真由美解除洗腦，她這一輩子都只能是魔鬼的禁臠了。

想到這裡，二宮忍不住笑了。

白痴啊，要你多管閒事。連自己頭上的蒼蠅都趕不走的傢伙，有資格管別人的死活嗎？你別說同居人了，連個願意跟你攪和的女人都沒有——

二宮對自己吐嘈。太白痴了。二宮站起來，抽出傳真機吐出來的Ａ４紙張。

致　二宮企畫　二宮啟之先生

恭賀新禧。今年也請多指教。

前些日子委託的顧問事務，經與首席祕書商議後，於金額上達成同意。請與我連絡，以進一步討論條件等細節。

光誠政治經濟談話會理事　長原聰敬上

另，小弟自一月五日起進事務所辦公。

四百萬啊——二宮喃喃。定金五十萬圓。大過年的，真是好兆頭。

紙上寫有電話號碼。二宮拿起桌上的電話打過去，立刻就有人接聽了。

『早安，西山光彥事務所。』

「敝姓二宮，請問長原先生在嗎？」

『啊，你好，恭喜新年。』

接電話的就是長原。

「我看到傳真了。四百萬沒問題是吧？」

『哦，其實是三百五十萬。上頭不肯點頭。』

「這跟說好的不一樣。你傳真裡不是說跟首席祕書商量，他答應了嗎？」

『我又沒寫金額。』

「上次我說的是四百萬，可不記得有給你打折。」

這裡是重要關頭。差了五十萬，這損失可不小。

「前金兩百，裡面五十是定金。其餘的兩百等事情解決了再付。」

二宮讓步說。如果過於強勢，對方可能會乾脆打消委託。

『等一下，這不是我一個人能做主的。』

「你自己想辦法去跟首席祕書談。」

『就算你這麼說……』

「總之四百，一個子兒都不能少。跟黑道談判，可不是一般人做得來的。如果你有別的門路，就去找別人吧。」

『看你話說得這麼滿。好吧，我再去跟首席祕書說說看。』

「如果沒問題，寫張字據給我。西山事務所和二宮企畫的契約書，金額四百，明細是『北茨木地區睦鄰對策相關顧問費』。記得蓋上首席祕書的印章。事情結束後，我會撕掉。」

『一下就能講出明細，你很內行嘛。』

「總不能在契約書裡寫『解決黑道問題的顧問費』吧？」

二宮說「這星期以內給我回覆」，放下話筒。麻吉飛過來停在肩上。

「麻吉，小啟可能就快賺到四百萬了。」

『悠紀，喜歡喜歡！』麻吉叫道。

「不是悠紀，是小啟。」

『說的也是、說的也是！』

二宮拿著整理好的賀年卡，坐到沙發去。他抽著菸，一張張細看。每一張內容都千篇一律，了無新意。二宮從五年前就不再寄賀年卡了，卻還能收到這麼多，到底是怎麼回事？既然我不寄了，對方也別寄就好了嘛。

空調暖了起來。二宮揉掉香菸，在沙發躺下來。這個過年，可能會胖上三、四公斤。

傳真機運作的聲響把二宮吵醒了。下午兩點。看來睡了滿久的。

待聲音停下，二宮起身抽出紙張。是兩張備忘錄。

顧問委託備忘錄

二宮企畫・二宮啟之（甲），與光誠政治經濟談話會・黑岩恭一郎（乙）議定下述備忘錄，以資遁循。

一、甲針對選區（大阪九區）北茨木地區的睦鄰對策提供適切之建議，若發生問題，甲需本於誠信原則出面談判，解決問題。

二、乙本於誠信原則，根據甲提供之建議，予以協助。

三、乙對甲支付下述之顧問費用：

（一）於一月三十一日支付總額之一半金額二〇〇萬圓。

（二）總額一半金額當中的五〇萬圓，於交換備忘錄時支付。

（三）透過甲的談判解決問題後，於該月月底支付餘款二〇〇萬圓。

（四）顧問費用將匯入甲所指定之銀行帳戶。

四、本備忘錄有效期限為訂定契約後半年。

五、本備忘錄中未記載之項目，由甲乙雙方本於誠信原則協商解決。

本備忘錄正、副本各一式二份，由甲、乙雙方各執正、副本一份為憑。

二〇××年　一月五日

甲－（住址）

（機關、姓名）

乙－（住址）大阪府北茨木市櫻丘5－18

（機關、姓名）光誠政治經濟談話會・首席祕書　黑岩恭一郎

隻字未提西山光彥的名字。這完全是二宮企畫與光誠政治經濟談話會之間的顧問備忘錄。內容以「建議」、「談判」巧妙地模糊帶過。備忘錄和契約書效力類似，不過備忘錄應該更弱一點。

二宮打電話到西山事務所，叫長原聽電話。

「是我，二宮。我看到傳真了。很好。」

『雖然黑岩滿口怨言，但我設法說服他了。』

「我會在這張傳真寫上姓名住址蓋章。」

『我也會蓋章寄過去。』

「收到備忘錄後，請你把定金匯過來。五十萬。」

『這星期以內，星期五前我會匯過去。』

「我告訴你帳號，你可以記下來嗎？」

二宮從辦公桌抽屜取出三協銀行的存摺，唸出分行和帳號。

「三島的麒林會我第一次聽說，底下有幾個人？」

『你是說組員的人數嗎？』

「對。」

『抱歉，這我就不清楚了。』

長原說會長叫林成基，是個七旬老人。

「若頭（註7）是誰？」

註7：日本黑道組織中，組長之下的第二號人物。

『呃，這我也不知道。』

「真沒辦法，我來查。」

『你有把握搞定麒林會嗎？』

「也不是沒有。」

『那就拜託了。』

電話掛斷了。

二宮打開存摺。餘額只剩下十八萬兩千圓。

這麼點存款，居然能撐到今天。以某個意義來說，二宮很佩服自己。雖然是只有老闆一個人的微型企業，但事務所好歹也在美國村外。經營狀況別說是挖東牆補西牆了，根本是走鋼索狀態。而現在就連這條鋼索也愈來愈細，幾乎快斷了。

他在其中一張備忘錄填好住址和姓名，蓋下印章，裝進信封寫上收件人資料，貼上郵票。

好了，這次圍事，該託誰處理好呢——？

二宮用手機連絡簿搜尋高槻的和泉會，按下通話鈕。

『和泉總會。』

鈴響一聲立刻接聽，並簡潔地大聲應話，是黑幫事務所的規矩。

「我是二宮企畫的二宮，鄉田先生在嗎？」

『在，我請他聽電話。』

切換的鈴聲。

『喂，我是鄉田。恭喜新年。』

「今年也請多指教。」

『有什麼事嗎？』

「你知道三島的麒林會嗎？」

『知道，事務所在島本車站附近。』

「他們有幾個手下？」

『這個嘛，十二、三個吧。』

比想像中要來得少。和泉會有二十人以上。

「這件事請你保密，麒林會向北茨木的西山光彥的選區事務所丟了火焰瓶。」

二宮說明經緯，鄉田默默聆聽。

「所以西山事務所願意支付最多兩百萬，委託我交涉。怎麼樣？可以請你搞定麒林會嗎？」

『這可不行，二宮先生，麒林會碰不得。』

「為什麼？」

『麒林會是鳴友會的分枝。』

鳴友會……二宮知道這裡。鳴友會是神戶川坂會的直系，組員有一百多人，本部在攝津，收入來源是金融、土木建築和廢棄產業。

『鳴友會的會長叫鳴尾，年輕時候是麒林會會長林的座上賓。後來有了自己的組，勢力愈來愈龐大，現在已經爬到直系了，但是他對以前關照過他的林很感恩，所以敢動麒林會，就等於是跟鳴友會作對。』

「簡而言之，你沒辦法搞定麒林會是嗎？」

『抱歉，就是這麼回事。』

「我明白了。抱歉為了無聊小事打擾你。我再問問其他地方。」

『或許我不該多話，不過我覺得咱們的同行不會有人答應。畢竟沒人想跟鳴友會槓上。』

「這樣啊……總之謝謝你了。」

二宮掛了電話。如果鄉田說的是真的，這次的圍事就棘手了。

二宮打給以前委託過工作的寢屋川和八幡的幫派，說明狀況，卻得不到滿意的回覆。每個地方都說鳴友會不好惹。

可惡，這下頭痛了——

這時，他瞥見多田真由美寄來的賀年卡。情勢逼人，只好探探消息——

仔細想想，那傢伙也並非一無是處。雖然是個尖尾巴的惡魔，不過只要吹捧個幾下，屁股就會不斷地掉錢出來。而且二宮也想知道這個被幫派破門（註8）的黑道正怎麼個垂頭喪氣法？

他打電話到「蜜糖」。

『你好，蜜糖。』

「妳好，我是二宮。謝謝妳寄的賀年卡。」

『啊，好久不見。你聽起來過得不錯。』

「身體是不錯，牆都快挖光了倒是真的。」

『什麼？』

「不，沒事……桑原兄呢？他還好嗎？」

『他在家。完全不出門，成天看書。』

太好笑了。看來桑原果然正委靡不振。

「我有事想跟他說，可是不知道他的手機號碼。」

『那我請他打電話給你好嗎？』

「不好意思，麻煩妳了。」

二宮說出手機號碼。

五分鐘後，手機響了。

註8：破門，日本黑幫的制裁方式之一，逐出幫門之意。另有絕緣、除名等制裁方式，但遭絕緣和除名的組員，不得重返幫內。

『幹嘛，找我啥事？』

「恭喜新年。去年承蒙關照了。」

『是啊，世上哪裡還找得到比我更關照你的人？』

「桑原兄和嶋田先生有連絡嗎？」

『囉嗦。我跟若頭沒關係了。我是一般市民。』

既然是一般市民，就收斂一下你的流氓口氣吧。跩什麼跩？

「對了，我有事想拜託桑原兄。你想不想接工作？」

『什麼工作？』

「圍事。」

『圍事？怎麼會來找我？』

「這事有點麻煩，可能是只有桑原兄才做得來的差事。我可以付你手續費五十萬。給對方的價碼是兩百萬。」

四百萬扣掉二百五十萬，還有一百五十萬。這是二宮自己的份。

『放屁，這點零頭就想要老子出馬？滾你他媽的蛋。』

「這年頭景氣這麼差，總預算只有三百而已。兩百拿去解決，我想說剩下的一百桑原兄跟我折半。」

『哪裡的工地？說清楚點。』

「不是建築工地。是議員事務所跟幫派的糾紛。」

『議員事務所？你轉行啦？』

「三島的麒林會丟火焰瓶到西山光彥的事務所。」

二宮說明詳情，包括麒林會與鳴友會的關係。聽完後桑原開口：

『這圍事要我接也行，不過七三分，我七你三。』

「這太扯了……」

『扯你個頭。這可不是包商工程的圍事。麒林會也是鐵了心，縱火可是重罪，萬一事情曝光，組長要吃牢飯的。』

「桑原兄，這是我包下的圍事，你拿七也未免……」

『你還是那副老德行吶，說到錢，全大阪找不到比你更貪的人。預算三百這個數字是誰說的？』

「西山的私設祕書長原。」

『只是口頭約定吧？』

「沒錯，口頭約定。」

『你太天真了。議員祕書沒一個不是三寸不爛之舌。他一定是跟事務所說五百，跟你說三百。』

「可是長原是我高中同學。」

『我說七就是七，你到底付不付？』

「好吧，我付。桑原兄七，我三。」

『好，我來查查麒林會的底細。』

電話掛了。可悲啊，這要是以前的桑原，七十萬的圍事，他才不屑一顧。不過沒了代紋，桑原做起圍事能有多少成效？少了幫派後盾的前黑道，會怎麼行動？靈機一動，不小心把工作交給了桑原，但這樣做是對的嗎？不會是自找苦吃吧？

噯，算了，又找不到別人。這個週末就有定金五十萬，月底就有一半剩餘的一百五十萬匯進來。就算桑原出包，這筆錢二宮也沒必要歸還。桑原七十萬，我一百三十萬，好賺的咧——

「麻吉，小啟要出門，你看家喔。」

二宮披上夾克，拿著剛才的信封出門了。

把愛快羅密歐開出四橋筋（註9）的月租停車場，前往三軒家的老家。母親正在給玄關旁邊的盆栽澆水。

「啊，啟之，怎麼啦？」

「抱歉，媽，我有點事想拜託妳。」

「沒錢了是嗎？」

「妳才剛給過我壓歲錢，真不好意思。」

「要多少?」

「可以借我二十嗎?」

二十萬加上剩下的壓歲錢六萬,還有長原要匯進來的五十萬,就湊足給桑原的七十萬了。銀行存款是事務所這個月的房租。

「嗯,二十萬媽還有,不用上郵局提錢。」母親笑道。

母親總是二話不說地借錢給二宮,從不過問他把錢花到哪裡去了。二宮老想著哪天有大筆金額入帳,就要還清,但每次一有錢就把這件事給忘個一乾二淨。爛透了,世上還有比他更不孝的兒子嗎?

「你吃過午飯了嗎?」

「還沒。」

「要吃年糕湯嗎?」

「好啊。」

母親煮的年糕湯很好吃。是清湯年糕湯,有小魚乾高湯、菠菜、豆腐、炸豆皮,加上稍微烤過的年糕,味道簡單,卻比什麼都要美味。

二宮進入廚房。母親把鍋子放上爐火加熱,進入佛堂又折回來。「來,拿去。」她把一只褐色

註9:大阪市內的主要道路命名方式,原則上南北向稱「筋」,東西向稱「通」。

信封放到桌上。很厚。

「這不只二十萬吧？」

「沒關係，錢不嫌多嘛。」

二宮在心裡頭向母親行禮。這輩子能生為媽的兒子，我太幸運了。

二宮配著剩下的年菜，吃完年糕湯，喝了母親泡給他的咖啡。

把車子停到停車場，準備回事務所時，二宮發現福壽大樓前面停了一輛ＢＭＷ。銀色的ＢＭＷ７４０ｉ……他有不祥的預感。

二宮別開頭，就要走進大樓，ＢＭＷ的車窗滑了下來。

「喂，所長，給我裝不認識喔？」

梳著油頭的惡魔手肘擱在車門上說。

「啊，你好。最近好嗎？」

「好得很，看看我這紅光滿面的氣色。」

「不好意思，七十萬的話，現在手頭沒有。錢要月底才會匯進來。」

「我不是來討錢的。很久沒聽到你的聲音，想念起你來了。」

「謝謝，我真是太開心了。」

這傢伙搞什麼？一點都沒變嘛——細金框眼鏡、黑色細條紋西裝，繫深綠色領帶。光看服裝，或許是可以冒充新地一帶的俱樂部經理，但左眉到太陽穴的傷疤、有些慵懶的神態、以及偶爾透露出來的懾人眼神，在在散發出隱藏不住的江湖氣息。

「上去你的事務所喝杯咖啡吧？」

「去咖啡廳好了。」二宮不想讓瘟神進事務所。

「上車吧。」

「不，用走的就到了。三角公園附近有家塔利咖啡。」

「叫我把車停在這種地方？我可是金色駕照（註10）。」

「我一直是藍色。前年闖紅燈，去年違規臨停，今年八成會超速吧。」

「你這傢伙怎麼廢話這麼多？大阪的歐巴桑嗎？」

「我都隨身帶喉糖（註11）。」

「二宮老弟，我是在請你上車。」

桑原的嗓音變低沉了。這傢伙唯我獨尊，惹惱他就會發飆。

註10：日本的汽車駕照，在有效期限的欄位以底色做區分。綠色為初次取得駕照者，有效期限為二至三年。藍色為取得駕照未滿五年，或換發前有違規紀錄，有效期限為三至五年。金色者為無違規紀錄，有效期限為五年，俗稱「金色駕照」。

註11：日本人認為歐巴桑都會隨身攜帶喉糖。另一說則是認為關西圈很多人隨身帶喉糖，是因為關西人愛說話，容易喉嚨痛。

二宮上了副駕駛座。BMW無聲無息地開了出去。

「桑原兄的肺，後來怎麼了？」

「好了。那沒什麼。」

去年夏天，桑原和川坂會的本家手下發生衝突，側腹部被刺了一刀，肺部開了個洞，動了兩次手術，虛弱不少，卻像不死蟑螂似地飛往澳門、愛媛，四處趴趴走，三番兩次和本家對著幹，終於遭到組裡破門處分。「神戶川坂會系二蝶會　若頭輔佐」——這是去年九月前還是黑道分子的桑原的頭銜。

「蜜糖一號店關了呢。現在還是老樣子嗎？」

「干你屁事啊？」

「如果要拆掉建築物，還是鋪裝地面開停車場，或許我可以介紹……」

「跟我拉生意？膽子真不小，你也愈來愈敢了嘛。」

桑原不耐煩地說。萬一太刺激他，會挨拳頭。

車子在四橋筋前面右轉，轉進右車道。桑原正準備開上阪神高速公路。

「不是要喝咖啡嗎？」

「我改變心意了。去北茨木。」

「難道……」

「是誰委託我圍事的？我記得是你吧？」桑原說。「西山的事務所在北茨木的哪裡？」

「祕書長原說是在櫻丘一帶。」

「那傢伙在事務所嗎？」

「我怎麼知道？我又不是成天盯著他。」

「他是個怎樣的小子？」

「穿西裝打領帶，頭髮七三分，像小澤一郎。」

「反正不是什麼好東西。臉像榻榻米一樣大是吧？」

ＢＭＷ開上阪神高速公路，從環狀線往北駛去。今天是開工日，車流量很多。

「這車子里程數多少了？」

「不知道，十萬有吧。」

「不愧是7系列，既平穩又安靜。」

「你既毛躁又囉嗦。」

桑原調高ＣＤ音量。是克萊普頓。音箱傳出慵懶的藍調音樂。

「年底我跟木下喝過一次。森山那老頭可能要退休了。」

「是喔？那個大叔要退休啦……」

森山是二蝶會的第二代組長。二蝶會的若頭叫嶋田，嶋田的保鑣是個才二十多歲的年輕人木下。不知為何，木下很仰慕桑原。

「森山在本家的例會被推薦為地區長，但森山不想接。要是當了地區長，就得照顧底下的。」

「地區長是幹嘛的？」

「管束都島、旭、城東、鶴見的川坂系組織的幹事。」

桑原說，如果把神戶川坂會比喻為公司，本家的組長就是會長兼社長，若頭是董事，若頭輔佐是幹部，地區長是部長，基層直系組長就是課長。

「森山先生為什麼不想當地區長？這不是成為本家若頭輔佐的跳板嗎？」

「森山六十九了。就算現在再當地區長，也沒有繼續往上爬的希望。森山不打算讓二蝶變得更大，只想像現在這樣繼續當個基層直系組長，汲汲營營賺他的小錢。」

「這種想法我實在不懂，居然平白捨棄難得的高升機會？」

「地區長每個月的『孝敬』很重。如果基層是一百萬，地區長就是一百五十萬。而且鶴見有個叫畔瀨組的二愣子幫派，他們被人家告上法院，求償一億圓的損害賠償。一審判決今年三月會出來。」

「我在報上看過新聞。」

「八成會判賠八千萬還九千萬吧。法院對黑道特別刻薄。」

桑原說，四年前鶴見的畔瀨組與寢屋川的童心會為了爭奪毒品銷路起了衝突，畔瀨組的組員射傷童心會幹部，流彈波及路過附近的主婦，造成五個月才能痊癒的重傷。「打傷了骨盆。那可憐的主婦，這輩子再也沒辦法生小孩了。畔瀨組長不用說，地區長跟本家也因為連帶責任，得負起賠償義務。」

「森山先生不願意扛起賠償，所以才推掉地區長的職位嗎……？」

「每個傢伙都避之唯恐不及，沒一個想跟畔瀨沾上邊。」桑原說，森山被推薦擔任地區長，若要推辭，非得塞個一兩千萬給本家，再不然就是把二蝶會讓給嶋田，自己退休。「不過要他退休，沒錢辦不到。森山那王八蛋很久以前就跟若頭嶋田說，他付不出每個月的孝敬，只要若頭給他錢，他可以把組長的位置讓出來。」

「肯定不會是一筆小數目吧？」

「少說四、五千跑不掉。若頭不諳生財之道，怎麼樣都不可能拿得出這麼一大筆錢。」

「可是如果嶋田先生繼承二蝶會，桑原兄的破門處分也可以撤銷了不是嗎？」

「你是不是搞錯什麼啦？」

「搞錯……？」

「你以為我對黑道還戀戀不捨是吧？」

「呃，這……」

「這世道，當黑道有什麼好處？我可免談。什麼代紋，拿去掛狗脖子還差不多。」

「原來貓狗也分黑道跟一般平民。」如果有臉上帶刀疤的狗，一定很搞笑。

「好聰明啊，想得出這麼好笑的笑話。」

「那，桑原兄要改走一般市民路線嗎？」

「我改變宗旨了。從此以後我要單打獨鬥。」

「太棒了，請努力朝孤狼之路邁進吧。」

「你要努力朝敗犬之路邁進是嗎？」

這傢伙不酸人是會死嗎？

桑原說他不想回組裡，只是逞強作態。他從二十歲起就靠著二蝶的代紋混飯吃，憑著代紋撐腰，過著槍裡來刀裡去的日子，這不可能是他的真心話。

這時手機響了。桑原接了電話。

「——嗯，是我——然後呢？——七十？真老——沒關係，我一個人就行了——別告訴若頭。——我知道，甭擔心。」

桑原說了一陣，收起手機。

「木下打來的。我叫他調查麒林會。」

「這樣啊。」

「手下有十二個，三個在坐牢。組長林是個七十多歲的老頭，管事的是叫室井的若頭。」

「組員九個，組長七十多歲。感覺這個組隨時都會垮掉呢。」

「黑道就是黑道，小看人家，當心玩火自焚。」

桑原說得倒是冷若冰霜。

4

北茨木。從國道一七一號線往龜岡街道北行，有一片偌大的住宅區，就是櫻丘。導航儀上顯示，櫻丘北邊一公里的山腳邊，就是光誠學園大學。在櫻丘進行土地開發的，應該就是西山光彥投資的開發商。

西山事務所在櫻丘外圍，光誠學園高中後門附近。是一棟組合屋式的平房，前方停車道很寬闊，土地周圍有網欄圍繞。圍欄不高，歹徒輕易就能翻越，朝事務所內投擲火焰瓶。

桑原把車子開進圍欄裡停下。

「我去叫長原，桑原兄請在這裡等。」

「為什麼？一起去就好啦。」

「他們被人丟了火焰瓶，一定正緊張兮兮的。」

「你是在說我一臉黑道樣？」

「哪有這麼可怕的一般市民嘛？」

二宮敲了敲鋁合板門，把門拉開。櫃台裡面，頭髮半白的男子正在讀檔案，戴眼鏡的年輕女子在操作電腦滑鼠。牆邊的列印機旁邊還有個男人，正在整理印出來的東西。

「長原先生在嗎？」二宮問。「我是二宮企畫的二宮。」

「不好意思，長原出去了。你跟他有約嗎？」女人應道。

「沒有。我剛好來到附近，所以順便過來看看。」

二宮的目光游向女人的白色開襟衫。胸部大到幾乎要覆蓋鍵盤。巨乳。不過不是二宮喜歡的型。

「二宮先生，跟我談可以嗎？」在最裡面的辦公桌看報的禿子說。「我是黑岩。」

「啊，你好，幸會。」二宮行禮。

黑岩起身到這裡來。年紀近六十，很肥。戴著玳瑁框眼鏡，穿雙排釦深色西裝配深藍色領帶，一副議員祕書派頭。

黑岩打開櫃台旁邊的門，伸掌催促：「請進。」

「抱歉，我有個朋友也一起來了。」他湊近黑岩的耳邊說。「他叫桑原，不久前還是毛馬的二蝶興業業務負責人。」

「道上的嗎？」黑岩小聲問。

「不，現在是一般市民。不過黑道對他來說，連個屁都不算。」

「名字叫什麼……？」

「保彥。」

「毛馬二蝶興業的桑原保彥。我會調查。」

「然後我有個請託，請不要把備忘錄的事告訴桑原。還有金額和付款條件，否則可能會有點麻煩。」

「好的，我不會多嘴。」黑岩點點頭。

「桑原可以一起談嗎？」

「沒問題。」

「那我去叫他。」

二宮離開事務所，向車子招手。桑原下車進來。

黑岩領著二宮和桑原進入會客室。雙方重新交換名片。黑岩的名片是『光誠政治經濟談話會首席祕書　眾議院議員西山光彥政策祕書　黑岩恭一郎』。

「這政策祕書，指的是公設祕書嗎？」二宮問。

「不，我是私設祕書。」黑岩答道，看桑原的名片。「桑原保彥先生……沒有所屬單位呢。」

「不好意思，我現在算是自由業。」桑原難得一臉安分地說。「我去年九月剛離職。」

「這守口的住址是住家嗎？」

「那裡是卡拉ＯＫ店。連絡請透過二宮先生。」

「我聽說你以前是二蝶興業的業務負責人，不好意思，二蝶興業是做什麼的？」

「是這個。」桑原用指頭抹過臉頰。「這世道，混黑道難以謀生，所以我出來獨立。」

「這樣啊……意思是改開黑道檯面公司嗎？」黑岩連眉頭都不皺一下。

「不是，我跟二蝶斷絕關係了。」桑原揚起唇角微笑。「我是一般市民。這樣對你們也方便吧？」

「唔，你說的沒錯。」黑岩一笑也不笑。很習慣應付黑道。「關於二蝶興業，可以說得更詳細一點嗎？」

「毛馬第二代二蝶會，是神戶川坂會的直系，組員六十人。我之前是若頭輔佐。」

「沒有自己的組嗎？」

「我沒那個才氣，也沒能耐餵飽手下。」

「可是卻開BMW的7系列。」黑岩望向窗外。「那身西裝也是訂做的吧？」

「黑岩先生，黑道講究的是氣勢。就算只是隻紙老虎，還是得裝裝樣子。」

「你真坦白。」

「舉頭三尺有神明囉。」桑原指指頭頂說。

「我懂了。我們跟麒林會的事，就麻煩你們了。」

黑岩說，叮嚀這個委託千萬不能曝露在檯面上。

這時敲門聲響起，門打開來，女人端著托盤入內。是剛才的白色開襟衫女子。她彎下上身，將咖啡杯放到桌上。二宮探頭看上衣衣襟內，卻只看到項鍊。

「方便抽菸嗎？」桑原說。

「啊，請。」黑岩從桌子底下取出水晶菸灰缸。

桑原抽起菸來。二宮在咖啡裡倒奶精。

「我也有些問題。」

「請說。」黑岩的咖啡不加砂糖或奶精。

「補選買票，黑岩先生是委託麒林會的誰？」

「一個叫室井的。麒林會是室井在管事。」

「你告訴過室井預算嗎？」

「預算……？」

「一票兩萬圓。這是行情價吧？」

「我們沒有明確地討論過金額。是憑默契行事。」

「默契啊……對方開口一千萬，你怎麼反應？」

「我真是嚇到了。麒林會不可能買到五百票。」

「這不是你們第一次委託麒林會辦事吧？」

「沒錯。我們交情滿久了。」

「具體來說是……？」

「我在二十年前成為西山的祕書，那個時候，這裡跟麒林會便已經有來往了。」黑岩說，是上任首席祕書把林組長介紹給他，繼續這段關係。「林先生人還健朗的時候，麒林會也都規規矩矩。」

黑岩說，他也懂得要明哲保身，所以和林及室井都沒有深交。

「室井是個怎樣的人？」

「桑原先生，我怎麼可能瞭解一個黑道的為人？」

「但是你委託他買票。這不是打通電話就能談妥的事吧？」

「我是跟室井見面了。去年補選公告之前。也一起去北新地喝過酒。」

「叫什麼的店？」

「連這都非說不可嗎？」

「真抱歉，為了壓制黑道，任何情報都不能放過。」

「『葛蘭波瓦』。西山常去的俱樂部。」

那天室井派組員開車來接黑岩，把他從北茨木載到北新地。兩人在本通的日式餐廳吃了魚料理，去了葛蘭波瓦後，又去了室井常去的俱樂部。這段期間，組員在新地停車場的車子裡面等。

「餐廳是誰付錢的？」

「室井。葛蘭波瓦是我埋單，再下一家俱樂部是室井付的。」

黑岩說室井乍看之下就像個公司幹部。年紀五十多歲，穿著樸素的西裝打領帶，所以走在新地，也完全不顯得突兀。

「我走在北區跟南區，從來沒有穿黑西裝的來跟我拉客。因為我很突兀嗎？」桑原說。

「那當然了。如果你靠過來，我也會別開視線不敢看。」黑岩毫不顧忌地說。因為代議士祕書跟黑道都是同類嗎？

「組長林是個怎樣的人？老痴呆嗎？」

「好像肝不好。我聽說住進高槻的慈泉會醫院了。」

「肝病就等於刺青。從前的黑道，每一個都有肝病。」

桑原不關己事地說。因為他自己沒刺青。

「丟了火焰瓶之後，麒林會有任何連絡嗎？」桑原揉掉香菸。

「沒有。這才教人心裡發毛。」黑岩說他們也沒有主動連絡。

「麒林會不吭聲，教人傷腦筋呢。管它是五十還是一百，畢竟票總是買了，人家的辛苦錢，就算勉強還是得付。俗話說，免費的最可怕。」

「請讓室井接受我們的兩百萬圓吧。」

「那筆錢可以先交給我保管嗎？」

「桑原先生跟室井談好的話，我會準備。」

黑岩也是老江湖了，不會愚蠢到把錢交給桑原。

「我聽二宮老弟說，事成之後的酬金是三百萬。」

「呃……」黑岩注視桑原。

「麒林會兩百萬，二宮企畫三百萬，圍事費是這樣沒錯吧？」

「別瞎說了。」黑岩尷尬地說。「手續費那些，我們已經跟二宮先生談妥了。你的報酬，請跟二宮先生討論。」

「呃，黑岩先生的預算，我跟桑原先生說過了。」二宮急忙說。聲音都走調了。「麒林會兩百萬圓，我們事成後的謝酬一百萬圓，總額三百萬圓。」

「對，沒錯。我們的總預算是三百萬圓。」黑岩可能察覺了，若無其事地配合說。二宮的心臟都快從喉嚨跳出來了。

「嗳，好吧。既然你這麼說，我也沒立場囉嗦什麼。」桑原喝光咖啡站起來。「那麼，今天就先這樣。」

二宮也站起來向黑岩行禮，離開會客室。

兩人走出事務所，桑原把車鑰匙扔了過來。

「又叫我當司機。」

「開車。」

二宮朝車子按下解鎖鈕，瞬間桑原的拳頭揍進他的心窩裡。二宮一時呼吸不過來，踉蹌地扶住BMW的車頂。

「你娘的，敢誆你老子，你是吃了熊心豹子膽嗎？」

「……」二宮發不出聲音。好難受。他跪了下來。

「給我老實招來。這次圍事，你拿了多少？」

「就、就說……」

「你敢給我說一百？」

桑原揪住二宮的後衣領，把他拖起來。

「你膽子愈來愈大啦？開口前想清楚，否則下一個不見的就是你的門牙。」

桑原輕浮地笑著。不妙，這傢伙會邊笑邊扁人。

「兩百，圍事費是兩百。跟給麒林會的兩百分開算。」

「那兩百裡面，只給你老子七十，你獨拿一百三，坐在旁邊納涼看好戲？」

「我已經欠了一屁股債了。我欠我媽一百五，我媽給我的壓歲錢十萬也都花光了，連事務所的房租都付不出來，下個月就要關門大吉了。」

「那不是讚透了嗎？你這種垃圾從世上消失，才叫大快人心。」桑原捏住二宮的鼻子。「這筆帳，你要怎麼算？」

「圍事費的兩百，一人一半。」

「一人一半？我有沒有聽錯？你可是誆了你老子。」

「我知道，這是我不對。可是我有我的苦衷……」

「七三。我一百四，你六十。」

「這太……」

「之前你是怎麼跟我說的？一百萬的圍事費，我七十，你三十，不是嗎？」

「是這樣沒錯，可是……」

「所以一樣七三，我一百四，你六十。再給我囉嗦？」

「不，這樣很好。沒辦法，我答應就是。」

二宮一陣噁心欲嘔，啐了一口口水。裡頭摻雜了一點血絲。

「好了，快開車。」

桑原繞到副駕駛座。

車子從龜岡街道往國道一七一號線駛去。左駕的車子開起來怪怪的，不過愛快羅密歐的方向燈撥桿也在左邊，這一點他倒是習慣了。

「要去哪裡？」

「餓了，吃飯。」

「我不用了。回去守口吧。」

二宮只想速速跟這個傢伙分道揚鑣。光是跟他在一起就會得病。我怎麼都忘了，這傢伙是個瘟神啊——！

「你在咕噥些什麼？」

「自言自語。」

「章魚火星人在你的腦袋裡面說話嗎？『二宮，給我錢～』？」

「是幹架星球的星星王子在我旁邊說話。」

「你這小子果然逗。」

「你知道聖修伯里嗎？」

「騎馬撞風車的老頭對吧？」

好像不是在說笑。這傢伙是白痴。

「有什麼問題儘管問，我可以教你。」

桑原調高音響音量。

在國道一七一號右轉，依照桑原的吩咐開進牛排館。停車場一片空蕩蕩。

「好像還沒開。」

門口玻璃門寫著營業時間。十七點開始營業。

「差不到五分。」桑原看腕錶。「下車。」

「那是古董錶嗎？」金色的錶殼形狀像繭。

「丹尼爾・羅斯的。」

「很貴嗎？」

「你買不起。」

這傢伙說話怎麼就這麼惹人嫌？看時間有手機就夠了。

下車進入店裡。天花板挑高，裝潢沉穩。

一名穿滾邊洋裝、腳線美麗的女服務生為他們帶位。桑原看也不看菜單，直接點了生啤酒。

「我也想喝。」

「想坐牢就喝啊。」

「桑原兄也會一起坐牢啦，酒駕連坐。」

「我知道。你有那個膽，就給我喝喝看。」

這傢伙真是個人渣，連舌頭都爛光了。我怎麼會找這種瘟神來幫忙？沒錯，都是多田真由美寄來的賀年卡害的。早知道就不看什麼賀年卡了——

啤酒送來了。桑原點了兩百克的菲力牛排和青豆冷湯，二宮點了四百克的沙朗牛排和洋蔥湯、沙拉、麵包、無酒精啤酒。

「你還是老樣子，看到別人埋單，就像豬一樣會吃。」桑原目瞪口呆地說。

「我只有跟桑原兄在一起的時候才能吃到好東西啊。」

「論耍嘴皮子跟狗腿，全大阪就數你第一。」

「我剛才也說過，我真的就快關門大吉了。年紀跟債務壓得人喘不過氣來。」

「你幾歲了？」

「就快四十了。」

「四十歲的大伯還吃四百克的肉。」桑原叼起菸來。「沒菸灰缸。」

「這裡禁菸吧？」

「癮君子也真可憐。」

桑原把菸插回包裝裡。真窮酸。

無酒精啤酒送來了。二宮自己倒了一杯，半丁點啤酒味都沒有。

「剛才那肥仔的話，你怎麼看？」桑原靠坐在椅背上。

「怎麼看……什麼東西怎麼看？」

「肥仔不是頭一次拜託麒林會買票，以前也合作過好幾次，怎麼只有這次捅出亂子來？你不覺得事有蹊蹺嗎？」

「這麼說來的確有些古怪呢。是有什麼內情嗎？」

「裡頭一定有鬼。以前兩百萬就可以打發的差事，卻突然開口要一千萬，而且還附送火焰瓶。麒林會捉住了肥仔某些把柄，用這個把柄勒索他一千萬。」

「這樣啊，原來是這麼一回事……」二宮點點頭。「或許桑原兄分析得對。」

「不是或許，我有哪一次料錯的？我總是對的。」

不就是這樣的自大害你被破門嗎？這就是驕傲狂妄，自取滅亡的範本——

「那桑原兄要怎麼做？」

「去找麒林會的室井。你去找那個叫長原的傢伙，探探內情……喂，這可不是四五百的零頭就能輕鬆解決的差事。」

「桑原兄，我這人沒那麼貪心。桑原兄一百四十萬，我六十萬，咱們快快解決，速速解散吧。」

二宮不想涉險。至今為止，他被這個傢伙牽連，經歷過多少刀山油鍋？被揍得不成人形、被層層捆綁、被吊在倉庫、被槍口指著太陽穴；游過隆冬的圖們江時，還被北朝鮮的邊境守備隊當成槍靶子。肋骨斷掉也不只一兩次，腦袋被石頭砸破的傷疤還在。沒錯，桑原的腳下就是地獄的大門，然而這傢伙卻完全沒發現自己就是惡鬼的化身。

「喲、喲，這是全大阪最貪婪的傢伙說的話嗎？我是傀儡，你是操偶師。一直以來，你讓我在前台賣力演出，自己坐在一旁撈了多少油水？啊？」

「呃，恕我反駁，操偶師是桑原兄，我才是傀儡。在背後操縱的總是桑原兄。」

「我說一句你頂一句，就知道貧嘴，所以免費的肉多少都吃得下去是吧？」

「桑原兄你知道嗎？烤肉店菜單上的HARAMI不是肉耶。」

「少轉移話題。」

「HARAMI是橫膈膜，算是內臟。」

「真聰明。論打屁，你是全日本第一。」

冷湯和洋蔥湯送來了。二宮舀了一匙，滿好吃的。

「快點吃。六點前就要走了。」

「肉都還沒送來耶。」

「沒空陪你瞎扯淡。要去麒林會。」

「可是沒預約耶。」

「有人殺進敵陣前還先預約的嗎？」

桑原也喝起湯來。這傢伙雖然粗魯凶暴，但用起筷子、刀叉，動作倒是挺優雅的。是因為年輕的時候在上代組長身邊當了很久保鑣的緣故嗎？

「桑原兄離開組裡後，有見過角野先生嗎？」

角野是二蝶會的第一代組長，讓位給現任組長森山後退休了。二蝶會的代紋，就是角野家的家紋。

「去跟他打過一次招呼。我說明遭到破門的經緯，老大大發雷霆，說森山太不講道義。不過角野老大自己也從森山那裡拿錢就是了。」

沒錯，二蝶會的事務所大樓在角野名下，每個月都從森山那裡收取四、五十萬圓的租金。即使是黑道，退休也需要一筆足夠生活的資產。

「你認識角野老大？」

「沒見過本人，只看過照片。」

二宮過世的父親是角野的手下，相當於森山的大哥。二宮聽說父親後來會離開組的生意，自行設立檯面公司的土木建築公司，是因為與森山之間不和。森山藉由大力進貢角野，才得以繼承第二代組長之位。

「老大已經成了個腦袋光禿的老頭了。都快八十了，性子卻還是一樣倔。」角野住在寶塚的公寓，和小他二十歲的同居人住在一起，會客室有電動麻將桌，幾乎天天打麻將。「老大還邀我要不要留下來摸一圈。」

「真好，可以賺點小錢花花啊。」

「摸一局輸贏才三千圓的麻將有啥好玩的？浪費時間。」

二宮跟桑原打過一次麻將，桑原的牌技爛得嚇人。他從來不棄胡，動不動就放銃。那一次二宮賺了差不多十萬圓。

「角野先生還是組長的時候，二蝶會有多少人？」

「忘了，四十個有吧。」

「是森山先生把它擴大到六十人的吧？」這表示森山應該多少也有些才幹。

「那個老頭只是會賺錢。牢也只蹲過兩三年，身為黑道的骨氣，連你的卵葩大都沒有。」

「卵葩本來就沒骨頭吧。」

桑原憎恨森山。桑原交盃的對象是角野，而不是森山。也許是因為直到角野退休，桑原都是組長保鑣之故，待森山繼承組長之位，底下的跟班跟著雞犬升天後，桑原在組內的立場也變得微妙，因而改為親近嶋田。森山對此感到忌憚，一直想方設法除掉桑原，所以去年秋天，桑原與本家底下的幫派發生衝突時，森山完全不包庇他，而是將他破門了。

女服務生推著餐車過來。鐵盤上的肉塊發出滋滋聲響。四百克的沙朗牛排體積頗大。

「讓您久等了。」女服務生將盤子端上桌時，表情顯然意識著桑原。即使穿西裝打領帶，壓低音量說話，桑原仍舊散發出令人望而生畏的氣勢。

「喏，快吃。只剩二十分鐘。」

「好好好，我努力。」

二宮在膝上攤開餐巾，拿起刀叉。

三島郡島本町。二宮看著導航，從連繫JR島本站與阪急水無瀨站的公車路線，往東開進單行道。街上的風景總有些土氣，也許是因為路面狹窄，有許多老舊民宅之故。圍牆是「築地塀」（註12）形式的寺院旁，有棟小巧的三層樓建築物。

「這裡吧。」

二宮停車，熄掉車頭燈。屋前的車道上停著S級賓士和荒原路華，一樓是鐵門，二、三樓窗戶亮著燈，磚牆上釘著不鏽鋼牌，上面的字樣為「不動產・金融　林總業」。

「林總業……怎麼不寫麒林會？」桑原嘲笑地說。

附近沒有投幣式停車場。二宮把BMW停在賓士前面。

「你在幹嘛？下車啊。」桑原催道。

「我在這裡等。賓士要開走的時候會擋到人家。」

「車鑰匙給我拿來。」

註12：以泥土築成，上有屋頂的圍牆形式。

「呃……」

「呃你個頭。熄掉引擎，車鑰匙交出來。」

「桑原兄，談判就交給你了。」

二宮才不想進什麼黑幫事務所。圍事的實務，是桑原的職責。

「是嗎？」桑原的手伸了過來，揪住二宮的耳朵，幾乎沒一把扯下來。「你還算是個男人嗎？我要殺進敵陣，你就肚子纏上白布（註13）給我跟上來。想隔岸觀火，等你過了冥河再說。」

「我不要，我不想過什麼冥河。」

這傢伙根本無意要和平解決。嚇唬一般人也就罷了，對著黑道也像蠻牛似地橫衝直撞，兩三下就會打起來。每次二宮都被嚇得折壽好幾年。

「囉嗦，少在那裡給我五四三的。」

桑原把二宮拖出車外，踹他的屁股，硬逼他走。二宮只好立下覺悟，豁出去了。

桑原要二宮站在旁邊，按下門鈴。屋簷下的監視器鏡頭對著這裡。對講機應答的聲音是年輕男子。

「請問室井先生在嗎？我是二宮企畫的二宮。」

『有何貴幹？』

「我是西山事務所的黑岩先生代理人。這麼說他就知道了。」

「呃，請不要隨便冒用別人的名字。」

「我是一般市民，總不能說我是二蝶會的桑原吧？」

不一會兒，傳來門鎖解除的聲音。桑原拉開鐵門。玄關很窄，只有約一坪大。正面是鋪黑色地毯的階梯，踏面的黃銅板朦朧地反射著天花板的燈光。一樓不是事務所，似乎是倉庫還是車庫。

「喏，你先。」

「拜託，不要跟人家槓上。」

「你白痴啊？我怎麼可能在蜂窩裡亂捅？」

兩人走上陰暗的樓梯。右邊是玫瑰木門。傘桶插著塑膠傘和金屬球棒。這是在嚇唬來投靠地下錢莊的客人嗎？

桑原打開門。檔案櫃前站著兩名男子，一個理著像運動員的大平頭，個子瘦削，另一個則是光頭胖子。兩人穿一樣的白色運動服，胸口上有「D&G」字樣，應該是假貨。

「室井先生呢？」

「董事在三樓。」

他們好像叫若頭「董事」。不曉得組長怎麼稱呼。

「可以帶我們過去嗎？」

「在那之前，請讓我們檢查一下。」

註13：在腹部纏繞多層白布，有類似防具的功效，江戶時代的武士、日本黑道等，都有這樣的習慣。

「怎麼，要搜身啊？」

「不好意思，這是規矩。」

「我們可是一般平民。」

桑原舉起雙手放在後腦。大平頭從桑原的腋下摸過腰部和長褲，接著也檢查過二宮，然後說「這邊請」，離開事務所。桑原和二宮被兩人包夾著走上樓梯。

三樓走廊鋪著苔蘚綠的地毯。左邊是窗戶，右邊有兩道門。大平頭打開前面的門，行禮進入裡面。

寬闊房間的中央，有一名男子坐在皮革沙發上，穿白襯衫和深灰色法蘭絨外套，人中處和下巴蓄著半白的鬍鬚，但髮色漆黑，應該是染的。沒看見黑幫事務所常見的神壇和燈籠裝飾，其他還有書架、木製辦公桌、電視、邊櫃等家具。

「幸會。」桑原走上前去。「敝姓桑原。」

「桑原？不是二宮嗎？」男子說。

「不，二宮是他，我是桑原。」桑原用下巴比比二宮。

「你是什麼人？」

「我是二宮企畫的顧問，主要負責談判。」

「這麼兇神惡煞的談判顧問啊？」

「談判也有很多種，而且有些對象，法律講不通。」

「你是道上的？」

「我是一般人，不折不扣的小市民。」桑原出示五指俱全的左手。

「那臉上的傷疤是什麼？」

「年輕的時候調皮。」

「不是黑道，氣魄倒是很不一般。」

「看起來像嗎？其實我嚇得心臟都快跳出來了呢。」

「嗳，那邊坐吧。」

「多謝，恭敬不如從命。」

桑原在沙發坐下來。二宮也坐下。男子起身往這裡走來。

「我是林總業的室井。」

男子說，在對面坐下。大平頭頭站到後面。

「可以要張名片嗎？」

「啊，好……」

二宮遞出名片，室井接過去，瞥了一眼，丟到桌上。

「那位呢？」

「不巧名片用完了。我叫桑原。」桑原行禮說。

室井也不掏名片，說：

「你們說是黑岩先生的代理人，委任狀呢？」

「很抱歉，這類談判我們是不用委任狀的。畢竟可能會留下某些麻煩。」桑原說。

「麻煩啊……」室井豎起食指和中指，大平頭立刻遞上香菸，點燃打火機。室井深深吸氣吐煙。

「黑岩先生拜託你們做什麼？」

「我想您應該已經聽說，去年十一月，西山事務所被人投擲火焰瓶。當時事務所裡面有三個人，幸而火勢沒有擴大成災。他們沒有報警。」

「哦？真不得了。黑岩先生一定飽受驚嚇吧。」

室井連眉毛都沒動一下。二宮確信，就是麒林會幹的。

「所以黑岩先生來找我商量……哦，不是要揪出歹徒。」桑原字斟句酌地說。「上次的府議會議員補選，黑岩先生委託室井先生拉票。由於室井先生大力襄助，西山事務所推出的候選人才能夠順利當選，但當時黑岩先生對室井先生有些不周到的地方，一直讓黑岩先生感到虧欠。」

「怎麼就講起這麼俗氣的事情來了？你聽黑岩說的嗎？」

「唔，不知道事情的來龍去脈，也沒法辦事嘛。」桑原輕笑。

「他叫我幫忙拉票，這事是有的。不過火焰瓶可不關我的事。」

「我就直話直說了。黑岩先生要我送兩百萬圓來給室井先生。」

「喂，這是在說什麼？我跟黑岩之間不談錢的。」

「個人之間或許是，不過林總業和西山事務所之間應該有合約關係吧？」

「你到底想說什麼？你是在指控黑岩付錢叫我買票？」

不知不覺間，室井直呼起黑岩的名字來了。

「若言語上有所冒犯，還請見諒。總之，黑岩先生為了聊表謝意，希望室井先生能收下這兩百萬圓。」

「既然黑岩這麼說，叫他自己過來，何必找什麼代理人？」

「黑岩先生也很想這麼做，但他不好讓西山事務所和貴公司的關係曝光，請體諒他的難處。」

「關我屁事。叫黑岩過來，咱們倆好好促膝談一談。」

「拜託。」桑原低頭行禮。「請答應收下兩百萬圓。」

「哈，別笑死人了。」室井憑靠在沙發上，交疊雙腿。「不是混道上的半吊子也敢出來跟人叫囂，太嫩啦你。滾，這沒得談。」

桑原沒有吭聲。二宮往旁邊偷瞄。桑原的拳頭握得老緊。

「無論如何都沒辦法嗎？」桑原沉聲說。

「滾，看了就礙眼。」室井趕蒼蠅似地揮了揮手。

「您說這沒得談，意思是如果換個數字，也不是不能談，是嗎？」

「誠意，重點是誠意。叫黑岩拿出誠意來。」

「您說的誠意，具體來說是多少？」

「你搞屁啊？給你點顏色就開起染坊來了。連動腦都懶，還叫什麼誠意？」

「我明白了。這事我會回去跟黑岩先生商量。」

「我可是替他拉了五百票。你回去好好提醒黑岩。」室井啐道。

桑原默默起身。二宮也跟著離開房間。

「去他媽的王八蛋，就是不肯說數字！」桑原一上車便罵道。

「如果說出金額，不就變成恐嚇了嗎？」二宮發動引擎，繫上安全帶。

「幹黑道不就是要恐嚇嗎？那小子簡直孬種。」

「我一直提心吊膽，深怕桑原兄會一拳打上去呢。」

「哪個白痴會在蜂窩裡作亂？你不懂得忍耐跟理性嗎？」

「理性喔……」這傢伙國文可能要重修。「今天就此解散吧？」

好想回去事務所。二宮擔心麻吉，而且跟桑原待在一起，全身都要被毒素侵蝕了。

「囉嗦。去喝酒好了。」

「我現在沒心情喝酒。」不想跟桑原喝。

「去新地。我要找漂亮的小姐聊天。」

「去夜總會嗎？」

「屁，去俱樂部。」

「那我奉陪好了。」二宮最後一次去北新地喝酒是去年夏天，嶋田帶他去的。「可是車子怎麼辦？留在守口嗎？」

「不會停在新地的停車場嗎？回去的時候再叫車。」

「太好了。」難得桑原這麼體貼。

「快走，去新地。」

人人憧憬的北新地～桑原哼起South to South樂團的曲子來。

5

新地本通。桑原進花店和店員說了幾句話，馬上就出來了。

「你去問什麼？」

「店址。『葛蘭波瓦』的。」

「那不是黑岩說的俱樂部嗎？」是西山事務所用來接待的酒家。

「就在這前面。連花店都知道，應該是老字號。」

「原來不是純喝酒。」

「你真的很悠哉欸。你跟我認識多少年了？」

「前前後後五年吧。」

「我做事從來不會漫無目的，一切的行動都有目的和理由。」

「是我低估大哥了。大哥太厲害了。」

少在那裡自誇了，快點帶我去。去有一堆漂亮小姐的俱樂部。

「可是你那身窮酸樣就不能想想辦法嗎？」

桑原把二宮從頭到腳打量了一遍。

「我又沒想到會去新地的俱樂部喝酒。」二宮捏起外套的帽子。「早知道就打扮一下了。」

「你的打扮是什麼打扮？」

「夏天就馬球衫配麻料外套，冬天就連帽T配羽絨衣。」

「真是窮酸到骨子裡了。」

「桑原兄可以隨便去附近幫我買件衣服嗎？法蘭絨外套之類的。」

「做你的大頭夢。」桑原撇頭就走。

「葛蘭波瓦」位在一棟頗大的白磚外牆大樓的地下室。桑原走下白色大理石階梯。地下室有兩家俱樂部，桑原拉開左邊的柚木門。歡迎光臨──一名深色西裝男子深深行禮，應該是經理。

「不好意思，請問是哪位的介紹……？」

「西山事務所。黑岩先生介紹的。」桑原說。

「好的，感謝您平素的關照。這邊請。」

經理領兩人到鋼琴旁邊的雅座。已經有三組客人。小姐有十五、六名。

兩人在灰色的皮革沙發坐下。一名穿著深紫色禮服的小姐走上前來，應該是專門接待黑岩的。雖然漂亮，但頗有年紀。是小媽媽桑嗎?她禮貌地寒暄：「歡迎光臨。」

「要喝點什麼？」

「啤酒。」

桑原說，二宮也點了啤酒。

二宮拿熱毛巾擦手，一邊環顧店內。天花板很高，掛了三個水晶燈，牆壁灰泥裸露，腰壁板是深棕色柚木，灰色地毯織有纖細的花紋，走英國風的沉穩裝潢。

「我叫佳代。兩位是第一次光臨對嗎?方便請教大名嗎？」

「我叫桑原，這傢伙是二宮。我們現在在為西山事務所工作。」桑原熱絡地說。「妳是媽媽桑？」

「很抱歉，媽媽桑還沒來上班。」佳代說。「兩位是西山議員的祕書嗎？」

「我們負責府議會的政策，還有和其他黨派的折衝、談判……算是黑岩先生的幫手。」

雖然答非所問，但佳代默默點頭。

桑原朝二宮努努下巴，就像在說「你也說點什麼」。

「這裡好大。」二宮說。「有幾坪？」

「唔，有幾坪呢？」佳代歪起頭來。「對不起，我也不清楚耶。」

「二宮老弟，你智障嗎？」桑原說。「有人上俱樂部問幾坪大的嗎？」

「呃，就忽然想知道嘛。」

「這傢伙就是這樣，怪胎一個。」

桑原對佳代說。佳代發窘地笑了笑。

這時飲料和小姐都來了。兩個小姐都穿著極短的洋裝，分別是黑色與白色絲襪。佳代起身，和小姐交換。

白絲襪小姐坐到二宮旁邊。大概二十多歲，留了頭短髮，眼睛大大的很可愛，但胸部有點小。白絲襪叫露娜，黑絲襪叫小遙，她們為兩人斟啤酒。

「露娜就是月亮吧？」二宮喝啤酒說。

「哇！第一次有客人這樣說呢。」

「我常上同志酒吧。南區舊新歌舞伎座後面一家叫『露娜』的店。」

「我沒去過同志酒吧耶。」

「那要不要一起去？今天妳下班後。」

「不好意思，我得回家餵貓。下次再邀我好嗎？」

反正八成是小腿一堆汗毛的貓。二宮邀酒店小姐下班後出遊，從來沒有成功過。

「可以請教大名嗎？」

「我叫二宮。」

「二宮先生好年輕呢。」

「會嗎？我快四十了。」

沒反應。

「那件連帽外套好可愛。」

「謝謝，我就只有這件外套。」

「二宮先生是做什麼的呢？」

「我是建築顧問，事務所在美國村外圍，不過這陣子……」

「我父親也是做建築相關行業的。」

「設計師還是什麼嗎？」

「我不太清楚耶。」

這種有點雞同鴨講的交談，好像叫做「網球對話」。因為球專朝沒人的地方打去，所以傳球無以為繼。

下酒菜來了。桑原吃著火腿說：

「妳們也喝點什麼吧。我要威士忌兌冰。」

「我要威士忌兌水。」

「謝謝。」

小遙舉手叫小弟。

「黑岩先生常來這裡嗎？」桑原叼起香菸。

「黑岩先生？國會議員祕書那個嗎？」小遙為桑原點菸。

「對，民政黨西山事務所的祕書。」

「他常來。一個月光臨兩次吧。」

「他這人怎麼樣？」

「很沉默寡言，不太愛說話。感覺有點可怕。」

「可怕？」

「呃，請問桑原先生和黑岩先生是什麼關係？」

「我對黑岩先生不太瞭解。最近我接到西山事務所的工作，跟選區有關，可是不清楚黑岩先生是個怎樣的人。唔，說起來算是在對黑岩先生做信用調查吧。」

「桑原先生是偵探嗎？」

「這話妳可別說出去，其實鄙人我也是祕書，同樣是民政黨議員的祕書。這次為了跟西山事務所合作，我得先熟悉一下首席祕書黑岩先生的為人，所以才會上這家店打聽打聽。」

聽到桑原居然說什麼「鄙人我」，二宮差點沒笑出來。頂著那張流氓臉，裝什麼文雅？

「那，小遙妳覺得黑岩先生哪裡可怕？」桑原笑吟吟地問。

「有一次我惹得黑岩先生好生氣。」

「他怎麼會生氣？」

「黑岩先生總是帶朋友一起來。那次我坐在黑岩先生的朋友旁邊，結果那個人摸我的大腿跟屁股，我本來一直忍耐，可是後來受不了，把他的手甩開了。」黑岩見狀，把媽媽桑叫來，指責她小姐沒有教好，讓他帶來的客人丟臉。媽媽桑打圓場賠不是，但後來把小遙罵了好一頓。「居然跟媽媽桑告狀，這不是很奇怪嗎？怎麼不直接罵我呢？」

「這根本不是男子漢大丈夫的行徑。比起吃豆腐的客人，黑岩更惡劣多了。」

「對不起。我不該說客人壞話的。」

小遙可能自覺多嘴了，輕輕搖頭。

百齡譚17年和杯子送上來了。露娜在杯中加冰塊，斟入威士忌。

「露娜覺得黑岩先生怎麼樣？」二宮問。

「我討厭那個人。」露娜直截了當地說。「總是神氣兮兮的，而且超會流汗的。」

「一個大胖仔大搖大擺堵在椅子上，看了就熱嘛。」

「就是說呀。」露娜說。「而且祕書又不算政治人物。」

兌冰威士忌和兌水威士忌附上杯墊，分別遞到桑原和二宮面前。

「西山議員也會來嗎？」桑原問。

「偶爾。」小遙說。「可是都是媽媽桑或佳代姊接待。」

「他比黑岩更臭屁嗎？」

「不會，西山議員喝醉了人也很開朗，喜歡唱歌。」小遙說西山會用鋼琴伴奏唱演歌。「以他的年紀來說，歌喉很不錯。」

「西山議員是跟支持者一起來嗎？」

「是啊，好像多半是老闆或高層。」

「但是跟黑岩先生一起喝酒的，是會摸小遙屁股的毛手毛腳歐吉桑。」

「那種客人是滿少見的啦。」

「有沒有眼神特別凶狠的？一看就知道是混道上的。」

「那種人才是真正可怕呢。」小遙和露娜對望一眼。「可是我看不出來哪些人是。」

坐在妳旁邊喝兌冰酒的那個不就是嗎——？二宮喃喃——在肚子裡。小遙和露娜好像都深信桑原真的是議員祕書。

「黑岩先生以前好像想當醫生。」露娜說。「他報考很多家私立醫學院，可是都落榜了。」

「這是他自己說的嗎？」二宮問。

「佳代姊告訴我們的。」露娜是個大嘴巴。

「黑岩先生是哪裡人？」

「神戶吧？」露娜說黑岩的老家是傳統釀酒廠。

「既然是釀酒廠小開，家裡應該錢多得是。然而卻連醫學院都考不上，看來腦袋真的很糟。」

「他經常炫耀自己有很多醫生朋友。是自卑心作祟嗎？」

應該不是。黑岩利用私立醫大的推薦名額，幹一些讓有錢人家少爺走後門進醫學院的勾當營利。

「露娜真是個好孩子。」

「什麼？」

「沒有啦，妳告訴我們很多事。」二宮喝起兌水酒。

鋼琴老師來了，開始彈起琴。是〈My Way〉。

「來唱個歌好了。可以點歌嗎？」二宮說。

「可以，只要是有樂譜的曲子都行。」小遙說。

「那我要唱千秋直美（註14）還是真橋真梨子的歌。」

「二宮老弟，你的歌聲會讓人聽了不舒服。」桑原說。

「桑原兄又沒聽過我唱歌。」

「你那種榻榻米貼上眼鼻似的扁臉，會讓聲音破掉，不用聽也知道，歌喉絕對爛到爆。別唱了。」

露娜哈哈大笑。沒禮貌。煩死人了。

「妳們認識一個叫室井的嗎？」桑原看小遙和露娜問。「去年十月，黑岩先生帶他來過。」

「那個頭髮全黑，鬍子卻是白色的人對吧？」露娜說。「我記得。是金融業的對吧？」

「對。林總業。他給妳們名片了嗎？」

註14：藝名寫為ちあきなおみ（一九四七～），日本歌手及演員。

「沒有。也沒有給另一個議員。」

「什麼？黑岩先生帶了兩個人來？」

「對，他們三個人一起來的。」

「另一個議員叫什麼？」

「名字有點特別……螃蟹……還是蝦子什麼的。」

「小遙記得嗎？」

「那一次應該不是我坐檯。」

「螃蟹還是蝦子啊……他們談到府議會的補選嗎？」

「講的都是黃色笑話。明明是議員，卻肥得流油。」

「這樣啊。那個螃蟹是性騷擾老頭啊。」桑原喝光兌冰威士忌，靠坐到沙發上。「二宮老弟，去唱歌。」

「剛才你不是叫我不要唱？」

「採訪結束了。接下來是同樂會。」

「破音也沒關係嗎？」

「唱高橋真梨子的〈懊惱的紅唇〉。」

小遙起身去向鋼琴老師點歌。二宮引吭高歌，把露娜嚇得往後仰。她的小褲褲是粉紅色的。

九點半。兩人離開葛蘭波瓦。桑原給了佳代黑岩的名片，帳簽在西山事務所上。

「議員祕書的名片就像尚方寶劍呢。」二宮說，從本通往西走。

「剛才的店光坐下來就要五萬，這麼貴的酒錢，白痴才會付。」

「下次再去吧。我也有黑岩的名片。」

「隨你的便。你自己一個人去。」

「那，我在這裡先告辭了。」

「站住，才剛入夜而已。」

「我喝醉了。」二宮東倒西歪地走。「桑原兄叫車回去吧。」

「如果要叫車，早在剛才的店就叫了。」

「找家咖啡廳等車就好啦？」

「我在車子裡面等。帶我去停車場。」

「這人怎麼這麼麻煩？」

自私鬼。都被幫派掃地出門了，卻還是一副死黑道樣。

兩人走到靠近四橋筋的停車場。ＢＭＷ旁邊站了個男人。男人看到桑原，微微行禮。

「你是……」

來人留著運動員般的短髮，穿著皮革飛行夾克和牛仔褲。是二蝶會的木下。

「好久不見。」木下行禮。

「啊，你好——」二宮也回禮說。

桑原把鑰匙丟給木下。木下接過鑰匙，解除車鎖，打開後車門請桑原上車。

「二宮先生也請上車。」

「不，我要回去了。」

「叫你上車。有話要說。」桑原說。

王八蛋，一定是從葛蘭波瓦打電話給木下的——二宮也坐進後車座。

木下坐上駕駛座，關上車門，發動引擎，打開空調。

「查到了嗎？」桑原問木下。

「查到了。是蟹浦。蟹浦文夫。」

六十七歲，自由黨，是曾經擔任過府議會議長的大人物。

「自由黨的地方議員怎麼會跟黑岩喝酒？黑岩的主子是民政黨的西山欸？」

「我也覺得事有蹊蹺，所以上網查了一下。」木下說，去年十月的大阪府議會議員北茨木市選區補選中，西山光彥支持候選人羽田勇，對手候選人是自由黨的桝井義晴。「桝井是前任府議會議員。擔任議員的時候，是與蟹浦同一個派閥的大阪府聯合會地區發展局的幹事長代理，當時的幹事長是蟹浦。」

「羽田勇是民政黨推出的候選人嗎？」

「是民政黨提名的新人。」

「這就說不通了。自由黨的黨員蟹浦應該要支持桝井，卻和民政黨的黑岩一起上酒家……而且黑道的室井也在場……這是怎麼一回事？」

什麼派閥、對手候選人、黨派提名新人，桑原和木下交談的內容，根本不像黑道的對話。難道這兩個其實腦袋很靈光——？

二宮在腦中畫出兩條線。

○民政黨　眾議院議員・西山光彥－祕書・黑岩恭一郎－府議會議員候選人・羽田勇——

○自由黨　府議會議員・蟹浦文夫－府議會議員候選人・桝井義晴——

「據我推測，黑岩是不是拜託蟹浦，要他說服桝井退出選舉？」木下說。

「是啊……照一般推測會是這樣，但桝井一直參選到最後一刻，而且結果是民政黨險勝。」

「羽田拿到二萬三千票，桝井是二萬二千七百票。」

「原來如此，只差三百票，難怪室井會爭說他們為羽田拉了五百票。」

「我可以說說我的意見嗎？」二宮插口。「黑岩以三百票些微差距贏得選舉。雖然不知道室井是不是真的買到五百票，但總之選戰是打贏了，那麼照著室井的要求，付給他一千萬不就得了嗎？這樣事情就圓滿解決了嘛。」

「真聰明，好羨慕你那顆絲瓜頭。」桑原輕蔑到家地說。「圓滿解決的話，還有什麼賺頭？當然要從黑岩那裡狠敲一筆。」

「唔，是這樣沒錯啦……」

「沒錯你個頭，只會像條狗似地張嘴呆坐在那裡。」

「什麼意思？」

「天落饅頭狗造化，等著被饅頭噎死吧你。」桑原啐道。「枡井家在哪？」他問木下。

「北茨木的鈴原。叫枡井商事，是土木機械代理店。」

「好，去鈴原。這時間的話，人應該醒著。」

桑原憑靠在座椅上，閉上眼睛。

北茨木市鈴原。枡井商事位在國道一七一號線的中河原十字路口往北的公車路線旁。小巧的三層樓建築物陰暗的展示間裡，陳列著削岩機、手扶壓路機、混凝土振動機、壓縮機等小型土木機械。

木下把BMW停在屋前停車道上，打開後車門。桑原下車，二宮也下了車。玄關玻璃門右側放了一塊立式看板，寫著：「陽光北攝（註15） 清新府政 枡井義晴後援會」。看來就算選輸了，他還是沒有放棄議員之路。

「喂，去叫人。」桑原吩咐。

「桑原兄自己去叫啦。」

「我跟木下都是黑道派頭，你那張笨臉才好。」

「你們的叫派頭，我就是笨臉喔？」

二宮按下門鈴。等了一會兒，傳出上了年紀的婦人聲音：

『喂，桝井家。』

「抱歉夜裡打擾。敝姓二宮，請問桝井先生在家嗎？」

二宮朝著對講機鏡頭行禮。

『請問是哪裡的二宮先生？』

「二宮企畫，在西心齋橋做建築顧問。」

二宮說不是來討論府政事務的。婦人可能轉告桝井了，不一會兒，展示間的燈光亮起，裡面走出一名穿淡褐色開襟衫的肥胖五十開外男子。他發現外面有三個人，有些意外的樣子，但並未疑神疑鬼，打開了門鎖。

「抱歉這麼晚打擾。」二宮再次行禮。「我叫二宮，這兩個是我公司的員工，桑原和木下。請多指教——」木下雙手並攏，深深行禮。桑原默不吭聲。

「有什麼事嗎？」

「我有些工程機械的問題想要請教……」

「先請進吧。」桝井率先走進展示間，在圓桌旁的椅子坐下來。「工地在哪裡？」桝井問。

「北茨木的西山事務所。」

註15：北攝，大阪府北部的古名。攝津為日本舊時令制國的行政區名，為現今大阪府中北部及兵庫縣東南部。

「是要鋪裝嗎？西山事務所的停車場。」

「不，是改建。」桑原說。「西山事務所被人投擲火焰瓶，你知道吧？」

「火焰瓶……？事務所……」桝井蹙眉。「真的嗎？」

「為了去年十月補選的糾紛。聽說蟹浦先生拜託桝井先生退出選戰，不是嗎？」

「這是在說什麼？」

「麒林會的室井很生氣，說你害他們顏面掃地。」

「你們真的是建築業的人嗎？真的是來談生意的嗎？」

「生意晚點再談。弄個不好，連這間展示間都會被丟火焰瓶。鬧上新聞也無所謂嗎？」

「請等一下。那件事應該已經過去了，事到如今再翻舊帳，未免太說不過去了。」

桝井不安地說。紅臉、條碼頭、下門牙缺了一顆。

「桝井先生，你拚過頭了。如果你默默退出，事情也不會鬧得這麼僵。蟹浦先生也很頭大。」

「蟹浦先生從沒向我提過這種事。我這場選戰，打得清清白白。」

「原來你不曉得？蟹浦是棵牆頭草。表面上哄著你，背後卻是跟西山事務所的黑岩串通一氣……蟹浦被黑岩用錢收買了。麒林會的室井，是黑岩的靠山。」桑原虛實交混，胡謅一通。他真的很擅長搞這套。「你剛才說那件事過去了，蟹浦塞錢給你是嗎？」

「沒有。我沒有做任何愧對良心的事。」

「你也真是可憐，你被蟹浦給賣了。」

「蟹浦先生真的跟黑岩串通嗎？」桝井自問地說。

「你不曉得嗎？去年十月，選舉公告前，蟹浦跟西山事務所的黑岩、麒林會的室井一起在新地喝酒。」

「我沒聽說過這種事。你少胡說。」

「這可是千真萬確的事實。要不你去問蟹浦。地點是新地一家叫『葛蘭波瓦』的俱樂部。」

「桝井先生，蟹浦有沒有對你說過？」二宮開口。「『現在風向不太好，這次還是先退出，等下次選舉吧？』」

「……」也許是心裡有數，桝井垂頭咬住下唇。

「蟹浦給你一筆錢，請你退出選戰，但你搖頭拒絕了。真是太有骨氣了。畢竟就算少了蟹浦的後援，你也跟羽田廝殺到只差三百票。」

「蟹浦先生從黑岩那裡拿了錢嗎？」桝井抬頭。

「沒錯，這一點錯不了。雖然不清楚金額多少。」

「這樣啊……」桝井虛脫地說。「你們請回吧。」

「話還沒談完。」

「請你們回去。」

「桝井先生……」

「我很困擾。你們渾身酒臭。」

「好吧。」桑原站起來。「走吧，撤退了。」

二宮和木下也起身，離開展示間。

木下開車，進入國道旁的拉麵店。桑原點了啤酒和煎餃，木下點了叉燒麵，二宮點了啤酒和炒飯。

「桑原兄猜得沒錯呢。」二宮夾起桌上的薑片大嚼。

「蟹浦私吞了從黑岩那裡要來的錢吧。沒分給桝井半毛。」

「也難怪桝井要生氣。」二宮覺得如果蟹浦支持桝井，桝井應該會當選。

「黑岩帶室井去新地，是為了恐嚇蟹浦。蟹浦看到室井，嚇到漏尿，覺得如果隨便拒絕，麒林會會給他好看。」

「蟹浦從黑岩那裡拿了多少呢？」

「應該不止一兩百。」

「羽田上繳的錢，黑岩也私吞了一部分嗎？」

「選舉就是灑錢。就算是地方選舉，也是兩千、三千萬在跑。每個人都像禿鷹一樣撲上來，搶著分一杯羹。」

桑原說，二蝶會上代組長角野也曾經受認識的地方議員之託，幫忙買票。

「二十多年前，是一票一萬。當然，老大什麼也沒做，這樣也賺了一百萬。」

即使是無業黑道的票，一樣是一票。以前二宮還看過候選人甚至對著挖垃圾桶的狗寒暄拉票。

啤酒送來了。二宮配薑片喝酒。有點不夠冰。

吃完拉麵的隔壁桌四人同時抽起菸來。

「小哥，不好意思，菸味很嗆。」桑原伸手揮開煙霧。「別在這麼小的館子裡抽菸。」

四人當中的一個轉過來，張嘴瞧不起人地睨著桑原。

木下無聲無息地站起來，走到男子旁邊。

「沒聽見嗎？」

「你誰啊？」

男子恫嚇道。鼻翼上穿著鼻環。四個都很年輕，還有人脖子上刺青。二宮想起外面停著底盤改低的豐田皇冠。

「桑原兄，可以開扁嗎？」木下問。

「你還在緩刑期間吧？」桑原喝啤酒。

「可是對方都找碴了。」

「記得留一口氣。」

聽到這段對話，鼻環男把菸丟到地上踩熄了。其他三人也揉掉香菸。

木下默默回到桌位。四人付了錢離開了。

黑道就是這樣，教人頭痛。完全不曉得什麼時候會突然跟人打起來。木下也是頭媲美桑原的蠻牛。

「接下來要怎麼做？」二宮問桑原。

「貪腐政治家一個接著一個吶。我想對付蟹浦。」

「我來調查。」木下打開智慧型手機搜尋。「蟹浦文夫，六十七歲。」蟹浦當議員已經是第七任了。平成二年他從高槻市養護管理課離職，以保守派無黨籍身分參選西高槻選區議員並當選。第六任時擔任府議會議長。「事務所在三島郡島本町小谷。要打電話過去嗎？」

「我看看……」桑原瞄了一眼手錶。「打吧。」

木下看著智慧型手機，用另一支手機打電話。

「沒人接。」

「沒辦法，明天好了。」

木下的叉燒麵和二宮的炒飯來了。桑原的煎餃還沒來。

「為什麼只有我的沒來？」

「煎餃要蒸，蒸完還要煎。」

「炒飯拿來。」

「不可以全部吃完喔。」二宮把盤子拉回來。

「我才不像你那麼大胃王。」

桑原舉手叫服務生：「拿小盤子來。」

6

二宮被手機鈴聲吵醒了。他半是無意識地從被窩裡伸手按下通話鍵。

「喂？」

『二宮先生，早。』

「啊，你好。」

『我是木下。你在睡覺嗎？』

「對，起來了。」

看看壁鐘。才九點而已。腦袋一片昏沉。

『昨天謝謝你奉陪到那麼晚。』

「不，是我該道謝才對。不好意思。」

木下載桑原到守口下車後，還送二宮回大正來。二宮凌晨一點多才上床。

『我現在要去接桑原兄，然後去你那裡。』

木下說他送二宮回家後，把ＢＭＷ停在關目的投幣式停車場。木下好像住在城東區。

「你沒睡到多少吧？」

『睡了四、五個小時有。』

「我這樣說也很怪，不過木下你也太忠心了。桑原兄已經不是二蝶會的人了。」

『或許吧，但他還是我江湖上的大哥。這跟代紋沒有關係。』

「節夫怎麼樣？」

『節夫凡事看得很開。他不會主動去找桑原兄。』

節夫和木下本來都是桑原的小弟，幫忙他賺錢，但與遭到二蝶會斷絕關係的桑原之間，情份似乎有濃淡之分。這表示節夫沒血沒淚，木下重情重義嗎？黑道也算是一種企業或組織，因此也有派系之分，如果上司出人頭地，部下也跟著雞犬升天。節夫失去原本的直屬上司桑原，應該正在盤算接下來要投靠誰吧。

『我應該十點多可以到大正。』

「是桑原兄叫你來接我的嗎？」

『他好像有事要拜託你。』

「拜託喔……要去見那個叫蟹浦的議員嗎？」

『或許吧。』

「我不必在場吧。桑原兄一個人就夠會講了。」

像桑原那麼能言善道的黑道也真少見，死的也能說的活的……不，他現在已經不是黑道了。

『總之請你等我去接。』

煩死人了。今天又要被桑原捏著鼻子拖著到處跑嗎？追根究柢，從西山事務所那裡接到工作的可是我，桑原是我的包商，我是桑原的客戶吧？這世上哪有把客戶當成跑腿小弟耍的業者？啊？

二宮掛了電話，離開被窩。冷死了。扭開煤油暖爐開關，披上全是毛球的開襟衫走去廚房。打開冰箱，從深處挖出兩顆豬肉包子。

包子都乾了，不曉得什麼時候買的，冰箱的臭味都滲透進去了。因為沒別的東西好吃，二宮把包子放到碟子上，放進微波爐按下開關。微波期間，二宮朝著洗碗槽撇條。反正都要用水沖掉，在洗碗槽尿還是在馬桶尿都一樣。

微波爐「叮」了一聲，二宮取出包子。包子乾縮，變得硬梆梆的。

把紙盒牛奶倒進大碗公，包子泡進裡面。包子逐漸膨脹。用叉子撥開，送入口中，但這根本不是人吃的東西。

可惡，浪費我的牛奶——二宮坐在餐椅上抽起菸來。

十點半，敲門聲響起。二宮離開住處，跟著木下走下鋼筋階梯，BMW的後車門打開來。

「不管什麼時候來看，這地方都髒斃了。」

桑原說。他穿著一襲黑西裝配襯衫，沒打領帶，放下來的車座扶手上擱著深灰色的切斯特菲爾德大衣。

「桑原兄今天也好時髦。」二宮坐到桑原旁邊。「這件大衣是訂做的嗎？」

「沒那麼高級。凡賽斯的。」

「西裝呢？」

「亞曼尼。」

「大衣加西裝要多少錢？」

「我不是教訓過你？像那樣什麼東西都要問價錢，是大阪人的劣根性。」

「我是優衣庫的忠實客戶。全身上下大概五千圓有找。」

「真可悲，四十歲男人全身的行頭居然只值五千圓？」

「鞋子是其樂的。」二宮秀出腳上的沙漠靴。

「哪裡撿來的？」

「買的啦。暢貨中心買的。」

「鞋子起碼也刷一下吧。」

「桑原兄，自由業者是不拘泥服裝的。」

「自由業個頭，根本米蟲吧你。」

「小的愚鈍，那麼您來接小的這個米蟲，是有什麼貴事？」

「營造商。你在那圈子人面很廣吧？」

「唔，是認識幾個人啦。我好歹也是個建築顧問嘛。」

「營造少不了圍標。介紹我業界裡主持圍標的營造商。」

「要做什麼？跟西山事務所的圍事有關嗎？」

「利益啊。營建商都跟議員串通賺錢吧？」

「唔，這構圖是顯而易見啦……」二宮想到幾名營造業者，但不想帶桑原去。對方會把二宮也當成同道中人。「不過我不認識有能力主持圍標的大人物。」

「你剛才不是說你認識？」

「我是說我認識營造商，不管是拆除業者、工務店還是裝潢業者都認識，可是沒有符合桑原兄開出來的條件的——」

「少囉嗦了。介紹我營造商。而且要老江湖、老狐狸。」

桑原一旦說出口的話，絕不可能撤回。二宮尋思起有哪個營造商是帶桑原去見也沒問題的？

「港區有個以前我爸接拆除工程的業者。雖然不到老江湖，不過他應該願意談談。」

「就找他。叫什麼？」

「有田先生。有田土建的會長。」

「有田土建在哪？」

「夕凪。在港區。」

二宮剛說完，木下便解除手煞車，車子開了出去。車子駛向大正通。

「呃，有田先生是一般市民。我爸生前很受他照顧，見到他的時候，請別忘了這件事。」

「我知道。不會讓你沒面子的。」

桑原交疊起雙腿。腳上的皮鞋和二宮的沙漠靴一樣，是黑色麂皮。

「一對耶。」

「閉嘴，少拿我跟你相提並論。」

BMW在大正通的十字路口右轉。

港區夕凪。從千島的公寓出發，十分鐘車程就到了。有田土建在四線道公車路線旁擁有一棟六層樓公司大樓，就在駕訓班斜對面。占地約一百五十坪，正面外牆全是鏡面。泡沫經濟時期有近七十名員工。

「就是這裡。停車場在地下。」

「搞什麼，這營造商這麼大？」

「有田先生很有一手。」

二宮說，有田把經營交給大兒子，成天在會長室悠哉打發時間。

「有田是哪個組的檯面公司？」

「人家是徹頭徹尾的清白市民，一代就把公司經營到這麼大。」

車子開進地下停車場。木下把BMW停在一輛白色悍馬旁邊，可能是社長的休閒車。

二宮和桑原兩個人走樓梯上一樓。拉開玻璃門。一名穿深紅色制服的女員工立刻走到櫃台裡接待。生面孔。

「我是二宮企畫的二宮，會長在嗎？」

「有預約嗎？」

「沒有，不過告訴他二宮，他就知道了。」

「請稍待。」

女員工拿起櫃台電話。感覺年紀應該有四十多了，但膚色白皙，五官分明。年輕的時候一定很有男人緣。

女員工放下話筒，說「社長說可以見兩位」。

「會長室在六樓對吧？」

二宮道了謝，走到電梯前按鈕。

「你喜歡歐巴桑？」桑原小聲說。

「我又沒有……」

「瞧你，都快把人家裙子底下的屁股看出洞來了。」

「大姊姊我也行。」

兩人進入電梯，二宮按下「六樓」。

「那女的手腳冰冷。她穿了兩件大媽厚內褲，線條都跑出來了。」

「桑原兄什麼事情都愛一口咬定呢。」

這傢伙比我還下流。二宮根本沒注意到什麼內褲線條。

六樓到了。走廊右邊是會長室。二宮敲門後開門。有田坐在裡面的辦公桌，正在看筆電。

「喔，好久不見。」

「上次見面，是我爸的葬禮上呢。葬禮的時候多謝會長幫忙了。」

守靈與告別式的會場安排、現場引導人員、連絡寺院等等，都是有田派員工來幫忙的。他等於是實質上的殯葬委員長。

「抱歉突然來訪。」

「沒關係，反正退休老頭閒得很。」有田搖了搖頭。「這位是……？」

「我叫桑原，是二宮的生意夥伴。」桑原恭敬地行禮。

即使看到桑原，有田也面不改色，起身走過來這裡。

「來，坐吧。」

「謝謝。」

二宮和桑原一起在皮革沙發坐下。房間很大，牆壁貼的是淡象牙白的壁布，地毯是淡灰色，鋪有花紋精緻的裝飾絲墊，還有雕刻著藤蔓花紋的玻璃帷幕、吹玻璃立燈、胡桃木邊櫃與辦公桌。簡單，但每一樣都極盡奢華。

有田打開桌上的雪茄盒，裡面排列著約十根不同品牌的雪茄。

「小啟，你抽雪茄吧？」

「我喜歡雪茄，只是沒什麼機會抽。」

「自己挑一根吧。」

「謝謝。」

二宮拿了Cohiba雪茄。平常早就伸手的桑原只是默默地看著。二宮用雪茄盒附的雪茄刀切開雪茄帽，用登喜路的桌上型打火機點火。

「好香。」二宮吐出煙來。

「我還在猜你會挑哪一根。你很內行，挑了最貴的。」

「抱歉，我這人就是窮酸。」

「這樣才好，總比假客氣要來得好。」有田拿了鑲紅圈的雪茄，裁掉茄帽。「那，你今天來是有什麼事？」

「我想瞭解一下營造業者和議員的圍標。我想能夠問到內情的，大概就只有有田先生了，所以來請教你。」

「圍標啊……」有田抽了一口菸。「這陣子沒聽說了。」

「圍標總不可能消失了。」

「不，現在已經不是可以靠議員關說拿到工程的時代了，而且投標、得標都被監視得很嚴格。圍標當然還是有，但幾億、幾十億的大工程，不是隨便一家營造商跟地方議員碰得到的，那都是大型開發商和國會『族議員（註16）』——而且是派系領袖等級的利益。這樣的利益，在和歌山、奈良這些地方好像還是可圖，但大阪和神戶已經沒辦法了。總之對議員來說，建設、土建業整體的利益已經縮小了。」

有田說，他最後一次參與圍標，大概是十年前的事，是船越建設與大同組、東邦橋樑的合資公司工程。「國交省的大阪灣貨櫃場興建案，是約四十億圓的工程。雖然來了一堆亂七八糟的議員，但結果也沒賺到多少。」

「那堆亂七八糟的議員裡頭，有民政黨的西山嗎？」

「你說西山光彥嗎？」

「光誠學園集團的理事長。」

「他是文科省（註17）的族議員，不是土建的吧？」有田說，貨櫃場的圍標中沒聽過西山的名字。「小啟，往後議員的利益所在，不是營建，而是社福。」

「社福？」

「你知道『特養』吧？」

「我爸病倒的時候有聽說。雖然是沒讓他住進去啦。」

「特養」就是特別養護老人院。當時照護社福人員告訴二宮，愈快申請入院愈好。

「特養現在全國好像有五十萬人等著排隊入院。只要蓋好機構，一年一億的營收絕對跑不掉。」有田說，入院者的費用，會由照護保險來補足，所以不怕收不到錢。

「特養和議員的利益有什麼關係？」

「前年的統一地方選舉，我認識的營造商出來參選東寢屋川的市議會議員。頭銜是社會福利法人代表。他以倒數第二名當選了。」

「當上議員有什麼好處？」

「在特養新建工程申請名單上的次序可以往前。」

有田說，特養機構的許可及認可權在縣政府或市政府手上。議員的申請，市政府不好駁回。

「我那個朋友開的特養機構去年秋季開幕了。讓那些排隊的老人住進去，就能夠拿到那些老人和家人的選票。只要當上議員，就可以從政府那裡拿到執照、從市民那裡拿到選票、從國家那裡拿到福利預算……懂了嗎？小敢，對那些議員來說，過去的利益在工程，現在的利益在社會福利啊。」

「原來如此，我明白了。」

也瞭解為什麼社會福利法人有那麼多黑道分子了。只要有資金、懂手法，老人產業和貧窮產業照樣可以賺錢。

「順便告訴你一件好玩的事。」有田笑著說道。「我那個朋友把特養機關的餐廳業務外包給供餐業者，結果那個業者拜託他，說想在東寢屋川市主辦的市民運動會、文化演講會等紀念活動上供

註16：指在個別專業領域及政策立法施行上，特別能發揮影響力的國會議員，形成建設族、交通族、農林族、文教族等族群。

註17：文部科學省，日本中央機關部門之一。負責教育、科學、文化、體育等事務。

應便當和點心。我朋友調查一看，發現那是市政府的非投標合約，屬於一年有數千萬預算的公民黨利益。我那朋友硬是從公民黨那裡拿到了部分合約。聽說供餐業者每個月會給他大概十萬圓的回扣。」

「只要幹過議員和詐騙一天，就欲罷不能，真的就是這樣呢。」

光聽就教人作嘔。議員真的全是人渣。而且平日還趾高氣昂的，比黑道更惡質。

「可以請教一下嗎？」桑原開口。「會長不打算從營建轉戰社福嗎？」

「難說呢。」有田抽著雪茄。「我兒子好像沒什麼興趣。」

「不過如果令公子當上議員，有田土建往後不就高枕無憂了嗎？」

「桑原先生，當議員是要錢的。選舉事務所、海報、宣傳車、人事費，最起碼也得準備個一千萬圓。公民黨和勞產黨的選舉，是黨部全額負擔，但我聽說民政黨和自由黨的新人想要參選，得向黨部提供千人單位的黨員名單和後援會名單。名單也是要錢的，得替閒閒無事的老人代墊黨費，發便當給他們，請他們聽演歌，招待看戲，甚至送伴手禮……不是你想當議員就能當的。」

「當議員也不全是好事呢。」

「當然多少也有些壞處。不過只要當上議員，就等於上了天堂。地方議會的會期一年只有短短八十天，其餘時間是閒到發慌。每個人都滿口『議員、議員』地諂媚你，政務活動費愛怎麼花就怎麼花，滿腦子心思全是要怎麼中飽私囊。每一個都是腐敗到底的人渣，而我們市民的稅金就這樣任他們揮霍。」

「有田先生，你跟我真的很像，明事理，講道理。」

桑原奉承說，有田頗感受用地點點頭。

笑死人，哪裡像了？這個爛黑道哪懂什麼事理道理？

「二宮老弟，有什麼好笑的嗎？」桑原轉過頭來。

「沒事，你說的都對，有田先生的話也讓人受益良多。」

二宮抽的Cohiba雪茄熄了。他用桌上型打火機重新點燃。

「小啟，要喝咖啡嗎？」有田說。

「啊，好啊，謝謝。」

「桑原先生呢？」

「好的，謝謝。」

「我喝紅茶好了。」

有田拿起邊櫃上的電話，吩咐飲料後，轉向桑原說：「桑原先生，你說你是小啟的生意夥伴，是做什麼生意？」

「我是二宮企畫的代理人，負責解決拆除跟建築工地的問題。」

「圍事是嗎？」

「會長很內行。」

「我做這行很久了，不可能完全是不沾鍋。」有田頓了一下：「你是哪個組的？」

「毛馬的二蝶會……不過現在不是了。領章已經拿掉了。」桑原抓起西裝衣襟出示。

「是因為《暴對法》還是《暴排條例》嗎？」

「不是為了那種小兒科。我是被破門的。」桑原若無其事地說。「詳情你可以問二宮老弟。」

「不，這也不是什麼聽了舒服的事吧。我認識的人裡面，也有不少人金盆洗手，說幹那行糊不了口。」

面對如此凶神惡煞的傢伙，有田卻一點畏縮的樣子都沒有，二宮佩服極了。把詳情告訴有田應該無妨。

「對會長說這些，或許是找錯對象，不過去年十一月，西山光彥的選區事務所被人丟了火焰瓶。八成是島本町的麒林會幹的。西山事務所叫黑岩的首席祕書在府議會的補選中委託麒林會拉票。」

黑岩、羽田及室井，還有蟹浦和桝井，加上選前的密約及選後的糾紛——二宮在不礙事的範圍內說明經緯，有田默默地聽著。

「——然後黑岩跑來拜託我，叫我搞定麒林會。雖然這不是圍事工作，但因為情勢使然，我答應下來了。」

「你也真愛插手各種麻煩事呢。」有田笑道。

「這也都是為了糊口。我連事務所的房租都快付不出來了。」

「那你打算怎麼辦？」

「就是因為想不出法子，所以才來向有田先生請益。」

「法子啊……這可難了。」有田尋思著。「──說起來，那個叫桝井的怎麼會想當議員？」

「桝井是土木機械商。我想是為了當上議員，把機械銷給當地工程，還可以拿到長期租約。」

「一樣是營造利益啊？」有田點點頭。「我認為那個叫蟹浦的是關鍵人物。黑岩為了讓羽田當選，想要擊垮對手候選人桝井，灑錢給桝井的主子蟹浦，蟹浦卻把那筆錢給吞了。蟹浦也從桝井那裡拿了錢。這裡頭最惡劣的就是蟹浦。」

「昨晚我們打過電話給蟹浦，但沒有人接。我們打算今天去找他。」

「小啟，蟹浦什麼時候見都可以。在那之前，先蒐集一下公務員那邊的情報比較好吧？」

「你說北茨木市政府嗎？」

「府議會議員、市議會議員層級的選舉，少了政府機關幹部的支持，是拿不到選票的。市政府裡頭什麼人支持羽田、什麼人支持對手，這部分要調查清楚。」有田說，在選戰中支持到落敗的一方，事後一定會遭遇秋後算帳人事。很多都是從本廳的部長、局長職，被調到沒預算的部門或外圍團體。「市政府一定有人被發配邊疆。就是那種換了市長，就從總務部長被調去供餐中心的可憐人。找到那種人，向他們打聽，或許就能探聽出這次補選的內幕。我參與營建圍標的時候，就是像這樣從外而內，一步步鞏固大局的。」

「原來如此，網也要看怎麼撒呢。」

「這叫天網恢恢。有時候小魚裡頭也混著高級鯛魚。」有田抽了口雪茄。

這時敲門聲響起，剛才的女員工端著托盤進來。她把咖啡紅茶擺到桌上，附上砂糖奶精，向桑原和二宮行禮後離開了。

「那個人單身嗎？」桑原問。

「嗯，現在單身。」有田說。

「離過婚嗎？」

「應該。」

「有小孩嗎？」

「好像沒有。」有田說是去年春季進來當會計的約聘人員。

「二宮老弟喜歡美腿大姊。」

喂喂喂，胡說些什麼？二宮迷戀美腿是沒錯，但他可不喜歡年紀比他大又手腳冰冷還離過婚的女人。

「沒問題，什麼時候方便？」有田看二宮。

「什麼東西方便？」苗頭愈來愈不對了。

「先一起吃個飯吧。她也會喝酒。」

「呃，她叫什麼名字？」

「牧野。」好像不知道全名。

「我隨時都方便。吃法國菜還是義大利菜都沒問題。」

雖是奇妙的發展，但並不壞。不知道為什麼，二宮腦中浮現牧野穿內衣的模樣。

「如果是跟牧野小姐，」

「我大概十年沒跟特種行業小姐以外的女人約會了。」二宮走進電梯。

「瞧你那副色胚相。還『吃法國菜還是義大利菜都沒問題』咧。」

「人家那麼關照我們，你何必說成那樣？」

「他是閒到發慌。看到有人可以讓他大發議論，才不會放過這個機會。」

「可是不是很好嗎？他告訴我們這麼多。」

「真是隻老龜精。老到龜殼都生苔的老龜精。」

喝完咖啡，離開會長室，按下電梯鈕。

「真敢說，你以為是誰做的月老？是你要包紅包給我才對。」

桑原兄會包紅包給我嗎？」

「十年呢，十年。連砲友都沒有，桑原兄就不同情我嗎？」

「真可悲。你的人生的確值得同情。」

囉嗦。值得同情的是你才對。不曉得是誰被戴了二十年領章的幫派破門的喔？

兩人下去地下停車場，木下正在等他們。兩人上了車。

「去吃午飯。吃鰻魚好了。」

「哪家鰻魚店？」木下問。

「南區的。吃江戶前鰻魚吧。」

「那就是『菱鰻』囉。」木下應道。

BMW駛出有田土建的停車場。

三人進了宗右衛門町的鰻魚店包廂，桑原點白燒鰻魚，二宮和木下吃了蒲燒鰻魚飯。二宮也認為鰻魚就是要蒸過再烤的江戶前做法才好吃。

「好了，接下來怎麼做？」桑原乾了啤酒。

「去這附近白天營業的酒廊嗎？消化一下。」

「你請客就去。」

「那去市政府好了。北茨木的。」

「感覺有點難度呢。」

「要去也行，但是要怎麼找到被發配邊疆的？」

「我想見你那個叫長原的朋友。你打電話給他。」

「打電話給他，要約在哪？」

「你的事務所。叫他出來。」

「長原很忙，他不會答應的。」二宮不想讓桑原進事務所。

「這樣嗎？那你沒用了。接下來我一個人幹。」

「等一下，這可是我包下的案子。」
「你半點屁用都沒有，連幹勁都不拿出來，還他媽的想白天上酒廊？」
「好好好，我知道了，我打電話就是了。」
二宮打到長原的手機。長原立刻接了。
「啊，我啦，二宮。方便講電話嗎？」
『可以，怎麼了？』
「麒林會的事，幫忙我的一個叫桑原的想跟你見面。你可以來我的事務所嗎？」
『什麼時候？』
「今天，等一下。」
『沒辦法立刻欸。四點多怎麼樣？……我三點從這裡出發。』
「不好意思，我等你。」
意外地順利談妥了。政治家祕書行動力過人。
「他四點過來。」二宮對桑原說。
「好。去你的事務所睡午覺。」
桑原叫來女服務生，拿了結帳單。
在戎橋和木下道別後，二宮駕駛ＢＭＷ，前往西心齋橋。把車停到四橋筋的投幣式停車場，走到福壽大樓。美國村充斥著年輕人，許多女人上身穿的是厚厚的羽絨外套，下身卻是迷你裙，而且不曉得在想什麼，連絲襪都沒穿。

「太匪夷所思了，穿成那樣卻不會起雞皮疙瘩，到底是什麼法術？」二宮說。

「精神力啦。光著腿、故意露給人看的小褲褲，都是精神力。」

光腿姑且不論，故意露給人看的小褲褲教人開心。看到丁字褲的細繩時，二宮還會跑去周防町筋的彩券行買個迷你樂透。雖然從來沒中過。

來到福壽大樓了。走上五樓。剛把鑰匙插進事務所的門，就傳來麻吉的叫聲。二宮進去打開空調，走到鳥籠旁。麻吉開心地在棲木上左右跳動。

「麻吉，對不起，你一定很寂寞吧？」

『小啟，麻吉，吃飯吧，走吧，過來！』麻吉叫著。

「麻吉，再等一下喔，現在出來會感冒。」

鳥籠裡有暖氣，但整個事務所很冷，所以不能立刻把麻吉放出來。

「你都像那樣跟鳥說話？一年到頭滿口『麻吉麻吉』的。」

桑原把大衣掛到衣架上，從冰箱取出發泡酒坐到沙發。

「牠可是我無可取代的伴侶。麻吉真的可愛斃了。」

「沒女人愛就會淪落成這樣嗎？病入膏肓。」

「桑原兄也養個寵物，就知道寵物有多療癒了。」

「我有全大阪的女人療癒我，每個人都叫我今天也要去、天天都要去。」

「那太棒了。同表欣喜。」

「冷死了。沒毛毯還是膝上毯嗎？」

桑原在沙發躺下來。

「蓋你那件凡賽斯的切斯特菲爾德大衣不就好了？」

「會起皺。」

「小氣鬼。」

「什麼？有膽再給我說一次？」

「麻吉，吃飯囉！」

二宮對麻吉說。麻吉應道：『啾咕啾，好！』

「你還教鳥怎麼叫？」

「我教牠很多。」

有些話可以學，有些話不能學。「啾咕啾」是第一個教的。

「喂，麻吉，說說看：桑原大哥宇宙無敵霹靂強！」

「桑原兄怎麼還不睡覺？別在那裡嘮嘮叨叨的。」

「用不著你說，我要睡了。」

桑原脫了鞋，拿扶手當靠枕閉上眼睛。

事務所暖和了起來，二宮把麻吉從籠子放出來。麻吉也許是好奇陌生人，停在沙發背上觀察桑原。就是那裡，麻吉，快點朝那傢伙臉上拉泡屎——

桌上的電話響了。二宮接聽。

「二宮企畫。」

『二宮，我是藤井。恭喜新年。今年也請多多指教。』

「嗯，也請妳多多指教。」

『我可以搬東西上去嗎？』

「嗯，可以。」

『那我馬上過去。』

電話掛了。二宮想到桑原在，但也沒辦法。他和藤井朝美有簽了約，讓她可以在事務所裡放貨架的。

不一會兒敲門聲響起，二宮開門。藤井站在門外，旁邊是一個載了大包裹的推車。

「一箱嗎？」

「對，一箱而已。」

「那我來搬就好了。」不想讓藤井看到桑原。

「我還想拿一些東西。『Kitson』的包裹。」

「好，妳拿吧。」

二宮把門整個打開。藤井推著推車進來。她穿著高領條紋線衫和緊身牛仔褲，花紋低跟包鞋和牛仔褲非常搭配，比起在有田土建遇到的牧野，要美豔多了。

藤井站在牆邊的鐵架仰望。有一股甘甜的淡香水味。

「哪一箱？」二宮問。

藤井指向寫著「NANKO MARINE SERVICE」的紙箱。

二宮搬來腳架取下紙箱，然後把推車的包裹搬到架上，再將取下的紙箱放到推車上。

「謝謝你幫忙。很重對吧？」

這不叫幫忙，全部都是二宮在做。搬到架上的包裹有二十公斤重。

「昨天我也打過電話給你，可是你不在。」

「抱歉。我昨天一整天都在外面。」

「你好忙。」

「難得一次啦。平常都很閒的。」雖然想邀藤井喝個茶，但桑原躺在沙發上。「要不要出去喝個咖啡？」

「我很想，可是還有工作。抱歉。」

藤井朝美推著推車離開了。

「剛才那是誰？」聲音響起。

「高中同學。」

二宮回頭。桑原躺著看這裡。

「長得很不賴啊。叫什麼？」

「藤井朝美。老公是刑警，有三個小孩。」

「條子的老婆？不像。太會打扮了。」

「我也有同感。」二宮拉過辦公椅坐下。

「你居然想泡刑警的老婆？」

「我不懂你在說什麼？」

「你不是邀人家去喝咖啡？」

「你聽見了？」

「刑警的老婆搬紙箱來幹嘛？」桑原死纏爛打。

「她在這棟大樓的一樓做進口貨批發。事務所很小，所以拜託我讓她把貨寄放在這裡。」

「你果然想泡人家嘛。是你硬要她把東西放這裡的吧？」

「對啦對啦，隨便你愛怎麼想啦。」

「我要睡了，不要吵我。」桑原又閉上眼睛。

麻吉飛過來停在膝上，仰望二宮。牠想要討摸。

二宮把手放在麻吉背上搔搔牠的頭。麻吉愉悅地瞇起眼睛。

7

還不起來！都四點多了！二宮被吵醒，抬起頭來。他好像趴在桌上睡著了。

「那種姿勢，虧你睡得著。」桑原坐在沙發上吞雲吐霧。

「是太累了吧。歲月不饒人。」

二宮抽了張面紙抹去口水。麻吉停在信匣上。

「你在學校都沒在聽課的吧？」

「我都疊個兩三本課本當枕頭睡覺……桑原兄呢？」

「我都在外頭跑。騎著改造機車，四處物色你這種呆瓜，或是穿改造學生褲的吊兒郎當不良學生，弄點零用錢花花。」

「真是令人激賞的高中生。」

「不是高中，是國中的時候。」

這時敲門聲響起，門打了開來。是長原。二宮向他招手。

長原走進事務所。他穿著黑西裝配襯衫，繫條深藍色圓點領帶。他注意到桑原，微微頷首。

「這是桑原兄，這次的工作搭檔。」二宮介紹說。

「幸會，我是西山事務所的長原。」

長原遞出名片，但桑原沒有禮尚往來。「喏，坐吧。」他對長原說。

長原在沙發坐下，二宮把折疊椅挪過去坐。

「昨天我們去過你們事務所，見了黑岩先生。」桑原說。「那時候你不在。」

「我聽黑岩提到桑原先生有來過。辛苦你們走一趟了。」長原熱絡地說。

「然後我們去了島本町的麒林會，跟若頭室井談過了，完全沒用。五百票一千萬，室井無論如何就是要這個數字。」

「我們委託二宮設法解決，二宮也點頭答應了。」

「如果想用蠻力壓制黑道的室井，就免不了衝突。我覺得抓住室井的把柄，從後面拐他一腳，或許才是上策。你有沒有什麼內幕？」

「室井的把柄啊……」長原手扶下巴。「我知道的不會比黑岩更多。」

「不，我們想問的是周邊的情報。」桑原把上半身探向長原。「首先，靠著西山事務所全力支持而贏得選舉的羽田勇，是個怎樣的人？」

「他今年五十六歲，從《近畿新聞》離職後，成為民政黨的提名候選人。」羽田自京都學院大學畢業後，進入近畿新聞社任職。在擔任地方行政、經濟記者期間，進出西山事務所，認識了西山。「他為人圓滑，口才很好。辭掉《近畿新聞》的時候，已經做到編輯局的次長，不過他好像從年輕的時候就立志從政。聽說他大學的時候是辯論社的，曾經參加過保守派議員的助選活動。」

「《近畿新聞》很大嗎？」

「在地方報裡，跟《京都新聞》、《神戶新聞》規模差不多。他們宣稱發行量五十萬份。」

員工有五百名以上。其中記者應該將近三百人，長原說。

「從現役記者變成候選人，表示事前沒有進行選舉宣傳活動嗎？」

「就算想也沒辦法吧。」長原點點頭。

「羽田有繳交黨員名單給黑岩先生嗎？」

「黨員名單……？你很清楚呢。」

「這點事還知道。」桑原憑靠在沙發扶手上。

「後援會名單是黑岩準備的。」

長原說後援會名單是從北茨木市的民政黨市議會議員那裡蒐集到的。

「那羽田就只有出錢嗎？」

「這是指選舉經費嗎？」

「我聽說現在是一千萬？」

「唔，應該要這個數字吧。」

「進貢了多少？」

「什麼……？」

「羽田進貢黑岩先生多少錢？」

「我沒聽說這種事。」

「選舉是政治家祕書賺錢的門路，黑岩先生不可能平白替羽田蒐集名單。」
「桑原先生，關於錢的事，我實在不好說。」
長原別開視線。看來羽田確實給了黑岩一筆錢，應該是從《近畿新聞》的離職金拿出近一千萬圓。也許長原也從黑岩那裡拿到了一些。
「第二點。」桑原繼續說。「在選戰中落敗的桝井義晴，他的參謀是誰？」
「蟹浦先生。府議會議員蟹浦文夫。西高槻選區的。」
「蟹浦算大咖嗎？」
「沒錯，他直到前年都還是府議會議長。」
「桝井算是蟹浦的小弟嗎？」
「對。桝井從當議員的時候，就是蟹浦先生的跟班。」
桝井當過一屆議員，但是在兩年前的統一地方選舉中落敗了。
「那次統一地方選舉中當選的，是民政黨的議員是吧？」
「對，他叫村松清。村松因故過世，所以去年十月才會舉辦北茨木選區的補選。」
「桝井等於是連敗兩次嗎？」
「只要輸過一次，地盤就會垮了。支持者會離開，後援會也搖搖欲墜。」
「這樣啊，桝井已經不行啦。」
桑原沒有說出他們昨晚在北新地的「葛蘭波瓦」喝酒，後來去拜訪鈴原的桝井商事的事。

「桝井當議員的時候，有個跟他聲氣相通的北茨木公務員對吧？你知道那個人是誰嗎？」

「誰呢……？我不清楚。」長原納悶地歪頭。「我跟市政府那邊不熟。」

「兩年前選舉的時候四處奔走，桝井落選後被發配邊疆的傢伙啊。」

「這麼說的話，是有這樣一個人。本來就要從議會事務部長升到副市長，卻被降調了。現在好像在哪個國中。」

「當校長還是副校長嗎？」

「不是教職，是事務長。」

「叫什麼？」

「不知道。」長原搖頭。「你們要問那個事務長什麼事？」

「桝井在兩年前的選舉中落敗的理由。」

「是因為桝井不知道照顧人啊。桝井先前趁著自由黨勢力崛起的聲勢，當上議員，可是就這樣鬆懈下來了。他不知道為選區爭取預算，也不照顧後援會。只當一任就落選，也是理所當然的事。」長原說，不管是國會還是地方議會，議員想要連任，平日檯面下的選區活動是絕對不可少的。「你們去見事務長也沒用。反正他也不可能告訴你們見不得人的內幕。」

「這樣啊。你說的沒錯。」桑原乾脆地同意。「議員還真是麻煩。」

「總之，困難的是連任。不夠勤奮，是沒法勝任議員工作的。」長原假惺惺地瞄手錶。「可以了嗎？我得回去事務所了。」

「你開車來的嗎？長原先生。」

「不，我搭電車來的。」

「真不好意思，特地要你跑一趟。」

「哪裡。那我告辭了。」

長原起身。二宮也站起來送他到門口。長原向桑原行了個禮離開。

「他完全沒問你的事欸。」二宮關上門。

「什麼意思？」

「也沒叫你給他名片。」

「從黑岩那裡聽說了吧。說我是個落魄的前黑道分子。反正八成也調查過二蝶會了。」桑原抽了口菸。「拿啤酒來。」

「我只有發泡酒。」

「假啤酒就行了。」

囉嗦的傢伙。二宮從冰箱取出發泡酒給桑原。

「那小子，好像不願意我去找那個被發配邊疆的。」桑原拉開發泡酒拉環。「開電腦。」

「要做什麼？」

二宮坐上椅子，打開電源。

「查一下北茨木有幾間國中。」

二宮等電腦開機，叫出谷歌搜尋。

「北、茨、木，中、學。」

「你打字有夠慢的。」

「我是有在練習傳簡訊啦。」

「打電話就得了的事，不要慢吞吞地傳什麼簡訊。」

「現代生意人都用電子郵件談生意的。」

「生意人？笑死人，你窮死人吧。」

「多謝稱讚，不敢當。」按下搜尋。「——北茨木有五間國中。」

「才五間，應該找得到那個被貶職的事務長吧。」

「他願意談嗎？」

「不實際碰個面，誰知道？」桑原交疊雙腿，朝天花板吐煙。「長原那小子現在在一樓，剛才那個叫藤井的女人的公司。長原也是你同學吧？」

「你怎麼知道？」

「長原沒穿大衣。天冷成這樣，他怎麼可能只穿西裝，從北茨木到南區來？那小子在過來這裡之前，先去了女人的公司，把大衣放在那裡。」

「桑原兄真是觀察入微。」特別是對這種無聊小事。

「長原跟剛才那個女的有一腿。」

「哦……？」

「你也太遲鈍了。長原是為了見女人才來的。」

被桑原這麼一說，二宮也這麼覺得了。可惡，他們真的搞上了嗎？

「那種時髦女人，你搞不定的。你還是拿有田土建的女職員將就就好吧。」桑原喝光發泡酒，把菸蒂丟進菸灰缸。「走了。」

「走去哪？」

「南區。喝了假啤酒，勁頭上來了。」桑原說鰻谷有家時尚的酒吧。

「不是要去北茨木的國中嗎？」

「明天再去。學校又不會跑掉。」

「還不到五點耶？天都還沒黑耶？」

這傢伙怎麼會邀我上酒吧？他就沒朋友嗎？

沒錯，這種人不可能有朋友。桑原在二蝶會也遭到孤立。會關照桑原的，就只有若頭嶋田一個人而已。

二宮發現了一個事實：這個人無處可去。他遭到幫派放逐，拋棄黑幫領章，也無人願意親近。現在除了二宮，沒有任何人願意陪他喝酒。

這麼一想，二宮不禁心軟了。這個人也有那麼點討喜之處嘛。

悠紀說過，「小啟喜歡跟討厭的界線曖昧不清」。

悠紀只是還不明白男人之間的交情這回事。就算是這個根性惡劣到家的傢伙，內心深處還是有尚未完全爛透的部分。二宮也是一樣的。沒錯，所以人才如此教人耐人尋味。

「你在那裡喃喃嘀咕些什麼？噁心。」

「章魚外星人在我腦裡說『二宮給我錢～』。」

「你的腦袋真是四季盛夏的樂園。」

「麻吉，過來。」

二宮呼叫停在百葉窗軌道上的麻吉。麻吉「嗶」了一聲，飛了過來。

「小乖乖，真可愛。」

二宮讓麻吉停在指頭上，放進鳥籠。換了水，補充飼料。麻吉叫著：『可愛的小妞，可愛的小妞！』

「好了，去鰻谷吧。」

二宮檢查鳥籠裡的暖氣後站起來。空調就先不關了。桑原也起身離開事務所。

就像桑原說的，鰻谷的酒吧非常時髦。照明昏暗，長吧台深處有三個雅座。天花板很高，空間寬敞。白髮的酒保只有客人攀談時，會簡短回應個兩三句。其他客人也都安靜地品酒，酒保細心地留意著每一個客人。

「我還以為桑原兄只會去俱樂部還是夜總會，原來也知道氣氛這麼好的酒吧。」

二宮從鋁管取出在有田土建拿到，抽到一半的Cohiba雪茄點燃。

「很高雅對吧？不是只有讓小姐坐在旁邊服侍，才叫男人。」

「我都只去同志酒吧。那裡的少爺說話很風趣，酒錢也很便宜。而且還開到早上。」

「你跟男人幹過吧？」

「你說呢？或許該試個一次，經驗一下。」

「牢裡也有那種的。都關在單人房。」

桑原說同性戀會敗壞獄中風氣，所以不會關在大通鋪。

「監獄裡面有很多眉角呢。」

「你也可以進去坐坐啊。可以吃個三年免錢牢飯。」

「聽說進去拘留所的時候，都會先用玻璃棒捅屁眼，是真的嗎？」

「不曉得。以前會吧。」

「果然還是因為人權問題什麼的嗎？」

「監獄哪來的人權？」桑原蹙眉啐道。

「牢獄生活給桑原兄留下心理創傷了嗎？」

「頭上都冒出五六個鬼剃頭了。」

這不是該在時尚酒吧交談的對話。雖然跟這樣的酒伴，也不曉得能聊什麼了。

「桑原兄會餓嗎？」二宮嚼著杏仁說。

「餓了。」

「要不要去吃壽司？」吃完壽司，想去有小姐的俱樂部。

「你請客嗎？」

「我哪有這個榮幸。」

「你就是這副死德行。連一次帳都沒付過。」

「桑原兄，我呢，自打出娘胎以來，就從來沒擁有過錢包這東西。」

「所以呢？」

「因為也沒錢可以放啊。」

「二宮老弟，你真的是個大怪胎。」

桑原點了乾馬丁尼，二宮點了龍舌蘭酒。雪茄真香。

七點。兩人從鰻谷走到宗右衛門町。單行道上有許多緩慢行進的計程車，每次碰上就只能停步讓車子過去。這代表景氣稍微回溫了嗎？雖然二宮企畫沒半點生意。

在笠屋町的藥局買菸的時候，後面有人按喇叭。豐田皇冠的司機對著前面的計程車嚷嚷叫罵著。這時二宮注意到有人在看他們。皇冠另一頭，花店後面躲著兩個男人。一個穿黑色皮夾克、灰色長褲，另一個穿著和桑原一樣的黑色切斯特菲爾德大衣。兩個看起來都像玩咖，不過這麼說來，離開剛才的酒吧時，好像也曾瞥見那件皮夾克。

想太多了嗎？二宮和桑原並排著往前走，兩名男子也跨出步伐。

二宮停步叼起香菸，兩名男子也放慢腳步。

「桑原兄，咱們是不是被跟蹤了？」

「你說那兩個嗎？」桑原也發現了。「是道上的。」

「是心理作用嗎？」

「不，就是被跟蹤了。」

「怎麼辦？」

「怎麼辦呢……？」桑原也叼起香菸。「直接過去嗆聲，問個清楚嗎？『跟蹤我們幹嘛？』」

「請不要在南區大馬路上打起來啊。」

「真沒辦法。壽司不吃了。」

桑原又往前走去。經過太左衛門橋，往道頓堀方向前進。從千日前筋往左彎時，往後瞄了一眼，兩名男子仍尾隨在後。

「那兩個居然堂而皇之地跟著。」二宮說。

「你跟道上的結了什麼仇嗎？」

「怎麼可能？我是個膽小的小市民欸。」

「哈，聽你放屁。」桑原大搖大擺地往前走。

兩人來到阪町。這裡酒店、特種行業與愛情賓館雲集。粉紅沙龍的攬客小姐向他們招手。

「進來玩玩嘛，全套三千圓喲！」「抱歉，小姐，下次吧。」桑原拉開「波德」的店門。

「歡迎光臨。」蓄鬍經理抬頭招呼，但一發現是桑原，立刻撇開頭去。一個穿老舊毛料外套的老頭兀自在唱卡拉ＯＫ。

「經理，好久不見啦。一切都好嗎？」

桑原在高腳椅坐下。二宮也坐下。經理遞出熱毛巾：

「喝什麼？」

「百齡罈，兌冰。」

「那位呢？」

「一杯紅眼（註18）。」

「這裡沒賣番茄汁。出去左邊有超商。」

態度冷漠到家。經理曾是四課的刑警，但與千年町的韓國酒吧小姐交往，被監察盯上，逐出府警。他把離職金給了老婆，讓她脫離苦海，租下頂讓的這家店，讓女人當老闆娘，然而不到一年，女人就跑回首爾去了。此後，經理便一個人經營這家「波德」。

「今天中川會來嗎？」桑原拿熱毛巾抹手。

「前天來過，今天不曉得。」

註18：Red Eye，啤酒與番茄汁混合製成的調酒。

中川是四課的刑警，是經理的學弟，喜歡窩在這家店。

「外頭有幾個麻煩東西，該怎麼辦？」

「怎麼，道上的？」經理將杯墊放到吧台上。

「八成。」

「你不是金盆洗手了？我聽中川說了。」

「所以才不想隨便幹架啊。」

「少了代紋還是會怕嗎？」

「是不怕，但接下來就麻煩了。」

桑原也是有腦的，知道現在他不是二蝶會的人，不顧後果地與人起衝突很危險。桑原有同居人，而且在守口有家卡拉OK店，萬一被人丟火焰瓶，生意就甭做了。

毛料外套老伯放下麥克風，店裡頓時安靜下來。經理拔開啤酒瓶蓋，在岩石杯裡放入冰塊，倒入百齡罈。

「你去買番茄汁。」桑原轉過來說。「順便看看外頭。」

「開什麼玩笑，會被宰的。」

「你是一般市民。黑道不敢碰一般市民。」

二宮過去聽信這話，吃了多少苦頭？挨揍、挨踢，被送進醫院也不是一兩次的事了。

「我已經下定決心了。君子不近危處。火中的栗子，給我長筷子我也不撿。」

「真敢說。還沒跌倒就先準備好拐杖是吧？」桑原嗤之以鼻。「你也太可憐了，全大阪第一弱雞。」

老伯又開始唱起卡拉ＯＫ。比星星更幽微～比雨水更溫柔～一個人唱雙人對唱曲的五十多歲阿伯也真難得。是老婆跑掉了嗎？

「經理，吃的。」

桑原拿起菜單，點了義大利麵。

八點了。毛料外套阿伯放下麥克風，叫老闆結帳，付了錢起身。

「麻煩一下。」桑原叫住阿伯。「外頭可能有兩個眼神不善的傢伙，一個穿黑皮夾克，一個穿長大衣。如果他們守在外頭，可以請你告訴我一聲嗎？」

「好啊，沒問題。」

阿伯大方地點點頭離開了。不一會兒電話響了，經理接聽。

「這樣，知道了。多謝。」經理放下話筒。「說是站在對面的夜總會前面。」經理對桑原說。

「那個老伯是什麼人？」

「再過去的當鋪老闆。」

「當鋪很不錯，光坐著就有客人上門。一個月能賺九分利息的行當，我看也只有當鋪了。」

「小額借貸的利息降低，當鋪好像也叫苦連天。現在已經變成賤賣名牌貨的二手店了。」

「高利貸還叫什麼苦？做人就應該要汗流浹背努力工作。」桑原喝光兌冰酒。「給我波旁。火雞好了。」

經理從背後的架上取下野火雞威士忌酒瓶，換了新杯子，放入冰塊。

九點多了。兩人已經在這處吧台坐了多久？二宮喝了兩瓶啤酒、五杯兌水酒，身體都涼透了。有點醉了。

「桑原兄，我想回家了。」

「你要回去？隨你的便。」

「我一個人回去不是很危險嗎？」只要桑原先離開，一切就都解決了。「跟黑道有關的事，都交給桑原兄。」

「放你媽的狗屁，他們是從你的事務所跟蹤過來的，他們盯的是你。」

「真的嗎？」

被這麼一說，或許真是如此。可是怎麼會是我……？暗雲開始籠罩頭頂。是因為被桑原拖去麒林會的關係嗎？可是他們跟麒林會又沒過節。桑原只是去談判，沒道理被黑道跟蹤。

就在這時，店門打開了。一名穿著招搖細條紋西裝的壯漢走了進來，還帶了個女人。

「慢死了。」桑原說。「我在等你。」

中川無視於桑原，走進裡面。他讓女人坐到吧台邊角，自己在旁邊坐下來。一杯兌冰酒，一杯高球——中川說。

「喂，給我裝不認識？」

桑原說，但中川連頭都沒轉過來。

「聽著。」桑原接著說。「有道上的跟著我，在對面夜總會前面。我想揪住他們問點事情。」

「……」中川嘖了一聲，叼起香菸。

「在女人面前裝優雅？不適合你啦。」

「你差不多一點，吠夠了沒？」

中川這人表情平板，說話沒有抑揚。短髮、粗脖、體型結實。耳朵扁平，是柔道高手常見的柔道耳。

「不好意思，我叫桑原。」桑原對著裡面的女人揮手。「跟中川先生是十年交情的老朋友。」

女人微微頷首。她留著一頭褐色短髮，眼睛細長，嘴唇豐滿，妝很濃，但滿漂亮的。可惡，中川這種黑猩猩哪點好，何必想不開跟他交往？

對了，難道這就是傳說中西淀川的女人——？

中川四十多歲，任職於大阪府警搜查四課，階級為巡查部長，無望繼續升遷。他在西淀川包養女人，總是缺錢。他是個黑警，因為叔叔是大阪府警的高層，才能勉強保住職位。

「我叫二宮，是中川先生的酒友。」二宮挖苦地向女人寒暄。「我在美國村外圍做建築顧問。」

「別理他們。」中川打開棒球手套似的大手打斷說。「這兩個是人見人厭的垃圾東西。」

「我說刑警先生啊，我可是正當市民，所以很怕黑道。你去外頭看個一下……」

「三年，聽到了沒？」中川看桑原。「從破門狀公布開始，三年之內，都不算脫離幫派。你還是二蝶的成員。」

「這樣啊，原來我還是黑道啊？」

「兩三個小混混，對你來說根本不算什麼。空手幹架，沒人打得過你。」

「你也太遲鈍了。你身上的警徽是幹什麼用的？你去揪住他們，問出是哪個幫派的。」

「聽你放屁。少在那裡說夢話了。」

中川說完，再也不看這裡，和女人兩個人喝酒。

桑原起身問經理：「多少錢？」「一萬三千圓。」

桑原把錢放到吧台上，摘下眼鏡出去了。

「沒關係嗎？」二宮說。

中川和經理都沒應話。

二宮也出去了。桑原正與兩名男子對峙。雙方在交談，但聽不見說什麼。

冷不妨地，桑原的拳頭揮了出去，擊中皮夾克男的臉，男子下半身癱軟下來。黑大衣男撲上來要打，桑原閃開，踹對方胯下，但黑大衣男沒有倒下，用肩膀衝撞桑原，兩人扭打著撞上霓虹看板。皮夾克男搖搖晃晃地站起來，從口袋裡掏出東西。那東西反射著光芒。剛才的粉紅沙龍攬客小姐尖叫起來。

背後的門打開，中川現身，態度輕鬆地走近過來。

「你們在做什麼？」

中川亮出警察手冊上的警徽。皮夾克男畏縮了，右手藏到身後。桑原騎在黑大衣男身上猛打。

「你這是傷害罪，我要逮捕你。」

中川抓住仍繼續揍人的桑原的手，把他拖開。黑大衣男屁股著地往後退，靠在倒下的霓虹看板上站起來。滿臉鮮血。

中川走近皮夾克男旁邊。他比男子高出半顆頭。

「你們是哪裡的？」

中川用警察手冊上的警徽拍打皮夾克男的臉。男子默不吭聲。

「你手上拿著什麼？交出來！」

皮夾克男伸出雙手打開。空無一物。

「轉過去。」

「為什麼？」

「少囉嗦！」

中川揪住男子的後衣領轉過去，摸索外套和長褲。

「沒東西……？」

「廢話，我本來就什麼都沒拿。」

「居然敢在南區大馬路上鬧事，你們好大的膽子啊？」

「我們是被逼的。」皮夾克男瞪桑原。「是那個混蛋挑釁的。」

「錢。」中川說。

「什麼？」

「你們把招牌砸壞了，不賠嗎？」

「不關我的事。」

「是嗎？那就跟我一起回警署。」

「幹，多少啦？」男子咂舌頭。

「小哥，五萬夠嗎？」

中川向夜總會攬客的黑衣小弟問。黑衣小弟提心吊膽地點點頭。

皮夾克男從後褲袋掏出皮夾。

「我只有三萬。」

「喂，再拿兩萬出來。」中川對黑大衣男說。黑大衣男抹著臉上的鮮血，掏出錢來。中川理好五張鈔票，遞給黑衣小弟。

「可以了，滾。」

中川揮揮警察手冊。兩人落荒而逃。

「你搞屁啊？礙我的事。」桑原說。「也沒問出那兩個混混是哪裡的就放掉，搞什麼？」

「你想要我統統抓去警署嗎？你也是共犯。」中川說，黑道的暴行傷害罪是要判徒刑的。

「他媽的，我的亞曼尼破了。」桑原的西裝肩膀和膝蓋裂開，襯衫也被對方的血染紅了。

二宮走到夜總會的花盆旁邊。中川把桑原拖開時，他看見皮夾克男扔下了什麼東西。分開假花一看，盆底有一把刀。

「你有手帕嗎？」二宮問夜總會的黑衣小弟。

「有面紙。」

「給我。」

二宮接過面紙包住指頭，捏起刀子撿起來。是一把折疊刀，刀柄是珍珠白紋，刀身有十一、二公分長。二宮向中川出示刀子。

「這上面有指紋，請拿去比對。」

「幹嘛這麼多事？麻煩死了。」

「酬勞桑原兄會付給你。」

二宮收起刀刃，用面紙包起來，交給中川。中川返回波德，二宮也跟上去。

「不要跟來。酒都變難喝了。」

「菸跟打火機，還有桑原兄的大衣跟眼鏡都還在店裡。」

「我會幫你們扔掉。」

中川走進波德。

二宮和桑原從相合橋筋往千日前通走去。

「沒被跟蹤吧？」二宮再三回頭。

「那小子鼻樑斷了，牙齒也斷了吧。現在正哭著跑去醫院。」

「你問他們什麼？」

「問他們是誰指使的。居然給我傻笑說『你已經不是道上的啦』。他們認得我。」

「那我的事也……」

「腦袋裡的紅線一下子斷了。得讓他們體會一下桑原大哥的可怕。」

「可是如果中川沒來制止，桑原兄可能已經挨刀了耶。」

「我早就看到了。我怎麼可能挨刀？」

虛張聲勢，桑原根本沒察覺。不過再追究下去，挨揍的會是自己。

前面走來的情侶避開桑原。

「那身西裝和襯衫得換掉才行呢。」

桑原穿著凡賽斯大衣，但遮不住襯衫被噴到的血。

「解散。沾到髒東西了。」

太讚了。雖然想快點回家，但不能回去公寓。麻吉還在事務所。

「桑原兄，拜託你，可以陪我回事務所嗎？」

「為啥？」

「我不能把麻吉丟在那裡。」

「籠子裡不是有飯嗎？」

「麻吉要有人陪才肯吃飯。」

「你是鳥奴啊你？」桑原吃不消地說。「嗳，好吧。叫計程車。」

「感謝桑原兄，多謝桑原兄。」

只要是為了麻吉，二宮什麼事都肯做。即使是上刀山下油鍋，面對上百萬敵軍，二宮也會以桑原為盾牌，勇往直前。

兩人來到千日前通，攔下計程車。

8

尿意讓二宮醒來了。老二硬挺地勃起。太振奮人心了，好久沒一早就像這樣升旗。

二宮伸手拿遙控器開電視。螢幕上正在播放NHK的十點新聞。這主播不錯，清純可愛，一定也會說英語。東大畢業的嗎？搞不好是外國回來的。叫小泉加奈子。嘴唇旁邊有顆痘子。便秘對身體不好啊，皮膚會變差——

二宮漫無邊際地想著無聊瑣事，晨勃漸漸消了。他爬出被窩去廁所。洗過臉擦乾後，打開煤油暖爐，坐在廚房椅子上抽菸。

今天不能去事務所吶。二宮喃喃自語。自從認識桑原以後，已經多少次像這樣遭殃了？每次那個瘟神抓狂，二宮就沒法繼續待在事務所，只能在短租公寓還是西成的廉價旅館或悠紀的朋友家輾轉流浪。可惡，他到底明不明白自己給別人添了多少麻煩？

昨晚從阪町前往事務所，取出麻吉的籠子，在那裡和桑原道別後，二宮打電話給悠紀，前往福島區的阿姨家，把麻吉寄放在那裡。「在我說可以之前，千萬別靠近事務所。」二宮叮嚀悠紀，悠紀埋怨：「又是桑原對吧？不要跟那種人打交道啦。」「又不是我喜歡跟他打交道的，是為了工作。」二宮辯解，回到公寓的時候，已經十二點多了。他也沒洗澡，衣服亂脫一地，倒頭就睡了。

電話鈴響。二宮回去臥室打開手機。桑原打來的。煩。

他把手機扔進被子裡。響個不停。七、八、九……數到三十，二宮終於按下通話鍵。

「喂。」

『幹，你知道是我打的，不想接是吧？』

「我剛才在沖澡。」

『騙肖，老鼠窩也有浴室？』

「衛浴廚房一樣不缺。」

『屁眼洗乾淨了沒？』

「免治馬桶是吧？我都用紙擦。」

『要擦乾淨啊，當心痔瘡。』

一大清早就大聲嚷嚷。這傢伙血壓一定破表。

『滾出來。請你吃早飯。』

桑原說他在北區的格蘭比亞大飯店。

「格蘭比亞哪裡？」

『一樓吸菸室。十一點前給我到。』

「沒辦法啦，大正離北區很遠欸。」

『二宮老弟，跟你說十一點就是十一點，聽見了沒？』

電話掛斷了。王八蛋，跩什麼跩啊？

老鼠窩嗎？二宮環顧廚房。鍋子、碗盤、外帶便當空盒、泡麵保麗龍碗、牙刷、體育報、週刊，垃圾桶滿出來，散發惡臭。上次丟垃圾是什麼時候了？

我也在這裡住了很久呢。大正區千島，「河岸華廈」二樓五號室。「華廈」是虛有其名，其實只是棟組合屋公寓，一房兩廳，從後面的陽台可以俯瞰污濁呈褐色的木津川。夏季河面會冒出泡泡，散發出不知是水藻還是霉菌的臭味。二宮願意為這裡支付一個月七萬圓的房租，是因為旁邊有空地可以免費停車，而且靠近大正橋的老家和西心齋橋的事務所，但住了八年，家具雜物愈來愈多，也懶得搬了。如果和別人同居，應該會搬到更大一點的地方，但那也得要先有對象。

這讓二宮想起一件事，打電話到有田土建，請會長聽電話。

「早安，我是二宮。」

『噢，小啟，什麼事？』

「呃，就是，真不好意思啟齒，那個……會長說要介紹牧野小姐給我對吧？」

『噢，那件事，我沒忘啦。』

「不好意思，謝謝會長。」

『你回去以後，我看了一下牧野的履歷。她叫牧野瑠美，四十一歲。」

「瑠美……名字很年輕耶。」

『今天我會問問她。她應該不會拒絕。』

「我什麼時候都可以。吃法國菜、義大利菜還是日本菜都沒問題。」

吃完飯就上同志酒吧。女孩子都會很開心。

『嗯，交給我吧。我會安排。』

「麻煩會長了。」

放下手機。菸蒂丟進流理台，發出「滋」的一聲。

葛蘭比亞大飯店。桑原靠坐在大廳休息室的沙發上講電話。二宮默默地坐到前面，招手叫侍者說：「給我一杯紅眼。」

結果桑原揮手制止：「不行，咖啡。」

這傢伙又打算叫我當司機——二宮一陣不爽。

桑原下巴貼著ＯＫ繃，右手腕纏滿了繃帶。是昨天幹架受的傷。繃帶底下好像是貼布。

桑原掛了電話，假惺惺地看了看腕錶。

「現在幾點？」

「十一點二十五分呢。」

「你懂不懂？遲到和服裝儀容不整，是學壞的第一步。」

「我坐公車到大正站，再搭電車過來的。我沒錢坐計程車。」

「你不是都開你那輛紅色的破愛快羅密歐，從公寓通勤去事務所？」

「我昨天是坐計程車回家的。因為喝了酒。」這傢伙怎麼這麼囉嗦？「那繃帶是挫傷嗎？」

「今早起來一看，腫起來了。會痛。」

「挫傷要很久才會好喔。」

「你那什麼不關己事的口氣？不都是你被人跟蹤害的？」

「我不敢靠近事務所了。」沒錯，桑原槓上兩名黑道，把其中一個打得鼻青臉腫，對方不報復才有鬼。「他們是麒林會的嗎？」

「八成。」桑原喝了口啤酒。「你的事務所也等著被丟火焰瓶吧。」

「我那裡是住商大樓的辦公室，走廊沒窗戶，門也鎖上了，他們想丟也沒得丟。」二宮說危險的是「蜜糖」。桑原蹙眉瞪二宮。「——可是應該不會。現在縱火是等同殺人的重罪，而且會驚動警察。麒林會應該也不會做那種打草驚蛇的事。」

「你太天真了。黑道就是什麼都敢做，才叫黑道。」

桑原變膽小了。他生性的蠻牛衝勁銷聲匿跡了。是失去神戶川坂會直系二蝶會代紋的影響嗎？現在桑原不管是被人擄去還是宰掉，二蝶會都不會替他出頭算帳。

「桑原兄，你上次說過，森山先生要退休，讓位給嶋田先生對吧？若是那樣，桑原兄的破門也會撤銷吧？」

「你想挨拳頭嗎？」

「沒有……」

「若頭繼承第三代組長，是絕對不可能的事。就算真的演變成那樣，我也不會回去。」

「可是嶋田先生不是對桑原兄說那是『形式上的破門』嗎？我也聽嶋田先生親口說過，他會找時機向森山先生進言，撤回破門處分。」

「你可別搞錯了。就算若頭來求我，我也不屑那領章。我已經受夠了。黑道這種自找罪受的行當，不合我的性子。我要走的路，是你那顆漿糊腦到死都不可能懂的。」

「這樣啊，嶋田先生求你也不回去啊……往後桑原兄要自立自強嗎？」

「如果你見到若頭，就告訴他，說桑原要自立門戶。」

「嶋田先生一定會很失望。」

「失望你個頭。若頭是黑道中人，我是小市民。」

桑原是小市民……教人笑破肚皮。這種人叫小市民，那全日本根本沒有黑道了。

熱咖啡來了。二宮放了一匙砂糖，一堆奶精。他想抽菸，但沒看到菸灰缸。

「快點喝，要走了。」

「去北茨木嗎？」

「木下打電話去教育委員會了。兩年前春天，有一所國中換了事務長。」

北茨木市立鈴原台中學。桑原說應該在前天去的桝井商事附近。「車子在飯店停車場。」他把鑰匙放到桌上。

「出發前我想填一下肚子。」

「你是什麼東西？巴夫洛夫的狗嗎？」

「那是什麼？」

「每次看到我，就只知道流口水討吃的。」

「我被電話吵起來，立刻就出門了。桑原兄不是說要請我吃早飯嗎？」

「路上去拉麵店吧。」

「別這樣說，去樓上餐廳吃個牛排嘛。桑原兄是有錢人，我是捉襟見肘的窮光蛋啊。」

「你是哪個星球來的？」

「赤貧如洗星。」

「你是從嘴巴生出來的嘴砲大王！」

桑原抓起帳單站起來。

在十九樓的鐵板燒店吃過牛排午餐後，兩人開著桑原的BMW前往北茨木。下午兩點抵達鈴原台中學，把車子停在校舍前的蘇鐵叢旁。

「去櫃台把事務長叫出來。」

「不曉得行不行欸，用什麼理由？」

「我哪知道？」

「桑原兄幹嘛不自己去？」

「我兇神惡煞，你那種破燈籠臉才好。」

「破燈籠不是更可怕嗎？」

「再囉嗦？還不快去！」

「有沒有手帳還是筆記本？」

「什麼？」

「手帳還是筆記本。」

「要幹嘛？」

「假裝採訪。」

「我才沒有什麼手帳。」

沒有還問。

二宮下了車，扣上外套鈕釦進入校舍。沒看到學生，因為還在放寒假吧。他換上室內拖鞋，進入事務室，把臉湊近櫃台窗口。

「不好意思，請問事務長在嗎？」二宮問紅色開襟衫女人。

「你找龜山嗎？」

「對，龜山先生。」

「事務長，有訪客。」

女人對裡面說。一名穿灰色夾克的中年男子起身走過來。

「我是二宮企畫的二宮。」

二宮隔著窗口遞出名片。

「建築顧問……？」龜山露出詫異的表情。

「我接到建築雜誌委託，正在寫一篇報導。是《月刊 建築業》。為了這篇報導，有一些問題想要請教事務長，方便借用一點時間嗎？」

二宮聲明不會錄音，也不會記錄。

「《建築業》我知道，是什麼報導？」

「這次我們要做關於選舉的專題。北茨木選區的府議會議員選舉。」

「選舉啊……」

「府議會議員蟹浦文夫，事務長知道吧？」

聽到二宮這麼說，龜山似乎是顧忌同事的耳目，走出了事務室。龜山身材矮胖，過短的長褲膝蓋變形突出。

「你是從誰那裡聽說我的事的？」

「沒有人告訴我。我是在追查北茨木選舉的過程中，查到龜山先生您這號人物的。」

「我已經不是議會事務部部長了。我退出第一線了。」

「去年十月的府議會議員補選，枡井義晴落選了。枡井想要告發當選的羽田勇選舉舞弊。」

「哦？告發？」

「羽田以前曾是《近畿新聞》的編輯局次長。他才剛離職就當選議員，這豈不奇怪嗎？我準備調查這件事的內幕，嚴加譴責。」

「譴責是很好，告發也很不錯。不過，我的名字……」

「我絕對不會提到事務長的名字。記者有義務為消息來源保密。」

二宮連自己都覺得說得太讚了。原來我是個詐騙師——？

龜山似乎被挑起了興趣：

「別站著說話，請過來這邊。」他伸手指示走廊另一頭。

「呃，我不是一個人，還有個同事，叫桑原。」

二宮穿上鞋子走出外面，向BMW招手。桑原走下車來。他取下無框眼鏡，換上黑框眼鏡，繫上織紋領帶。

「OK了。很順利。」

「反正你又是亂唬一通吧。」桑原丟下菸蒂踩熄。

「事務長叫龜山，是個像肉包子的老伯。桑原兄現在是二宮企畫的工作人員，請配合一下說詞。」

兩人回到玄關。桑原向龜山行禮，龜山也低頭回禮。

龜山把兩人領到事務室隔壁的生涯輔導室。房間很單調，只有玻璃檔案櫃和會客桌椅。檔案櫃裡擺著《畢業出路指引》、《大阪府高中一覽》、《徵才企業一覽》等資料。

「這個學區最好的學校是哪一家？」二宮在沙發坐下。

「茨木高中。是文豪川端康成的母校。」

「真的嗎？那不是諾貝爾獎作家嗎？」

「川端康成從舊制茨木中學考上一高，然後就讀東京帝大。」

「腦袋真好。」

「那當然了。」

「學校的事務長都做些什麼？」

「很多。」龜山說包辦一切事務，類如總務、庶務、財務、福利。

「很忙嗎？」

「事務長還好，實務都是職員在處理。」

龜山不耐煩地說。旁邊的桑原輕咂了一下舌頭。二宮手扶膝蓋說：

「兩年前，龜山先生被解除了議會事務部長的職位對吧？我覺得你是吃了悶虧，對嗎？」

「那不是悶虧，是被堤田擺了一道。」

堤田？堤田將之──現任北茨木市長。

「堤田是民政黨市議會議員出身的。」龜山說，三年前的北茨木市議會議員選舉中，多數黨從自由黨變成民政黨，隔年的北茨木市長選舉中，堤田當選了市長。「你們知道堤田當上市長後，第一個著手的公務是什麼？就是把我解職。我的任期都還沒滿，就把我給解職了。」

「我聽說龜山先生在府議會議員選舉中支持桝井？」

「蟹浦拜託我，叫我關照桝井。」

「結果弄巧成拙？」

「我完全沒料到現任議員桝井居然會落選。蟹浦也這麼說。」

「具體上你做了哪些事？」

「這還用說嗎？拉票啊。」

「向出入市府的工商業者嗎？」

「這部分你自行想像吧。」

「公務員不是應該保持中立嗎？」

「那種口號誰會遵守？基層職員也就罷了，上級職員每個都有顏色。」

「蟹浦甚至當過府議會議長，是號大咖，怎麼沒辦法讓桝井當選？」

「這都喬好的啦。」

「喬好的？」

「北茨木的市長和府議會議員人選，是西山光彥跟蟹浦文夫決定的。」龜山說西山是民政黨國會議員，蟹浦是自由黨的府議會議員，但兩人並非勢不兩立，而是基於彼此的利害而行動。「地方選舉從頭到尾，就是一個『喬』字……市長和府議會議員少了市議會議員和町長的支持，就拿不到選票，所以選戰之醜惡，真是難以形容。錢到處灑，黑函滿天飛，一下誰倒戈了，一下誰支持誰，真假耳語四處流竄，決定下一步怎麼做的，就是西山跟蟹浦。」

「那，兩年前的府議會議員選舉，也早就知道結果了？」

「現在回想，結果早就知道了。」龜山望向窗外。這個男的語調平板，表情也很空洞。「選舉就是看誰唬得大，要除掉可能出來參選的人，就哄說要讓出名單和地盤，讓對方鬆懈，然後在背地裡活動……追根究柢，桝井是被蟹浦和西山利用了。」

「可是桝井去年的補選不是也出來參選了？」

「蟹浦和西山畫出桝井和羽田一對一決戰的構圖，這樣各自的陣營才會團結一致，也不會有其他候選人出來攪局。」

「原來如此，是這麼回事啊。」

二宮看出一件事了。黑岩和蟹浦會一起在新地的俱樂部喝酒，也是在私下協商。但黑岩為何找了麒林會的室井在場——？既然自己人喬一喬就能決定一切，根本沒必要帶室井去。

桝井也許明知道私下協商這回事，卻沒料到會落選——這一點不清楚。還有別的內情。

「西山光彥是民意代表，實際上在活動的是選區祕書吧？黑岩恭一郎。」

「你也去找過黑岩了？」

「他感覺很高傲，很精明。」

「他是個鬣狗，哪裡有利益，就往哪裡鑽。況且他還有西山事務所首席祕書這個頭銜，比隨便一個黑道還是假右翼分子更惡質。」

「龜山先生在市府的時候，也吃過黑岩的虧嗎？」

「我都隨便把他打發。跟那種人打交道，不會有好下場。」龜山要求把黑岩的惡行報導出來。「說到黑岩，我又想到一件事，羽田能得到西山事務所支持，參加去年的補選，是因為他掌握了西山的把柄。」

「真的嗎？」二宮吃了一驚。「西山的把柄是什麼？醜聞嗎？還是什麼事件？」

「就是不知道是什麼。」

「龜山先生不知道的話，我也不可能知道了……不是黑函之類的嗎？」

「不，不是那種無憑無據的流言蜚語。我從某人那裡聽說，羽田帶著西山的把柄去找黑岩，要求民政黨提名他參選。」

這確實有可信度。羽田本來是《近畿新聞》的記者。記者挖到政治家的醜聞，合情合理。如果拿公開爆料做為脅迫，西山就會聽從羽田的要求。

「你說的某人是誰？」

「當地的有力人士。」

「可以告訴我是誰嗎？」

「不行，我不能給他添麻煩。」

龜山搖頭。看來再怎麼追問，他都不會透露。

「我插個嘴。」桑原第一次開口。「去年底西山事務所被人投火焰瓶，你知道這件事嗎？」

「哦，那場騷動啊。結果瓶子沒破對吧？」龜山知道。「我是有所耳聞。這是個小地方嘛。」

「警方知道吧？」

「當然知道了。不過沒人報案，警方也不能擅自辦案。隨便動西山光彥這種大咖，署長的位置會不保。」

「你知道被丟火焰瓶的理由是什麼嗎？」

「這就不曉得了。應該是補選沒善後好吧？」

「善後啊……」

「選舉不是投完票就結束了。當選的人得好好論功行賞才成，否則絕對會埋下問題的火種。」

「可是居然丟火焰瓶，肯定是有什麼深仇大恨。弄個不好，會釀成大火災的。」

「那樣比較有意思呢。可以上新聞。」龜山滿不在乎地說。「這是戰前的事了，北茨木有個士官學校的舍監拿著日本刀殺進立憲民政黨的集會場所。」

「什麼？黑幫火拼嗎？」

「那個時候被砍的集會主持人叫西山卯市，就是西山光彥的祖父。」

卯市左肩被砍，但舍監遭到逮捕。卯市的英勇令他聲名大噪，一眨眼就成為立憲民政黨的提名候選人，當上大阪市議會議員。此後卯市的左手總是用皮繩吊著。

「人生真正是禍福相倚啊。卯市毀了一隻手，兒子和孫子卻因此成了國會議員。北茨木現在儼然是西山王國。」

「世襲議員全是些垃圾敗類。日本根本爛到底了。」

「桑原兄，投票給垃圾的就是市民。」

「我可沒投過票。」

放任桑原繼續說，他可能會自爆連稅金都沒繳過。

「龜山先生，你還會再捲土重來嗎？」二宮改變話題。

「捲土重來？」

「市長堤田換人的話，你不會重回市府當幹部嗎？」

「不會。完全沒這個可能。」龜山說在學校當事務長很好，可以朝九晚五，也不必參與學生的教育或操行指導。說完他仰望壁鐘。「已經問完了嗎？」

「占用你的時間了。幫助很大。」

「請好好教訓一番黑岩和蟹浦。我很期待。」

「我盡力。」

二宮起身。

兩人上了車，二宮發動引擎。

「那個肉包很刁鑽。」桑原摘掉黑框眼鏡，換上無框眼鏡。「什麼被蟹浦擺了一道，不是你自己賣人情給桝井，想要撈甜頭嗎？」

「什麼意思？」

「桝井是土木機械商。龜山打算拱桝井當上議員，撈北茨木公共工程的油水。」

「不愧是桑原兄，再也沒有人比你更能洞悉人的本性了。」

「你那算是稱讚嗎？」

「當然是啦。」

「我就看不出你嘴巴背後在想啥。」桑原鬆開領帶，丟在後車座上。「我渴了。找家咖啡廳吧。」

「反正桑原兄要喝的是啤酒吧？」二宮繫上安全帶。「我也很想喝，卻一直忍耐耶。」

「廢話，司機怎麼能喝酒？」

「我查過私人司機的行情了。」

「所以咧？」

「你應該付我私人司機的薪資。」

「多少？」

「一天一萬圓。」

「真廉價。」

「你要付嗎？」

「二宮老弟，你很搞笑喔？」

被瞪了。二宮解除手煞車，車子駛出校門，前往國道。

鈴聲。二宮打開手機。

「喂，二宮。」

『是我，中川。我不知道桑原的手機，所以打給你。』

「哦，這樣。」

二宮沒說本人正在旁邊抽菸。

『刀子上的指紋查到了。吉瀨和也。道上的。』

「果然。」

『三十二歲，有三項前科、五項前案記錄。是鳴友會的手下。』

「鳴友會嗎？」

『你知道？』

「攝津的鳴友會。川坂的直系對吧？」

『鳴友會有百名組員。警告一下桑原，叫他少惹人家。』

「謝謝你的好心。」

『十萬。』

「什麼？」

『你好歹也要有個表示吧？昨天的指紋，今天就給你查出來了。什麼時候付給我？』

「我會轉告桑原兄。」

『慢著，這跟桑原無關。拜託我比對指紋的是你。』

「哪有這樣的，我很為難耶。揍那些小混混的可是桑原兄。」

『囉嗦，少在那裡給我賣弄歪理。十萬圓馬上給我送過來。』

電話掛斷了。

「太蠻橫了吧。」

「誰?中川嗎?」

「他說刀子上的指紋查出來了,叫我付十萬圓給他。」

「付啊,天經地義。」

「我是為了桑原兄才拜託他的耶。」

「少亂噴口水。中川怎麼說?」

「昨天的小混混是鳴友會的。吉瀨和也。三項前科、五項前案記錄。」

「鳴友會……不是麒林會嗎?」

「麒林會是鳴友會的分枝啊。」二宮想起高槻的和泉會鄉田告訴他的事。「鳴友會的會長叫鳴尾,年輕的時候在麒林會做客,後來離開麒林會,創立了鳴友會。」

鳴尾很感激曾經照顧過他的麒林會的林,所以跟麒林會作對,就形同與鳴友會為敵。

「中川也警告你,叫你不要招惹鳴友會。」

「惹都已經惹了,還能怎樣?事到如今還能收手嗎?」

也許是心理作用,桑原的表情顯得陰沉。光是麒林會也就算了,但桑原打傷了兩個鳴友會的組員。

「總覺得背脊涼起來了。這狀況很不妙耶。」

「看到黑道就嚇得夾起尾巴嗎你?當然是一路衝到底啦。」

「不愧是桑原兄，真漢子！」萬一桑原在這時候撒手不管就糟了。二宮需要一個擋箭牌。

「——請給我十萬。」

「什麼？」

「我要付錢給中川。」

「開口閉口就是錢。」桑原掏出皮夾，數了五張萬圓鈔。「拿去。」

「還有五萬呢？」

「當然是折半。」

「真多謝喔。」

二宮把錢收進外套口袋。為什麼我非道謝不可——？

車子開在公車路線上。天橋另一頭出現一家家庭餐廳。

「那裡可以嗎？」

「哪裡都行。進去吧。」

二宮把車停在一樓停車場，上了二樓的店。在窗邊坐下，桑原點了生啤酒，二宮點了可可亞。

「可可亞那種甜到不行的東西，虧你喝得下去。」

「我是要靠糖份來彌補營養不良。」二宮撕破包裝取出溼紙巾抹臉。「對了，等一下去吃河豚吧。去新地還是南區吃河豚什錦鍋。河豚鰭酒最好喝了。」

「你真的就是學不乖。」

「喝完啤酒要去蟹浦那裡嗎？」

「怎麼，很有幹勁嘛？」

「龜山不是也說嗎？不解決這件事，我也自身難保。」

沒錯，事情沒著落，二宮就無法靠近西心齋橋的事務所，也見不到麻吉。最重要的是，拿不到和光誠政治經濟談話會簽訂顧問契約的成功酬金。

「你知道蟹浦的事務所在哪嗎？」

「不知道。」

「真夠白痴。」

桑原掏出智慧型手機開始滑。手腕都纏繃帶了，指頭倒是動得挺快的。

「好熟練喔。」

「囉嗦。」

這時啤酒和可可亞送上桌了。可可亞附了餅乾。桑原捏起餅乾丟進嘴裡，眼睛直盯著手機，喝著啤酒。二宮喝了一口可可亞，加了砂糖。

9

三島郡島本町小谷。蟹浦文夫事務所在靠近阪急水無瀨站的球場附近。約五十坪的土地裡，四層樓建築的一樓是事務所，左邊有個小巧的玄關，應該也兼住家。事務所門口掛著老舊的招牌，寫著「府政諮詢　蟹浦文夫」。二宮把BMW開到屋前停車道。

「請換一副眼鏡，還有繫領帶。」

「知道啦，嘮嘮叨叨的煩不煩啊？」

桑原扣上襯衫鈕釦，繫上領帶。眼鏡也從無框換成黑框。

二宮從購物袋取出路上在超商買來的筆記本和原子筆。

「那什麼？有人拿作業簿採訪的嗎？」

「有什麼辦法？店裡就只有賣這個啊。」

二宮帶著筆記本和原子筆下車。桑原也下車。

進入事務所。沒人。「哈囉，有人在嗎？」二宮出聲招呼。

裡面的門打開，一名女子走了出來。圓臉肥胖。

「不好意思，請問是哪位？」

「我是剛才打過電話的二宮企畫的二宮。我是來替《建築界》雜誌採訪的。」二宮遞出名片。

「這是我們的工作人員桑原。」

「承蒙關照了，請進。」

女子將兩人領到以隔板區隔的接待區。

「蟹浦出去了，不過去附近而已，馬上就回來了。」

「啊，我們不急。畢竟是我們要求採訪的。」

「喝咖啡可以嗎？」

「可以，謝謝。」

女子拿走堆滿菸蒂的菸灰缸，拿了新的放到桌上離開。

「叫什麼去了？」

「你說誰？」

「那個臉像彌勒佛的女人。有個長得很像的搞笑藝人啊，吉本的。」

「淨看些無聊的電視節目。你就那麼閒嗎？」

「到底叫什麼去了……？想不起來真難受。」

「我知道了。你果然是個變態。」

「為什麼……？」

「你喜歡臉像彌勒佛、身材像土偶（註19）的女人。」

桑原叼起香菸，交疊雙腿，用卡地亞打火機點火。

二宮打起哈欠。無事可做，讓他漸漸睏起來了。他靠在沙發上閉起眼睛。

三十分鐘後，蟹浦回來了。

「不好意思、不好意思，讓兩位久等了。」

蟹浦熱絡地說。他穿著三件式深色西裝，配深紅色領帶。網路資料說他今年六十七，但看起來也像是七十多。頭髮和眉毛黑得不自然，應該是染的。膚色黝黑，額頭狹窄，鼻翼寬闊，嘴唇厚實。十足土霸王、政治投機客氣質。

「幸會，敝姓二宮。」二宮站起來行禮。

「我是二宮企畫的桑原。」桑原也說。

「我是蟹浦。」

二宮接過蟹浦的名片。上面的字樣是「大阪府議會議員　蟹浦文夫」。字體很大，很有黑道名片的風格，住址和電話就像花邊裝飾。

「請坐、請坐。」

蟹浦說，二宮又坐回沙發，拿出筆記本和原子筆。

「那麼，兩位說的採訪是……？」

「我受到《建築界》編輯部委託，正在撰寫一篇報導。蟹浦議員曾經擔任府議會議長這個大

註19：土偶指日文繩文時代（舊石器時代）的土製人偶遺物，形象為大眼、豐乳肥臀。

任，我想聽聽您對於地方政治與蚊子館政策的看法。」

「蚊子館嗎？」蟹浦把一邊手肘擱在沙發上。「以前很多呢。市民中心、美術館、圖書館、體育館、網球場、運動場……蓋是蓋了，可是沒有活動，沒預算購買美術作品和圖書。再加上高齡化和少子化的影響，讓利用運動設施的市民也減少了。沒錯，雖然不到不需要，但確實是一種浪費……近幾年稅收減少，不再有人要求興建硬體設備了，議員也都對這種大興土木的政策抱持懷疑的態度。也不是說沒錢就沒硬體，不過還是應該回歸地方行政應有的樣貌吧。」

「如今硬體建設已經式微，議員的目標是什麼？」

「以目前來說，我關心的是社會福利和少子化對策。打造長輩能安心生活的社區，以及承接社會弱勢的安全網，還有讓上班的年輕母親能毫無壓力地育兒的環境。雖然力量微薄，但我每天都懷著使命感，努力為市民服務。」

蟹浦得意洋洋地長篇大論，但說的話毫無內容。

這傢伙，蠢蛋一個——二宮假裝筆記，在內心嘲笑。被旁人滿口「議員議員」地吹捧，便得意忘形的傢伙都是些蠢蛋，而且卑鄙齷齪。

「接下來我想請教深入一點的問題，可以嗎？」

「深入一點的問題？」

「是關於地方議會的議員選舉。」

「選舉……」蟹浦望向外面，停頓了片刻之後說：「二宮先生完成後的稿子，可以先讓我看看嗎？」

「當然，刊出之前會先請議員過目。」

「既然如此，問是可以問，不過太直接的內幕就……」

「我不會寫出蟹浦議員的名字，也不會寫出讓人聯想到議員的內容。如果您覺得什麼地方不妥當，請別客氣，直接指出，我會修正。」

「我這可不是在限制採訪自由。像剛才提到的硬體政策，寫出我的名字也無妨。」

我說你啊，這不叫限制採訪自由，這叫審閱。對自己有利的內容就叫人寫出名字，不方便的地方就不准提，簡而言之就是沽名釣譽。這傢伙果然腐敗到底。

「關於去年北茨木市的府議會議員補選，我聽說蟹浦議員支持桝井義晴先生。桝井先生的政見也是關於社會福利嗎？」

「對，是社福。」

「可是桝井先生做的是土木機械的販賣代理商……」

「跟這沒有關係。政治跟生意不能混為一談。」

「有蟹浦議員這樣的大人物支持，桝井先生卻落選了……這結果算是出人意表嗎？」

「沒錯，我也完全沒料到桝井居然會落敗。雖說事到如今再來反省也太遲了，但也許是選戰尾聲的催票不夠。」

「議員認為羽田勇會當選的主因是什麼？」

「這我也弄不明白吶，所以才說出人意表。」

「我聽說羽田手中握有西山光彥的把柄。」

「把柄？」

「羽田之前不是《近畿新聞》的高層嗎？也有人推測羽田幫忙掩蓋了西山涉入的醜聞。」

「你是從哪裡聽到的？」

「某個關係人。」二宮闔上筆記本。「可以請您告訴我西山民代的醜聞是什麼嗎？」

「我從來沒聽說過。」蟹浦面不改色地說。「西山民代看起來不像是會搞出醜聞的人啊……」

「西山事務所被人丟了火焰瓶對吧？」

「什麼？」

「您不知道嗎？」

「真的嗎？被人丟火焰瓶？」

這傢伙在裝傻。連一個國中事務長都知道的事，這隻老狐狸不可能毫不知情。

二宮目不轉睛地盯著蟹浦。蟹浦也沒有別開視線，面無表情地迎視回來。

「二宮，走吧。」桑原說。「採訪就到此為止。」

「可是我還沒有問完……」

「該寫成報導的問題都問了。就用議員的回答整理出稿子吧。」桑原向蟹浦行禮。「抱歉，占用議員的寶貴時間了。稿子刊出之前，會先傳真過來。」然後努努下巴對二宮說：「好了，走吧。」

「謝謝議員。」

二宮起身。蟹浦瞪著他。

二宮跟著桑原離開事務所。

「教人作嘔。」桑原說。「就算是那副德行，也是正當市民，沒辦法抓來海扁一頓，教人不爽。」

「再繼續追問下去，或許可以問出些什麼不是嗎？」

二宮朝ＢＭＷ按下解鎖鍵，車門鎖跳起來。

「你也真是個不折不扣的大腦殘，去你媽的蚊子館建設。什麼社福怎樣、少子化怎樣的，根本沒問到重點。」

「既然桑原兄這麼伶牙俐齒，你去問嘛。」

「我才沒你那麼三寸不爛之舌。也沒你那麼窮酸相。障礙就在這裡。」

「我哪裡窮酸相了？」

「不是告訴過你嗎？相由心生。」

「小時候常有人稱讚我很可愛欸。」

「繼續唬爛吧你。瘋言瘋語。」

桑原打開車門坐上副駕駛座。二宮也上車發動引擎。桑原按下側車窗，叼起香菸。

「西山的把柄到底是什麼？」桑原問著。

「醜聞那類的吧。」

「關鍵人物是誰？」

「會是誰呢？」

「黑岩嗎？」

「黑岩應該知道。他好歹也是西山的選區首席祕書。」

「把黑岩抓來問問嗎？」

「你瘋了嗎？黑岩是我們客戶，是他拜託我們搞定麒林會的耶。」

「鳴友會跑出來做什麼？」

「我哪知道？」

「把羽田抓來問問嗎？」

「抓議員是要做什麼啦？絕對會被雙手上銬的。」

「你到底有沒有卵葩？這個不敢、那個不行，畏首畏尾的。」

「這還用說嗎？就是因為我膽小，才能捧著圍事這碗危險的飯，還能活到今天。」這時二宮靈機一動。「事務長龜山不是說嗎？羽田抓到西山的把柄，藉此要脅黑岩，才成了民政黨提名的候選人。那把柄應該是本來要刊登在《近畿新聞》的報導吧？」

「這怎麼了嗎？」

「羽田是編集局的次長吧？坐在這種位置的人，會自己寫稿嗎？」

「你到底想說什麼？」

「羽田一定是撤下了採訪記者寫出來的報導。我這麼認為。」

「你是說要去《近畿新聞》嗎？」

「總比抓黑岩還是羽田要來得正經吧？」

「你有認識的記者嗎？」

「我跟那種知識菁英沾不上邊，裝潢業者倒是有認識的啦。」（註20）

「問你也是白問。」

桑原操作智慧型手機，搜尋到《近畿新聞》的官網。

「電話在這裡。打過去。」

「打過去然後呢？」

「找熟悉北茨木選舉的記者。」

「那是什麼部門？」

「這不是你該動腦的嗎？」

註20：日文中菁英（インテリ）與裝潢（インテリア）皆使用外來語，發音相近。

二宮看著官網上的代表號，打了電話。

『《近畿新聞》，您好。』

「不好意思，請問有負責北攝地方的記者嗎？」

『地方報導部嗎？』

「對，就是這個部門。」

『北攝地區有分社負責人。』

對方說分社在JR攝津富田站附近。

「攝津富田的哪一帶？」

『我告訴您地址，請寫下來。』

二宮問出地址掛了電話。對方沒問二宮的名字和目的。這也許是報社的特性，因為報社經常會收到匿名線報。

「高槻市稻積一之二之十六。有分社。」

「幹得好。」桑原將住址輸入導航。「喏，走吧。」

二宮倒車，駛出公車路線。

導航將車子帶到了攝津富田站前的圓環。沒有停車位。

「隨便找個停車場吧。」

「就是找不到才傷腦筋啊。」

二宮繞了圓環一圈，折回來時的路，終於找到投幣式停車場，停好BMW。

兩人看著電線桿上的住址標示，往「一丁目2－16」走去，卻沒看到類似的建築物。

「真奇怪。」

「不會是你聽錯了吧？」

「會嗎……？」

有間派出所。二宮進去詢問《近畿新聞》的分社所在地，警察指著牆上的地圖詳細說明。二宮走出派出所。

「在那家郵局旁邊。」

「那不是派報社嗎？」

「所以才沒認出來。」

那是一棟老舊的瓦頂民宅，褪色的藍色遮雨篷印著《每日新聞》。

兩人走近派報社。也許正值晚報的送報時間，店門前只停了一輛本田超級小狼機車。二宮拉開鋁框門。

「你好，這裡是《近畿新聞》的分社對吧？」他問頭髮班白的男子。

「分社在二樓。請走旁邊的樓梯。」男子說。「不過現在人不在。好像出去吃飯了。」

「分社只有一名員工嗎？」

「對，一個人努力打拚。」

《近畿新聞》似乎租下這處派報社的二樓做為分社。

「如果有急事，可以去商店街的『特雷比』看看。他每次吃完飯都會去那裡喝咖啡。」男子指著車站的方向說。

「分社的員工叫什麼名字？」

「篠崎。」

「男的嗎？」

「男的。戴個細框眼鏡。」

「多謝。」

二宮道謝，關上了門。

站前商店街。「特雷比」很快就找到了。進店裡一看，有名戴眼鏡的男子坐在窗邊座位，正在看電腦。

「篠崎先生？」

二宮出聲，男子抬頭。很年輕，可能才三十出頭。

「我們拜訪分社，那裡的人說你在這裡。敝姓二宮。」二宮遞出名片。「我是月刊雜誌《建築界》的特約記者，方便向你採訪一下嗎？」二宮連自己都覺得撒謊撒得愈來愈溜了。

「採訪什麼？」

「主題是北茨木市的協商政治和選舉舞弊。」

「最近的《建築界》居然會刊登這樣的報導嗎？」篠崎一臉意外地說。

「會在四月刊出。預定做成春季專題報導。」

「只要是我知道的事，我可以在允許的範圍內回答。」

「太好了，太感謝你了。」二宮並攏雙手低頭行禮。

「那位是？」

「我叫桑原，請多指教。」桑原和藹可親地說。「我立志成為記者，拜二宮先生為師。」

「原來是這樣。我還以為是什麼可怕的人。」

「常有人這麼說我。這疤是小時候騎自行車跌倒撞傷的。」桑原撫摸左眉到太陽穴的傷疤說。

「我們可以坐下嗎？」

「啊，請坐、請坐。」

「那我們不客氣了。」

桑原坐下，二宮也落座。桑原點了兩杯特調咖啡。

「那麼，你說的採訪是……？」

篠崎主動提出，也許是很感興趣。

「我就坦白說了。去年十月的府議會議員補選中，《近畿新聞》出身的羽田勇先生當選了。我得到線報，指控羽田先生以西山議員的醜聞做為交易籌碼，在這次補選中拿到民政黨提名，關於這一點，篠崎先生有什麼看法？」

「你說的沒錯。身為同一個報社的記者，我真是羞愧萬分，但羽田的確是濫用西山的醜聞，坐上了議員寶座。這是身為記者絕不該有的卑劣行徑。」篠崎毫不避諱地承認了。

「羽田先生本來是編輯局次長對吧？他是親自採訪寫報導嗎？」

「他是次長待遇的編輯委員，所以會採訪，也會寫稿。」

「羽田先生查到的西山的醜聞，內容是什麼？」

「這就不清楚了。雖然我也試著追查過。」篠崎推起眼鏡。「不過嫌疑不只一樁，西山光彥這個人可以說是醜聞纏身。」

「請告訴我那些醜聞的內容。」二宮拿起原子筆，打開筆記本。

「你們知道西山的私設祕書黑岩嗎？」

「是，我知道這個人。我見過他一次，是個很有個性的人。」

二宮就是從黑岩手中承包了工作。當然，他不露聲色。

「黑岩這個人非常黑，選區的事務都是他一手包辦。西山也知道黑岩在搞什麼鬼，卻從來不制止……因為黑岩沒有拿西山的錢。」

「黑岩不是領西山的薪水嗎？」

「西山很會選舉。上上一次的國會議員選舉中，自由黨聲勢崛起，民政黨的議員一個個落馬，西山卻依然大勝對手候選人，當選議員。所以黑岩不會辭掉祕書。這還用說嗎？要是主子落選，祕書也要丟飯碗了……黑岩看出西山穩如泰山，跟西山簽約，說他不領薪水，但要幫忙做『選民服務』。」

「做選民服務的生意，是嗎？」

「沒錯。黑岩利用西山這塊招牌，大撈特撈。賺得大的時候就進貢給西山。西山已經當選五屆，入閣就在眼前，錢絕對不嫌多。不管行徑有多惡劣，對於願意勤勞地送錢進貢的祕書，西山沒道理不愛。根本就是黑道幫派。西山是老大，黑岩是小弟。不，與其說是小弟，應該是若頭等級的大幹部。」

篠崎在桑原前面拿黑道做比喻。如果他知道桑原是二蝶會的若頭輔佐，撕破嘴也不敢說這種話。

「我透露一些給你們吧。」篠崎靠坐在椅背上，交握雙手。「應該是前年夏天的事，三協貿易公司旗下的開發商提出計畫，要開發光誠學園大的操場旁邊的山林，興建五層樓大廈。黑岩探聽到這件事，去找大阪府的開發事業局，恐嚇說開發山地，下雨土石流什麼的會淹到學校操場來，叫他們不准同意開發。府的負責人很為難，便建議開發商去跟西山事務所打聲招呼。這完全只是行政指導，沒有法律強制力，但開發商也不能回絕。所以開發商的開發部長跟黑岩碰了面。」

黑岩對開發部長說，他願意寫同意書給他們，不過開價一億圓。開發部長不知所措，但因為對手是西山事務所，為了讓開發順利進行，他認為支付某程度的「招呼費」是必要的，便給了黑岩一筆錢，解決這件事。

「簡而言之，是利用府的行政指導，進行惡質的恐嚇。」

「原來如此，黑岩根本是披著議員祕書外皮的黑幫分子。」桑原說。「黑岩靠這筆『生意』賺了多少？」

「金額我不清楚，但應該拿了三、四百萬圓。」

「這年頭就連正牌黑道也不會這麼獅子大開口。難怪沒薪水也要做。」

「其他還有什麼樣的醜聞？」

二宮問。任由桑原繼續說下去，會曝露出他黑道的本性。

「關說入學。」篠崎說。

「這常聽說呢。靠議員祕書關說，讓學生走後門入學對吧？」

「光誠學園大學是棒球、柔道、啦啦隊的強校。知名大學都是這樣，另有體育推薦名額。只要拜託西山事務所，就能直接入學。」

「替人走後門，也是黑岩的賺錢手段之一對吧？」

「當然。」篠崎點點頭。「光誠學園大學的棒球隊有八十名隊員。每個人每個月要繳交兩萬圓的隊費，因此每年會有一千九百二十萬圓匯入戶頭，這筆錢由教練管理。社團的錢與大學無關，所以教練可以自由運用。」

「教練是誰？」

「小久保剛。是號響叮噹的人物。」篠崎說小久保剛曾經領隊在關西A聯盟拿過三次冠軍。

「小久保也有一些傳聞，他交遊廣闊，對於有望被列入新人選秀名單的棒球隊優秀選手，每個月都會給他們名為營養費的零用錢，籠絡他們。然後當這些選手加入職業球團後，就派黑岩做為代理人，索求回報。小久保和黑岩三不五時在北新地喝酒尋歡，你儂我儂，甚至人家都叫他們哥倆好。」

「黑岩的劣跡我清楚了，但沒有西山本人的醜聞嗎？」

二宮不太能理解。他覺得不管是行政指導還是關說入學，做為民代西山光彥的醜聞來說，力道都有點太弱了。

「羽田曾經壓下過你採訪的報導嗎？」

「這倒是沒有。」

「可是你聽過某些不好的傳聞……是嗎？」

「羽田野心很大，從不諱言他將來要參選國會議員。所以對西山事務所的吃相露骨，跟黑岩的往來也十分招搖。」

「原來羽田和黑岩有私交嗎？」

「跟小久保一樣。他們好像都會在北區和南區到處喝酒。」

「羽田的酒錢，是報報社的採訪費嗎？」

「怎麼可能？羽田都用黑岩的錢吃喝。」

「對於記者與民代祕書這種墮落的關係，報社是持什麼態度？」桑原說。「這違反內規吧？」

「羽田完全不甩。他臉皮很厚。」

篠崎不屑地說。想必是極度厭惡羽田。

「二宮先生見過羽田嗎？」

「還沒有。我想在見他之前先進行周邊採訪，蒐集材料，再一舉進攻。」

「請你擊垮羽田。我會支持你的。他是記者之恥。」

「太謝謝你了。」

二宮行禮。沒什麼好問的了。他拿起帳單，就要起身。

「可以再問個問題嗎？」

桑原說，篠崎點點頭。

「你有沒有聽說羽田的身邊有麒林會或鳴友會出沒？」

「黑道幫派嗎？」

「麒林會是島本町、鳴友會是攝津的黑道。」

「據我所知，沒有這類傳聞。」

「這樣啊……」桑原行禮。「真不好意思。如果方便，可以給我一張名片嗎？」

「啊，請。」

篠崎遞出名片。桑原接過來道了謝，起身離開。

兩人走出「特雷比」，前往停車場。

「有一點令人介意。」桑原說。

「哪一點？」

「羽田以西山的把柄做要脅，拿到民政黨提名。換句話說，他等於是恐嚇了西山事務所，然而卻和西山事務所的黑岩廝混在一起，喝酒作樂，這豈不是說不過去？」

「被桑原兄這麼一說，確實奇怪，不過他們應該是爾虞我詐的關係吧。我覺得就算哪天羽田暗算了黑岩，也不令人意外。」

「哦？你也想過要暗算我是嗎？」

「天下無敵的桑原兄，怎麼可能給人可趁之機？」

不愧是桑原，完全摸透了我的本性，二宮想。

二宮撿起掉在地上的一百圓硬幣，結果是鋁片。

「不管這個，接下來怎麼辦？」二宮用棉褲抹去指頭上的泥土。

「去找羽田嗎？」

「去見識他是個怎樣的敗類吧。」

「你這個大阪數一數二的懶蟲，倒是很有幹勁嘛？」

「我才沒什麼幹勁。可是不解決這事，就拿不到錢。我從去年十二月起就沒半點收入。」

「你就乾脆放棄這行怎麼樣？收掉事務所，去幹仙人跳。」

「怎麼突然冒出仙人跳來？」

「你那裡不是有個叫悠紀的囂張女人？跟她聯手，四處去騙好色阿伯吧。」

「我才不幹那種沒出息的事。」二宮一陣惱火。什麼話不好說，偏偏是仙人跳？幹嘛不自己去幹？沒人比你更適合了。「我再怎麼落魄，好歹也是二宮啟之，就算一腳跌進臭水溝裡，也不會空手爬起來。」

「說得好，二宮老弟。你果然是窩囊廢之星。」

到投幣式停車場了。兩人坐上BMW。

羽田勇的事務所在北茨木市東邊，靠近高槻市的花垣。事務所大廈後方就緊鄰冰室古墳的壕溝，一樓掛出看板：「府政諮詢　大阪府議會議員　羽田勇」。

二宮把BMW停在大廈停車場。

「羽田會在嗎？」

「天曉得……不管在不在，都得去事務所看看吧。」

二宮熄掉引擎下了車。兩人繞到大廈玄關口，從窗外窺看事務所裡面。白鐵辦公桌前坐著一名白髮男子。

二宮把門拉開。

「你好，請問羽田議員在嗎？」

「請問是哪位？」男子抬頭。

「我是二宮企畫的二宮，採訪記者。西山事務所的黑岩先生委託我，來向羽田議員進行採訪。」

「黑岩先生……」男子直盯著二宮看。「你說的採訪是……？」

「我想請教羽田議員關於北茨木市行政的現況。」二宮說，黑岩打算將報導做為西山事務所的政見，刊登在後援會宣傳手冊上。「羽田議員在……？」

「不巧他出門視察了。」男子說羽田明天中午前都在和歌山。「如果很急，我可以連絡他。」

「不，這稿子不急。議員在哪裡過夜？」

「白濱。議員去參加與和歌山縣議員聯盟的懇親會，不過下榻處不方便透露。」

根據敗類議員的論調，遊山玩水、溫泉旅行好像叫做「視察」。

「我會向羽田議員報告，可以要張名片嗎？」

「啊，請。」

雙方交換名片。對方的名片是「羽田勇後援會　佐川芳雄」。

「冒昧請教，佐川先生是羽田議員當上議員後才擔任他的祕書的嗎？」

「我是羽田議員的遠親。」佐川說他在選戰中為羽田助選。

佐川已經六十多歲了。應該是退休後無所事事，被羽田撿來幫忙。

怎麼辦？二宮看桑原。桑原默默搖頭。

「謝謝。我們會再來。」二宮對佐川說。

「不好意思，難得你們都來了。」

「請代我們向羽田議員問好。」

兩人離開事務所。

「撲了個空吶。」桑原仰望天空。「要去兜個風嗎？」

「兜風去白濱嗎？」

「王八議員拿我們的稅金飲酒作樂，叫公關小姐花天酒地。應該把他拖出來扔進海裡。」

「我好久沒去白濱了呢。」

「你該不會以為是要去玩吧？」

「我之前不是說過嗎？我討厭溫泉。」

這是真的。溫泉水太燙，加冷水又會被罵。一堆光著身體的糟老頭晃來晃去，也看了礙眼。

「噯，好吧。我也好久沒去白濱了。」

「要先預約個觀光旅館嗎？」

這個季節就該吃石斑魚鍋。又肥又美，是異於河豚的另一種高雅滋味。

「好啊，好啊，你出錢就訂啊。」桑原嚷嚷著。「要訂白濱最高級的旅館啊。」

10

從茨木交流道開上名神高速公路，從豐中進入阪神高速池田線。經過環狀線，從松原來到阪和公路，下去南紀田邊交流道時，天色已經暗下來了。再沿著國道四二線、縣道三三號繼續南下。

「快到白濱了。」二宮叫醒桑原。

「幾點了？」桑原把座椅放直。

「六點十分。」

「到旅館先吃晚飯。」

「吃石斑魚鍋。」

二宮預約了「白濱公園渡假村」飯店。附露天風呂的和室，一晚一個人要價四萬八千圓，不過怕斤斤計較的桑原囉嗦，二宮謊稱是三萬六千圓。

經過靈泉橋、綱不知灣，來到白良濱。

「白濱公園渡假村」位於俯瞰海邊的高台上。純白色的五層樓飯店號稱擁有百間客房。二宮把BMW開進地下停車場。

「感覺很高級嘛。」

「既然要訂飯店，當然要找能匹配桑原兄的囉。」

「跟你睡同一間房，教人不爽。」

「我又不會偷襲你。」

白濱有那一類的「健康樂園」嗎？不過就算有，二宮也沒錢去。

兩人從停車場上去大廳。地毯又厚又軟，挑高的天花板上掛著水晶燈，復古的裝潢十分典雅。

前往櫃台，辦好入住，領了三〇二號室的卡片鎖。

「請問一下，和歌山的縣議會議員與大阪的府議會議員是在哪家飯店辦懇親會？」桑原問。

「請問懇親會叫什麼名稱？」

「還有名稱喔？總之是議員之間的懇親會。」

「請稍等，我詢問一下觀光協會。」

櫃台人員拿起電話，講了一陣子，答道：「好像沒有您說的活動。」

「這太奇怪了。北茨木的議員應該有來參加。」

「如果知道活動名稱就可以查詢……」

「這下傷腦筋了。」

桑原嘖了一聲。二宮湊過去：

「會不會懇親會只是藉口，其實是帶女人來玩？」

「應該不是。如果羽田是帶女人來玩，就不會撒那麼複雜的謊，應該也不會告訴祕書。羽田是來可以報政務活動費的溫泉旅行。」桑原說。「你過來。」

兩人在大廳沙發坐下。

「你打電話。」

「打給羽田的祕書？」

「打到蟹浦事務所。蟹浦今天在事務所，不過他跟羽田一樣，都是府議會議員，應該知道白濱有什麼會議。」

「啊，原來如此……不愧是桑原兄，敏銳過人。」

二宮從名片夾取出蟹浦給的名片，打開折疊式手機。

『您好，蟹浦文夫事務所。』

「啊，你好。我是今天過去打擾的記者二宮。」

『是，承蒙關照。』

「我想請教一件事，今天和歌山有一場大阪的府議會議員和和歌山的縣議會議員會議，你知道嗎？」

『是什麼主旨的會議？』

「不清楚。我聽說開完會後，會在白濱辦懇親會。」

『請等一下，我看一下議員聯盟的行事曆。』

敲打電腦鍵盤的聲音。

『有了。一月七日下午一點，在田邊市有「大阪‧和歌山議員聯盟懇談會」。主題是「地方產業的推廣與活化」，會議結束後會前往上秋津的蜜柑農園視察，下午六點半前有懇親會。』

「這不是官方活動吧？」

『是議員自行參加的聚會。』

對方說蟹浦今天已經有行程，所以沒參加。

「懇親會會場在哪裡？」

『「白濱格蘭皇宮」。』

「懇親會結束後就直接住下對吧？」

『是的。』

「我知道了，謝謝。」

『我們才是，感謝您今天的採訪。』

電話掛斷了。

「怎麼樣？」

「在『白濱格蘭皇宮』。六點半開始懇親會。」

「這群吸血鬼，每一個都用政務活動費吃香喝辣，把市民的稅金當什麼了？」

從沒繳過稅的桑原憤憤不平地說。

「要去房間嗎？」二宮看看腕錶。「石斑魚鍋七點開始。」

「去餐廳吃嗎？」

「會送到房間。」

「三萬六千圓，未免也太奢華了吧？」

「托桑原兄的福，我才能這麼奢侈。」

二宮起身，把手機塞回口袋。

石斑魚鍋很美味。雖然不是野生的，但白身柔軟，海潮香充滿了整個口腔，油脂也很清爽。桑原一喝起酒來就不吃東西，所以石斑魚幾乎是二宮一個人吃光了。他灌了兩瓶啤酒，半瓶山崎十八年威士忌，醉得樂陶陶。他把座墊折成兩半，當成枕頭躺下。

「喂，你睡什麼？」

「我喝不下了。」

「他媽的，還不起來？要去抓羽田了。」

「都交給桑原兄了。」

好睏。腦袋融化了。桑原在嚷嚷，但二宮什麼都聽不見。

客人，會感冒的。客人——有聲音在叫。睜開眼皮。穿草綠色和服的女傭站在旁邊。

二宮爬了起來。身上的日式短外套鬆脫，纏在腰間，浴衣衣襬都捲上來了。他打了個噴嚏。

「要替您鋪被嗎？」

「不，不用了。」

矮桌上收拾得一乾二淨。桑原呢……？轉頭一看，他在隔壁八張榻榻米大的房間蓋著被子睡覺。

有夠冷血的傢伙，就不會替我蓋條毯子嗎？

頭好痛。全身都涼透了。二宮披上日式短外套，繫好帶子。

「幾點了？」二宮問女傭。

「九點半。」

好像睡了一個小時。

「還是請妳鋪被好了。鋪在這邊的房間。」

「大姊，不用麻煩了，我們要起來了。」

桑原說，從被窩裡看著這裡。

「我很冷。」

「去泡澡啊。這裡是溫泉旅館。」

「要鋪被嗎？」女傭問。

「不好意思，我自己來就行了。」

「那我不打擾了。」

女傭離開了。白色布襪的襪底印出腳的形狀。拇趾外翻啊。

「去洗澡，清醒一下。」

「我不太想跟桑原兄一起泡露天溫泉耶……」

「誰要跟你一起泡？會被傳染疾病。」

「我淋病已經好了。」

「你說什麼？」

「去醫院的時候，醫生用玻璃棒刺我的小老二，痛死人了。真的痛到叫人哭爹喊娘。」

「你這傢伙真的是蠢到家了。」

「騙你的啦。現在只要吃吃抗生素就會好了。」

不過以前二宮真的在福原有小姐服侍的浮世澡堂染上過淋病。每次小便都痛到幾乎跳起來，尿液裡面也摻雜著膿液。我是得了膀胱癌嗎？二宮心驚膽跳地上醫院一看，被醫生笑了。這是他為數不多的戰績之一。

「我打電話去格蘭皇宮問過了。羽田住在七〇六號室。」

「要過去嗎？」

「對。教訓羽田一頓，問出西山的把柄。」桑原說。「我根本就做錯了。找什麼國中事務長、新聞記者，拐彎抹角地問話，是你的作風……我也真是不中用了，居然沒想到可以直接痛揍羽田一頓，逼他說出來。」

「不愧是桑原兄，期待你的表現。請你貫徹作風，逼羽田全盤托出。」

「你那什麼事不關己的口氣？」

「桑原兄不是要去格蘭皇宮嗎？」

「你也一起。」

「這種事我有點不在行耶。而且我好像感冒了，今天還是謝謝再指教好了。」

二宮又打了個噴嚏。鼻子癢癢的。

「二宮老弟，你沒聽說過一句諺語嗎？『一家之主就是天』。」

「不，沒聽過耶。」

「我說是紅的，鴿子就是紅的，我說是白的，連烏鴉都是白的，我打個噴嚏，你就要感冒。」

十一點出門，桑原宣布。

十一點。兩人走下大廳。看了看櫃台的地圖，「格蘭皇宮」在網不知灣旁邊，距離三公里遠。

他們請櫃台叫了計程車，離開飯店。

「格蘭皇宮是幾星級的飯店？」桑原問司機。

「三星。大概和『公園渡假村』同等級吧。」

司機說有七、八十個房間，每一個房間都能眺望到海景。

五分鐘就到「白濱格蘭皇宮」了。「不好意思只坐短程。」桑原給了司機兩千圓後下車。

從正面玄關進入館內，穿過大廳，搭電梯上去七樓。來到七〇六號室，二宮把耳朵貼在門上。裡面傳來男人的聲音，是電視新聞節目嗎？

「在裡面。」

「好，殺進去。」

「計畫是什麼？」

「送口信。說你是領班。」

這時背後傳來電梯門打開的聲音。桑原和二宮離開房門前面。

一名女人從電梯間走過來。黑色大衣、灰色圍巾，肩上搭個皮包。女人瞥了一眼假裝站著說話的桑原和二宮，在七〇六室前站定，手伸向門鈴。

「等一下。」桑原出聲。「是這個房間叫妳來嗎？」

「什麼事？」女人露出警戒的樣子，別開目光。

「不，如果是這裡叫妳的，已經取消了。」

「這樣……」女人轉過來。「那我得收取消費喔？」

「多少？」

「一半。一萬三千圓。」

「好，我來付。」桑原給了女人兩萬圓。「不用找了。不過妳可以幫我個忙嗎？」

「什麼忙……？」

「妳是哪一家的？」

「『芙拉瓦』。」

「客人有說名字嗎？」

「濱田先生。」

「那妳可以叫一下濱田先生嗎？等他開門露臉，我要錄影。」

「這我沒辦法。」

「只會拍到妳的背影，我只想拍濱田先生。」

桑原再塞了一萬圓給女人。

「好奇怪喔。」女人把鈔票收進皮包。

「我們不是可疑人士。」桑原說，但又改口：「——不，夠可疑了。」

「你們是徵信社的？調查外遇？」

「對，妳猜對了。妳真的來得剛剛好，太感謝了。」

桑原把智慧型手機對準門口。女人按下門鈴。裡頭傳來應聲：『來了。』

「我是『芙拉瓦』派來的。」

女人說，房門開了。「請進。」男子說。

「好了，ＯＫ。」桑原說。

女人退後，往電梯間離去。

男子注意到桑原，想要關門，二宮隨即用肩膀擠進門內，桑原也進去了。穿浴袍的男子杵在原地。

「你們是什麼人？」

「芙拉瓦的司機。」桑原笑道。「羽田議員，叫小姐也是政務活動之一嗎？」

羽田怔愣著，也許是還搞不清楚狀況。他才剛洗完澡，頂著一頭溼髮，戴著厚鏡片的金框眼鏡，眉毛稀疏，眼睛細小。香味應該是沐浴乳。

「我是桑原，他是二宮，是雜誌編輯跟記者。下個月我們打算要做地方議員的醜聞專題報導。」

桑原把智慧型手機轉向羽田。羽田伸手遮擋，別開臉去。

「住手！這是侵害肖像權！」

「要我順帶抹消你的生存權嗎？還有議員特權。」

「你們是業界雜誌？」

「狗仔周刊。嗳，坐下來好好談一談吧。」

桑原推著羽田的肩膀進去裡面，拖出寫字檯的椅子，跨坐上去。

「二宮老弟，上啤酒。」

二宮從冰箱取出罐裝啤酒，遞給桑原和羽田。

「我知道了，你們要多少？」羽田悄聲說。

「我不清楚行情吶，議員可以給我們一個價嗎？」

「你當是賞小孩子零用錢嗎？」

「十五萬。」

「你在說笑吧？」

「不可能再多了。隨便你們愛怎麼寫吧。」

「照片會上周刊喔？」

「我只是開門而已。」

「開門讓紅髮小姐進飯店房間，好像不太對吧？」

「所以我才說十五萬。」

「不愧是《近畿新聞》編輯委員出身，很懂做事的道理嘛？」

桑原猛地起身踹開椅子。羽田閃避，卻跌坐在床上。桑原抓住他的浴袍把他拖起來，膝蓋往胯下一撞。羽田整個人折成兩半，趴伏在地上。

「他媽的，睡覺時間還沒到。」

桑原揪起羽田的頭髮，把他拖進浴室。浴室傳來模糊的慘叫和水聲。二宮也進去裡面。

「桑原兄……」

羽田的頭插在馬桶裡面，被桑原按著。羽田拚命掙扎，但桑原的手不動如山。

「開蓮蓬頭，淋上去。」

二宮連忙打開蓮蓬頭開關，用水澆淋著羽田的頭。羽田在馬桶裡「咕哇、咕哇」地一邊慘叫一邊吐水。

「——我知道了，饒了我吧！」羽田斷斷續續地說。

「知道什麼了，啊？」

「二十萬……不，三十萬。」

「去你娘的。」桑原繼續壓羽田的頭。

「五十萬……」

「再繼續啊？」

「夠了吧。」二宮關上蓮蓬頭。

桑原放手。羽田抬頭翻過身來，靠在馬桶上喘氣。

「我有氣喘。」

「所以咧？居然瞧不起人。」

「我匯錢過去就是了，告訴我戶頭。」

「還輪不到你說話。我問什麼，你就答什麼。」

「叫我答什麼？」

羽田嗆咳，又吐了一堆水。

桑原摑了羽田一巴掌。水花四濺。

「他媽的，跟你老子說話敢不用敬語？」

「你是黑道？」羽田無力地說。

「現在不是。因為在道上幹了一些不講道義的事，被破門了。脫離幫派，無人干涉的黑道，還有比這更可怕的嗎？我想殺誰剮誰，都沒人奈何得了我。」桑原踹羽田。「進浴缸。」

「咦……」

「沒聽到嗎？叫你進去。」

桑原又是一腳。羽田扶著浴缸邊緣，跨進裡頭。

桑原把出水從蓮蓬頭改成放水，溫度調整為「冷水」，打開水籠頭。

「好冰！」羽田抱住膝蓋。

「廢話，現在才一月。」

「會感冒的。」

「你有沒有搞清楚狀況？把你剝光扔出去陽台喔？」桑原吼道。「我要問了，你好好回答。」

「是……」

「西山事務所的黑岩沒有領西山的薪水，是真的嗎？」

「他不是直接領事務所的薪水。」

「什麼意思？」

「黑岩的薪水是西山的後援企業出的。」

「那是哪裡？」

「大阪東西宅急便的相關公司。」

東西宅急便二宮也知道。這家宅配公司到處吸收合併日本各地的運輸公司，鬧出過許多負面新聞。在宅配業務方面，也因為損壞貨品以及客訴應對出過許多糾紛，聽說他們和退休警察及地方議員簽定顧問契約，處理這些問題。

「黑岩從那家公司拿了多少？」

「應該沒多少。黑岩說就跟年金差不多。」

「聽說你都跟黑岩在北區南區花天酒地？」

「這是誰說的？」

「小久保。光誠學園大的棒球隊教練。」

「你們也去找過小久保了？」

「他是個大嘴巴，從挪用社團費到新人選秀的內幕，全說出來了。」

「可惡，那傢伙……」羽田一臉憤懣地說。

「光憑那年金程度的薪水，不可能滿足黑岩的開銷。他真正的生意是什麼？光誠學園大學的關說入學嗎？」

「找上西山事務所的關說入學，都是黑岩在處理的。」

「一個人多少錢？」

「也要看想入學的學生成績，大概一百萬到兩百萬吧。」

羽田說，黑岩也不好全額放進自己的口袋，只拿了約一成的辦事費，其餘的都交給事務所。

「教練從那類無腦學生手上拿到的社團費，也都交給黑岩嗎？」

「這我就不清楚了。那是教練、總教練和黑岩之間的合約。」

羽田滔滔不絕，說個不停。他在《近畿新聞》當記者的時候，一定也是靠這條三寸不爛之舌鑽營逢迎。

水愈來愈滿了。羽田抱著膝蓋發抖。

「去拿冰塊。」

桑原吩咐，二宮折回房間，打開冷凍庫，拿出兩盒冰塊，回到浴室，全部倒進浴缸裡。

「這一點不夠，再去拿。」

二宮提著冰桶出去走廊，從盡頭處的製冰機取了一大桶冰，回到浴室。羽田見狀大喊：

「住手！我會凍死的！」

「很好，就凍死吧。」

桑原在羽田頭頂把冰桶倒過來。大量的冰塊掉進浴缸裡。

「還不給我招？」桑原接著說。「黑岩恐嚇開發商，說三協商事的大廈興建計畫，會害光誠的操場被土石流淹沒，我聽說他拿到了三百萬還四百萬，真的嗎？」

「這是誰說的？」

「只要是北茨木的敗類，每一個都知道。」
「四百萬太誇張了。黑岩頂多就拿到兩百萬。」
「兩百萬交給事務所了嗎？」
「怎麼可能？西山也知道黑岩有多壞，才把他安插在事務所的。」
「你討厭黑岩？」
「沒有人會喜歡那種傢伙。」
「也沒人喜歡你這種東西吧。」
「不論清濁，兼容並蓄，才是成熟的大人。」羽田抓住浴缸邊緣。「問完了嗎？我快凍死了。」
「最後一題。你好好回答，就幫你放熱水。」
「我有高血壓，還有高血糖。」
「你剛才不是說氣喘？」
「我身體不好。」
「快點心肌梗塞死一死吧，這樣北茨木又可以辦補選了。」
桑原抓住羽田的頭往下按，羽田肩膀以下全泡進冰水裡。
「住手，求求你住手！」
可能是牙根合不攏了，羽田聲音顫抖，牙齒敲個不停。嘴唇變成紫色的。

桑原放開羽田。

「你抓住西山的把柄，在補選中拿到民政黨的提名。換句話說，你恐嚇了西山事務所。然而卻跟西山事務所的黑岩勾肩搭背，燈紅酒綠，這是為什麼？啊？給我一個能接受的解釋。」

「好冷，我不行了！」羽田呻吟。

「放屁。」

桑原把出水切換到蓮蓬頭，朝羽田淋冷水。

「住手！」

「還不說？」

「我從黑岩那裡聽到內幕，寫了篇大津醫大理事長的情婦醜聞。」

「大津醫大……私立大學是吧？」桑原關掉蓮蓬頭。水聲停了。「黑岩跟大津醫大是什麼關係？」

「關說，關說入學。」

羽田用浴袍袖子抹臉。他已經面無血色了。

「醫大的關說入學，價碼差了幾位數吧？」

「關說費最起碼也要一千萬。如果家長是有錢的開業醫生，好像會開到兩、三千萬的價碼。」

「入學金加捐款三千萬，再加上關說費，五千萬跑不掉吶。」

「不過醫大的關說費，是跟事務所折半。」

「跟黑道一樣。組裡交代下來的生意，收益得折半。」桑原說。「大津醫大的理事長是誰？」

「諸岡。諸岡時雄。」

「黑岩拿你的報導給諸岡看嗎？」

「諸岡被黑岩恐嚇，辭掉理事長了。」

「給我從頭好好解釋一遍。你是編輯委員吧？」

「這件事起因於大津醫大的經營不振。」

羽田全身發抖，以牙齒打顫的聲音娓娓道來。

大津醫科大學的醫師國家考試通過率很低。儘管靠著鉅額捐款及入學金、一年高達六百萬圓的學雜費維持經營，但由於諸岡投資股票失利，造成經營資金出現數十億圓的缺口。諸岡找了舊識西山，向光誠學園大學尋求援助。

西山聽到諸岡的話，計畫讓大津醫大及光誠學園大學結為姊妹校，將來合併為「光誠學園大學醫學部」。西山向民政黨文教族的幾名議員請求支援，對大津醫大的主要銀行大同銀行施壓，提供緊急融資二十億圓，讓大津醫大度過倒閉的危機。

西山派出光誠學園的集團長山本隆，要求諸岡交出大津醫大的經營權，卻遭到諸岡回絕。諸岡時雄是大津醫大的創校人諸岡喜一郎的長子，包括大津醫療專門學校、大津保健衛生學園在內，整個大津醫大集團早已成為諸岡一族的囊中物。西山命令黑岩把諸岡弄走。

黑岩認為光是情婦問題力道不夠，委託黑道出面。那就是攝津的鳴友會。

鳴友會以諸岡的情婦問題及投資股票失利的背信侵占做為把柄，恐嚇諸岡，但諸岡仍負隅頑抗，突然將理事長的位置讓給了長子聰史。如此一來，大津醫大理事長的情婦醜聞便消失了。此外，諸岡更向民政黨文教族的大老，外村派領袖外村泰孝求助。外村收了諸岡一筆錢，雖然不曉得是怎麼說服西山的，但以結果來說，光誠學園大學併吞大津醫大的計畫就此中斷——

「黑岩沒有明說，不過他應該是對鳴友會說，會支付他們兩千萬——不，三千萬的成功酬金。」羽田結束了漫長的說明。

「什麼？這就是真正的內幕？」

「黑岩的說詞是，既然光誠學園大學醫學部沒了，當然也沒有成功酬金。」

「鳴友會可是黑道，哪可能吞得下這口氣？」桑原繼續拿蓮蓬頭澆羽田。

「好冷！冷死了！我要凍死了！放過我吧！」

水和冰塊滿出浴缸，羽田連發抖的力氣都沒了。他眼睛半閉，嘴唇已經不是紫色，而是變成了藍色。完全是躺在棺材裡的死人臉。

「鳴友會是誰在管這件事？」

「我不清楚黑幫裡的情形。」

「麒林會向西山事務所丟火焰瓶，是鳴友會教唆的嗎？」

「對，沒錯。」羽田說。「不行，我麻痺了，腳沒感覺了，凍傷了。」

「他媽的……」桑原嘖了一聲。「熱水，換成熱水。」

二宮聞言，旋轉溫度調節鈕。轉到四十五度後，從水龍頭放水。

「接下來呢？快說！」

「說到哪去了？」

「裝什麼傻？火焰瓶！」

「哦，丟火焰瓶的是麒林會。」

「這誰不知道？」

「黑岩早就知道會被丟火焰瓶。」

「什麼……？」

「我沒有確證，但應該就是這樣。」

「這麼說來，黑岩跟麒林會的若頭室井是好哥兒們。火焰瓶也沒破掉。」

「西山事務所被人丟火焰瓶——黑岩想要向世人宣傳西山事務所遭到黑幫恐嚇，藉此來牽制鳴友會。」

「室井也因為丟了火焰瓶，對鳴友會有了交代，是嗎？」

「黑岩一開始就跟我說，犯人是鳴友會。然而出乎意料的是，傳出來的風聲卻是西山事務所跟麒林會起了糾紛……想想這也是當然的，因為黑岩總是委託麒林會在選舉中拉票。」

「所以是怎樣？有過節的不是麒林會跟西山事務所，而是鳴友會跟西山事務所？」桑原咂舌頭。「黑岩那混帳，真是個了不得的大騙子。」

「他是聰明反被聰明誤。過去他一直拿西山這塊招牌狐假虎威，作威作福，毫無民代祕書的良心可言……沒錯，他說穿了也不是什麼聰明人。稍微哄個一下，什麼祕密都守不住。三杯黃湯下肚，一句『這話可別說出去』，就開始大說特說，這就是黑岩這傢伙的本性。」

「原來如此，這下我總算明白鳴友會那群王八蛋怎麼會出來攪局了。」

桑原好像想到在南區和鳴友會成員對幹的事。

「我可以問個問題嗎？」二宮說。「黑岩拜託我搞定麒林會，你覺得這是為什麼？」

「你是黑道嗎？」

「才不是，我是個清清白白的好市民，桑原兄現在也是一般市民。」

「這樣啊，是這麼回事啊。」羽田點點頭。「黑岩大概是在找可以不必說出真相，又可以對付鳴友會的人。而且不能是黑道。如果找黑道壓制黑道，到時又會被找上的黑道反過來勒索。黑岩評估你們的能耐，覺得你們有辦法跟鳴友會做個解決。」

「分析得很不錯嘛。」桑原說。「你是個優秀的記者，採訪也很有一手，可是寫出來的報導為什麼不刊出來？議員根本就是人渣敗類。」

「每個人有每個人自己的路，旁人沒資格說三道四。」

「很強勢喔？是誰剛才還在呼天搶地地說要死了、凍傷了？」

水龍頭冒出滾滾蒸氣，羽田的臉色恢復了些許紅潤。

「我清楚了。謝啦。」桑原摸了羽田的臉一把，對二宮說「走了」。

「等一下。」二宮說，轉向羽田。「你剛才說要匯五十萬過來對吧？我告訴你戶頭。」

「喂，別做那種小鱉三似的事。」

桑原揪住二宮的耳朵，把他拖出浴室。

「很痛耶。」

「囉嗦。撤退了。」

兩人來到走廊。門關上了。

「五十萬不拿白不拿啊。反正他是拿政務活動費叫小姐的貪腐議員。」

「二宮老弟，那種寒酸錢，你老子不屑賺。」桑原轉過身去。「媽的，西裝都溼了。」

桑原大搖大擺地走過寂靜無聲的走廊。

11

早晨。二宮走下二樓的咖啡廳，把早餐券交給經理，在被帶領前往的座位坐下。窗外，鉛山灣的景致一覽無遺。這個季節，海面上的是釣墨魚的漁船嗎？風平浪靜。遠方還有油船在航行。

「好美的景色啊。終日閒無事（註21）～」二宮吟了句詩詞。

「你有時候真的很神經。」

桑原舉手叫女服務生，點了啤酒。看來他壓根兒就沒有要開車的意思。

二宮起身去夾菜。水煮熱狗、烤牛肉、英式炒蛋、高麗菜捲、沙拉、薯條、牛角麵包、玉米濃湯、牛奶、柳橙汁、鳳梨汁——二宮來回好幾趟，盤子擺滿了整張桌子。

「這麼多你吃得下？」

「真的很神奇，就是吃得下。」

「你只有跟我在一起的時候會變成大胃王吧？」

「可能是條件反射吧。看到桑原兄就食欲大開。」

「你就盡量吃吧。反正價錢一樣。」

「我也好想喝啤酒。」

啤酒送來了。桑原拿二宮的熱狗配啤酒。

「給我喝果汁。十杯一百杯都儘管喝。」

「臉會黃掉。」

「你本來就是黃種人。」

一點都不好笑。這傢伙本來是但馬的不良少年，所以缺乏大阪人的搞笑天份。他再怎麼努力，都不可能理解隱晦、諧謔這類語言的精妙吧。

二宮飽餐一頓，先回房間了。肚子一飽，眼皮就跟著沉重起來。他打了個大哈欠，又鑽進被窩裡。

十一點，兩人辦理退房。桑原看到帳單，露出詫異的樣子，但默默地掏出信用卡付帳。

「桑原兄的信用卡是自己的名字嗎？」

「廢話，簽的是我的名字。」

「可是根據《暴排條例》，黑幫分子不能辦信用卡吧？」

「你囉不囉嗦？我簽名，從我老婆的帳戶扣款。」

「家庭卡嗎？」

「我哪知道？去問我老婆。」

兩人走下停車場，上了ＢＭＷ。

「要回去守口對吧？」

「嗯。得換衣服，鞋子也溼了。」

「可以先去一下我的事務所嗎？我想看一下。」

「隨你的便。我就奉陪好了。」

二宮才不想要桑原奉陪。這傢伙只是喝了啤酒，不能開車罷了。

註21：出自江戸時代中期俳人与謝蕪村的俳句「春の海ひねもすのたりのたりかな」（春海終日閒無事）。

二宮發動引擎，繫上安全帶。桑原把「比・比・金」的CD插進音響。

「那是藍調嗎？」

「〈The Thrill Is Gone〉。我很中意這首。」

「『刺激不見了』？」

「激情已逝。」

「不愧是桑原兄，真・菁英分子。」

「哪來這麼凶神惡煞的菁英分子？」

這傢伙意外地滿有自知之明的嘛。Lone Wolf Is Gone——

車子駛入四橋筋的月租停車場。二宮把BMW停到愛快羅密歐旁邊。這個停車格總是空著，停一下應該沒關係。

走路到美國村外圍，進入福壽大樓。從信箱取出郵件，上了五樓進入事務所。平常的話，麻吉總是在裡面，開心地叫著『小啟、麻吉』，飛到二宮的肩上來，但現在麻吉不在，寄放在福島的悠紀家了。總覺得內心好像空了個洞。

「真寂寞。」

「什麼？」

「沒事，房間好冷。」

二宮打開空調。空調發出嘎嘎聲，吹出風來。機器本來是白色的，但已經被香菸的焦油燻成了褐色。濾網上次清洗，是去年夏天的時候嗎？

收到一張傳真。是母親悅子傳來的。上面用大字寫著「二月五日下午兩點辦法事 回來參加」。母親知道二宮的手機號碼，但從來沒有打過。她總是用傳真簡潔地告知要交代的內容。

二宮坐在辦公桌前檢查郵件。千年町的小酒館和自來水公司寄來的。反正都是帳單，二宮拆也不拆，直接丟到後面沙發。

桑原從冰箱取出發泡酒，坐到沙發上。

「這什麼？水費催繳單嗎？你連水費都繳不起嗎？」

「兩三個月沒繳，也不會斷水。因為水是關乎性命的基礎建設。」

「你真是爛透了。繳納公共費用，是國民的義務吧？」

繳稅才是國民的義務吧？二宮內心嘀咕，但沒有說出來。

「我有我的優先次序。賭場的欠債、酒錢、然後是欠我媽的錢。」

「你還在去地下賭場？」

「那家賭場已經沒了。被西成署抄了。」

幸好賭場沒了。如果還在，二宮就會去。就算手頭沒錢，也可以跟賭場借錢賭。

「前前後後，你在賭場敗掉多少了？」

「沒算過……應該有一間公寓差不多吧。二房二廳附廚房的新屋。」

「你就沒有想過要拿那筆錢孝敬你媽嗎？」

「為時已晚啊。連自己都快養不活了。」

沒錯，做圍事有了大筆進帳時，二宮也是想過要帶母親去溫泉旅行的……然而鈔票一拿到手，腳就忍不住往賭場走。賭贏了就想贏更多，賭輸了就想贏回本。

「不過我可沒有賭癮。我是有原則的，絕對不去小額信貸。」

「這也敢拿來吹噓？真教人欽佩的原則。」桑原嘲笑道。

「賭錢到底有什麼好玩的呢？就算輸到脫褲，還是愈挫愈勇。」

「你應該請人打開你那顆頭蓋骨，好好洗一洗裡面。」

「也許是過世的老爸遺傳吧。我爸比我更愛賭。」

父親孝之也是成天賭博，總是叫些年輕小弟到家裡打花牌，二宮就坐在房間角落看他們打牌，百看不厭。「啟仔，下一張要出什麼？」現在已是二蝶會若頭的嶋田常會問他。「牡丹。」二宮說，嶋田便照著出牌。嶋田賭技不精，但偶爾贏錢，就會帶二宮去遊樂園或賽船場。小學三年級的時候，二宮在班級作文上寫「我以後要當賽船手」，結果親師座談會的時候，母親被女導師問：「你們家是怎麼教小孩的？」夢想當個賽船手，這哪裡不對了？這要是現在，二宮也敢嗆回去一兩句，但當時候的二宮只是個純真可欺的兒童。那個大餅臉又歇斯底里的肥婆導師，現在在哪裡做什麼呢？感覺不可能有正常男人會娶她。

門鈴響了。二宮和桑原對望。桑原說「去應門」。

二宮起身按下對講機按鈕。

「來了，哪位？」

『送貨。』

二宮本來要去門口，赫然驚覺。宅配司機從來不會說「送貨」，總是說「黑貓宅急便」或「佐川急便」。

「送什麼？」

『文件。』

「寄件人是誰？」

沒有回應。二宮掩住對講機麥克風看桑原。

「怎麼辦？」

「這個嘛……」

「會是嗚友會嗎？」

「有可能。」桑原說。「有沒有傢伙？可以拿來扁混混的。」

「有菜刀。」

「菜刀不行啦，刺錯地方，兩三下就死了。」

「用砍的不就好了？」

「你什麼時候變黑道了？要砍自己砍。」

「沙發底下有鐵條。」

是二宮從拆除工地帶回來、原本想拿來當啞鈴的有節鋼筋。直徑三公分，長二十公分，共有兩條。

桑原摸索沙發底下，挖出鋼筋，拿起來甩了甩。

「應該有一公斤重吧。」

「滿沉的嘛。」

「好，放進來。」

「可以嗎？」

「沒關係。直接做個了結。」

桑原把鋼筋插進長褲皮帶，用外套遮起來。

「萬一對方有噴子怎麼辦？」

「你黑道啊？講什麼黑話？」

「萬一他有槍就死定了。」

「這年頭的小混混才不敢大白天帶著噴子四處晃。」

「可是萬一有刀子……」

「少在那裡五四三的，還不快點開門？」

二宮走到門旁。有動靜。好像還在走廊。

「哪位？」

二宮出聲。沒回應。走掉了嗎？

他慢慢地挪開門閂，避免弄出聲響。把門微微拉開一條縫。

門冷不妨被推開，一隻拳頭揮了進來。二宮千鈞一髮閃開，整個人倒退。進門來的是兩個人。

「你們搞什麼？」桑原開口。

「喂喂喂，怎麼還有一隻？」

矮的一個說。身材結實，穿黑西裝，沒打領帶，一頭短髮抹滿了髮膠。

「這傢伙就是那個桑原吧。」

另一個說。這個頭髮頗長，戴眼鏡，穿著花俏的巴爾瑪肯大衣，雙手插在口袋裡蠢笑著。

「你們是哪裡的？」桑原問。

「這要是平常，我會說『管我們是哪裡的』，不過也沒必要隱瞞。」長髮的那個說。「嗚友會的。我們小弟受你關照啦。」

「你說吉瀨嗎？」

「哦？你從哪裡聽到的？」

「攝津的嗚友會，為了掙錢，什麼爛事都幹。這年頭黑道已經不流行了。」

「不流行了，所以你才不幹了嗎？」長髮男坐到二宮的辦公桌上。「不是吧？你是被破門的。因為做了踐踏江湖道義的事。」

「你又知道了？」

「你跟瀧澤組對幹不是嗎？」

「你很清楚嘛。看來我也是個大名人嗎？」

「我說桑原啊，你已經不是道上的了，就算我在這裡宰了你，也不會有人幫你出頭。」

「你也真囉嗦。你是什麼人？至少報上名來吧。」

「田井。」

「鯛魚（註22）？……那那隻是比目魚嗎？」桑原看向短髮男。

「他媽的！」短髮男上前一步。

「住手。」長髮男說。「他叫當銘，是個火爆小子，你可別惹他。」

「這樣啊，田井和當銘，你們兩個跳支舞來看看吧？」

「你瞧不起人啊，啊？」

當銘又往前一步。桑原一動也不動，一臉森冷地直盯著他看。

這兩個很熟悉這種場面——二宮心想。這是黑道恐嚇的慣用技倆。當銘是暴力裝置，田井負責控制。大哥田井利用當銘恐嚇對方，在談判中占據上風。對於一般市民或半隻腳踩進江湖的，這種模式或許管用，但這兩個人不瞭解桑原。不管是遭到破門還是絕緣，桑原的本質都不會改變。

「我問個問題。」桑原說。「吉瀨跟蹤我們做什麼？」

「等等，那傢伙說了自己的名字？」

「說了，還報出幫派。他以為我們會嚇到漏尿吧。」桑原嘲弄地說。「一點家教都沒有。告訴那個叫吉瀨的，別把報名號看得太隨便了。」

「你在南區打了我們小弟，我是來算帳的。」

「這倒有趣，算什麼帳？」

「西山事務所的黑岩拜託你做什麼？」

「一點小事。叫我拿錢給麒林會，解決一些事情罷了。」

「選舉拉票的事嗎？」

「是要把這筆帳算清。但若頭室井不肯點頭。」

「兩三百萬這點零頭就想把人打發，未免太瞧不起人吧？」

「嗚友會也真熱心吶，啊？連分枝的營生都要干涉啊？」桑原笑道。「我也查過了。聽說黑岩叫你們去恐嚇大津醫大的諸岡是吧？」

「什麼？誰告訴你的？」田井表情一下嚴肅起來。

「大阪府警。四課。我有朋友在那裡。」

「是你跟吉瀨大打出手的時候出面的那個刑警嗎？」

「四課的中川，他這人可是比魔鬼還要可怕。」

註22：田井（tai）在日文中與鯛魚同音。

「中川……？我會記著。」

「黑岩欠你們多少？」

「你這傢伙搞什麼？淨說些莫名其妙的話。給我拿出吉瀨跟山根的醫療費來。」

「哦？那個軟腳蝦叫山根是嗎？」

「老子宰了你！」當銘嚷嚷起來。「放任你說，就給我踐起來了。不就是個被逐出幫派的落魄黑道嗎！」

「好可怕喔，嚇死人了，要拿出多少才肯饒了我？」

「麒林會一千萬，吉瀨和山根五百萬。」田井說。「去拜託黑岩，求他拿出一千五百萬來。」

「我說你們兩個，確定要惹你老子？前二蝶會的桑原大哥只是被黑道吼個一兩下就低頭，以後還要怎麼在江湖上行走？」

「你小子……」

當銘吼道。桑原慢慢逼近他。

「真教人不舒服吶。」桑原沉聲道。「被逐出幫派的黑道，就得像這樣任人欺侮是嗎？」

「你很清楚嘛，這個孬種。」當銘說。

「孬種……？」

下一瞬間，桑原一腳往前踏去，揮出鋼筋。當銘伸手格擋，但只聽到「咯」的一道悶響，手肘彎成了兩半。當銘慘叫，撞到辦公桌後滿地打滾。桑原不管三七二十一，亂踹一通。鞋頭命中鼻子，鮮血四濺。

桑原轉頭，對田井說：

「你也要下來幹嗎？」

田井俯視當銘，一句話也不說。

「不想幹架，就揹著這豬頭滾吧。」

「你以為對嗚友會動手，可以全身而退嗎？」田井瞪住桑原。

「不能全身而退，你要賞我什麼嗎？啊？」桑原逼近田井。

「這筆帳一定會跟你算清楚。」

「隨時候教。」

「小子……」田井掄起拳頭。

桑原猛地上前，田井頓時略為後退。

「真教人看不下去。」

「什麼……？」

「我說你這種只會出一張嘴的黑道！」

桑原話聲剛落，左直拳命中田井的臉。田井跌個四腳朝天，按住鼻子蜷縮在地。指間鮮血直淌。

「站起來！」桑原踹田井。「帶著那條比目魚給我滾！」

田井搖搖晃晃地站起來，扶起當銘，拖著他往門口走去。二宮跑過去開門。

「給我記住……」

田井小聲說，用肩膀攙扶當銘出去走廊。二宮確定兩人進了電梯，才關門上鎖。

「我完蛋了。我要跑路了。居然痛扁了四個嗚友會的組員，他們不可能不來報仇。」二宮打從心底後悔——後悔跟這頭蠻牛瘟神混在一起。

「慌什麼慌，都是勢在必行，非幹不可的架啊。」

桑原把鋼筋放到桌上，坐在沙發上撫摸左拳。

「桑原兄真的這麼想？推說是情勢所逼就沒事了？」

「是有點不太妙啦。他們也有黑道的面子要顧。」

「我說你這次真的會挨黑槍。」

「到時你也要一起作陪。」

「開什麼玩笑，打架的是桑原兄，我只是在一旁看而已。」

「你以為這種歪理行得通？你幹了幾年圍事啊？對方可是黑道。」

「怎麼辦？要逃去蒙古嗎？」

背脊發涼。就像是背後「碰」的一聲，眼前的鐵捲門突然拉了下來。「我都還沒孝順到我媽，可不想說什麼『請原諒做兒子的先走一步』。」

「你是要哭爸到什麼時候？」桑原叼起菸來。「真沒辦法，你打電話給若頭。」

「打給嶋田先生嗎？」

「說有事要談，要過去找他。」

「桑原兄呢？」

「我也一起。」桑原用卡地亞的打火機點燃香菸。

二宮打開手機，叫出嶋田的手機號碼，按下通話鍵。電話很快就接通了。

『喂，啟仔啊？』

「恭喜新年。嶋田先生一切都好嗎？」

『前陣子痛風發作，好不容易才恢復了。你這通電話來得正好，要不要去吃個飯？』

「謝謝嶋田先生。在那之前，我有件事想跟嶋田先生商量。」

『什麼事？』

「其實最近我跟桑原兄一起工作。」

『哦？跟桑原……？什麼工作？』

「有個民代西山光彥，我接到他的選區祕書委託，和桑原兄一起行動，但是跟攝津的鳴友會起了一點磨擦，桑原兄打傷了對方四個人。」

『那傢伙搞什麼？都叫他老老實實的別鬧事了。』

嶋田的語氣聽起來並不像在生氣。

「我現在過去方便嗎？」

『可以。我在組裡。』

嶋田說他在赤川的嶋田組，不是毛馬的二蝶會。

「謝謝嶋田先生。我現在就出門。」

『桑原也在那裡嗎？』

「沒有……」

二宮望向桑原。桑原在搖手。

「現在就我一個人。我會連絡桑原兄，跟他一起過去。」

『那你跟桑原說，如果找我商量，啟仔的生意，就是嶋田組的生意。你知道規矩吧？』

「我知道。麻煩嶋田先生了。」

二宮掛斷電話。

「嶋田先生說，如果我們找他商量……」

「折半對吧？這我知道。」桑原嘖了一聲。「那樣一來，咱們就是委託人，若頭是調停人。這是黑道業界的規矩。」

「桑原兄可以接受吧？就算只能賺一半。」

「迫不得已。我也還要我這條老命。」

桑原第一次露出沒把握的神情。沒錯，這傢伙已經不是「二蝶會的桑原」了。即使是天不怕地不怕的桑原，想要存活，也不能無視於權力平衡。

「那，走吧。」桑原起身。

「請等一下，我得擦一下地板。」

地面到處是當銘和田井的血跡。

「你有潔癖啊？」

「也不是啦。」

「丟著自個兒就會乾了。」

桑原抽著菸走出事務所。

旭區赤川，嶋田組。二宮把ＢＭＷ停在嶋田的豐田凌志旁邊。

「桑原兄上次跟嶋田先生見面，是什麼時候？」

「去年秋天。破門以後就沒見過。連通電話都沒打過。」

「嶋田先生對我的關照，無法形容。」

「你幹嘛？以為我對若頭有怨言嗎？」

「是沒有啦……」

「用不著擔心。我不恨若頭。若頭一直拚命想要保住我。」

「我很欣賞嶋田先生。」

「你是瘋了嗎？一般市民不要說什麼欣賞黑道。」

兩人下了車，進入事務所。木下也在，穿著一襲西裝。他看到桑原和二宮，露齒微笑，說「若頭在等兩位」。

上了二樓，木下敲門。聽到回應後，進入裡面。嶋田坐在沙發上，正抽著菸斗。

「真香。」

「這陣子喉嚨不太舒服，想說紙捲菸少抽點。」嶋田說菸斗的煙不會吸進肺裡。「喏，坐吧。要喝點什麼？啤酒？還是兌水酒？」

「我可以喝咖啡嗎？我開車來的。」

「你呢？」嶋田問桑原。

「我也喝咖啡。」

木下聞言離開房間。

「失禮了。」二宮和桑原行禮，在嶋田對面坐下。

「要商量什麼，說說看吧。」嶋田看桑原。

「我跟鳴友會槓上了。」

「這我聽說了。鳴友會可是直系。」

「事情的開端，是西山事務所和三島麒林會的糾紛。我們接到西山事務所一個叫黑岩的祕書委託，四處奔走，結果鳴友會出來攪局……我扁了四個人。」

「你還是老樣子吶。動手前也先看看對象吧。」嶋田笑道。「西山事務所跟麒林會的糾紛是怎麼回事？」

「北茨木的西山事務所被人丟了火焰瓶。雖然沒有破裂燒開，但當地盛傳是麒林會幹的。」

去年府議會議員補選的買票、黑岩與麒林會若頭室井的關係、當選的羽田與落選的栁井——桑原說明這些關鍵人物並解釋狀況，但沒有提到大津醫大相關的事。

「吉瀨、山根、田井、當銘——這四個是被我痛扁的鳴友會組員。」

「他們是小混混嗎？」嶋田問。

「田井應該是幹部。」

「麒林會是鳴友會的分枝吧？主幹怎麼會插手分枝的生意？」

「鳴友會的會長鳴尾，年輕的時候受過麒林會的林關照。」

「我知道了。跟鳴友會的和解，我來出面。你先藏身，避避風頭。」

「抱歉，謝謝若頭。麻煩若頭了。」

「不過你也得適可而止一點。不要隨便跟黑道幹架。」

「看到黑道囂張地跑來大小聲，我一時克制不住。」

「就是叫你學著克制。有時候就算上頭說好，還是有一堆小混混不肯聽話。」

「我明白。我會銘記在心。」桑原一本正經地說。

「你也看看周圍。現在可不是憑你那股蠻牛勁就能混世的時代了。」

「少了代紋，我刻骨銘心地痛感到這一點了。」

「你畢竟也是人生父母養的吶。」

「是嗎……？」桑原摸摸脖子。「我這兒總是覺得毛毛涼涼的。」桑原說，現在他走在外頭，總是會忍不住留意後方，避開當地小混混流連之處，感覺快被找碴的時候，就低下頭去。

「噯，你耐著性子再等等吧。我會找機會跟組長談談讓你回來的事。」

「謝謝若頭的好意，但只要森山組長還是組長一天，我就不打算回來。等到若頭坐上組長的位置，我一定會第一個趕回來效勞。」

「你就是說這種話，才會被組長當成眼中釘。他好歹也是這個組的組長。」

「組長也是有他的過人之處，那就是敢賴在組長大位上的膽子。」

「好了，你別再胡說了。」嶋田制止，轉向二宮。「啟仔，要吃什麼？」

「咦……？」

「今晚不是要去新地嗎？」

「我什麼都好，只要是嶋田先生想吃的都行。」

「那去吃河豚吧。」

「若頭，我也喜歡河豚。」桑原說。

「這樣啊，那你也一起來吧。」

「我今年還沒吃到河豚這麼昂貴的東西。」

「放你的屁，今年才剛過八天而已。」

六點在北新地的「竹香」，嶋田說。

這時敲門聲響起，木下用托盤端了整壺咖啡和杯子進來。

「不好意思這麼慢。我叫了『花岡』的外送。」

「噢，『花岡』的特調咖啡很好喝。」

嶋田說，木下將杯子擺到桌上。

「你也喝吧。坐下。」

「多謝若頭。」

木下打開邊櫃，取出杯子，倒了咖啡。嶋田就像這樣，對保鑣也很體恤。

「組長他啊，說想退休。」嶋田低聲說道。

「這我有所耳聞。」桑原說。是木下告訴桑原的。「是每個月的『孝敬』太吃重了吧？」

「以前直系組長退休的時候，傳了『奉加帳』（註23）過來。也就是募款慰勞金。當時好像募到了一億圓左右，但現在能有個五千萬就很好了。」

「五千萬不是很棒了嗎？是森山組長跟若頭說想退休的嗎？」

「不只是對我，好像也對山名說了。」

註23：「奉加帳」原指神社佛寺化緣募捐時，記載捐贈財物的登記冊。為黑幫所轉用。

山名是有自己的組的幹部，二宮曾經去打過一次招呼。山名的事務所在京橋，組員比嶋田更多，大概十五、六人。

「那山名怎麼說？」

「他肖想得很。他最近常跟組長一起喝酒。」

「那個倒茶小弟，居然撇下若頭做這種事？」

「就算明知道是在討好，但會搖尾巴的狗還是特別可愛。」

「若頭再這樣悠哉下去，會被那個打雜小弟給絆上一腳。」

「說穿了就是錢吧。組長正在拿我跟山名掂量。」

「真是太窩囊了。」桑原啜飲咖啡。「組長自個兒攢了一大筆錢，他倒好了，可是底下的人怎麼辦？要是山名坐上組長的位置，只會成天叫底下的進貢財物。」

「我也是看透了一定會如此，才覺得厭煩。又不能問組長心裡頭到底是怎麼想的。」

嶋田和桑原都是與時代脫節的武鬥派黑道，因此即使幹起架來所向披靡，對於生財之道，就不怎麼在行了。現在兩人雖然在討論繼承人如何，但總有一天，黑道混不下去的時代終究會到來。二宮的圍事生意，至多也只能再撐個兩、三年吧。

「若頭也想一下生意怎麼樣？光靠金融和倒閉債務清理，也只會每況愈下。」

「這我知道。也得讓年輕的填飽肚子才行。」

嶋田說，望向木下。木下輕點了一下頭。

「別聊這種鬱悶的話題了。」嶋田把菸斗擱到桌上，將奶精加進咖啡。「你這陣子都在做什麼？」他問桑原。

「做什麼……大部分都在家裡。」

「這個呢？」嶋田豎起小指。

「偶爾會去。找那種嘴巴緊、大腿鬆的女人。」

「最近我也有個看上眼的女人，今晚帶你們過去。」

「太好了，真期待。」

兩人又像平常那樣互相吹起牛皮來。

12

二宮醒了。他撐起上半身，轉轉脖子。頸椎吱咯作響。腦袋裡一片霧茫茫。

爬出被窩去廁所，照了照洗手台的鏡子。眼皮浮腫，臉頰凹陷，滿臉鬍渣。鬍子，就是男人的名片——他想起電視上長得像毛蟲的設計師在廣告中說的台詞。

二宮刮鬍子，但保留人中和下巴處。雖然很像漫畫裡的小偷，但還滿適合的。二宮決定暫時維持這個造型。

從冰箱取出發泡酒，坐到廚房椅子時，被窩旁的手機響了。看看手錶，已經十一點了。八成是桑原打來的。不用理他——

喝完發泡酒後，腦中的迷霧散去了些。昨晚在新地本通的料理店「竹香」吃了野生河豚鍋，去了一家叫「葛麗芬」的俱樂部。那家店一看就很貴，約有二十來個小姐。嶋田中意的小姐愛美三十多歲，身材很棒，但眼睛太開，看起來像蟬。嶋田從年輕的時候開始，對女人的品味就很糟糕。

十一點前離開「葛麗芬」，去了一家叫「克萊門特」的小酒館，之後的事二宮幾乎不記得了。應該是坐上在店裡叫的計程車，回到了住處。二宮把最高級的全套行頭，飛行外套和棉褲，還有襪子都脫下來睡著了。不是自己出的錢，就會忍不住喝過量，對健康實在不好。

手機又響了。煩不煩啊？二宮拿著發泡酒走進臥室，打開手機一看，是藤井朝美打來的。他急忙按下通話鍵。

「喂喂，我是二宮。」

『啊，早安。我是藤井……二宮，你在哪？』

「公寓。大正的。」

『你今天會來公司嗎？』

「我有點不太舒服，應該不去了。」

『這樣啊，那就沒辦法了。』

「妳要搬貨嗎？」

『嗯。收到兩箱包裹。』

「真不好意思，可以下次嗎？這個月我可能常不在，不用倉庫錢了。」

不能靠近事務所。鳴友會又會找上他。

『倉庫費我還是會付，畢竟已經簽了約……不過你可以打一份鑰匙給我嗎？』

藤井說她會自己進出。

「不好意思，這我再考慮一下。」

萬一藤井碰上鳴友會，會引起騷動。二宮企畫也會被要求強制搬離。

『你的公寓在大正哪裡？』

「千島。從公車站往東，有一棟『河岸華廈』。很小的公寓。」

『「河岸華廈」是嗎？』

「不管這個，要不要去吃個飯？」

『可是你不是不舒服嗎？』

「哦，跟妳的話就吃得下。」

『不好意思，今天我很忙，下次再約吧。』

電話掛斷了。什麼嘛，這麼冷淡。

二宮丟開手機，又鑽進被窩。打了個哈欠，閉上眼睛。

麻吉飛了過來，叫個不停。悠紀，喜歡喜歡喜歡——！不對，不是悠紀，是小啟啦——說的沒錯，說的沒錯——！吃過飯了嗎——？二宮伸手，麻吉飛走了。你要去哪裡——？二宮想要站起來，卻動彈不得。這時他醒了。

「做夢啊……」

抓起枕邊的香菸。只剩下兩根。叼起一根點燃打火機，沒油了。

沒辦法，去買好了。順便買個菸。二宮離開被窩去到廚房，用瓦斯爐火點燃香菸抽起來。站在洗碗槽前準備撇條的時候，他聽見模糊的話聲。外廊有人。是住隔壁的酒保嗎？那個醜八怪有時候會帶女人回家，不過現在是傍晚，酒保應該去上班了。二宮豎起耳朵，但就算公寓的牆壁很薄，還是聽不到內容。

瞬間二宮心頭一驚。外面的是鳴友會的小混混。搞不好是麒林會。二宮只要踏出去一步，就會被兩個男人包圍：跟我們來一趟。

二宮屏住呼吸，躡手躡腳折回臥房。套上棉褲，穿上馬球衫，罩上羽絨外套。從櫃子抽屜取出鈔票——大概二十萬圓——揣進口袋，打開後面的落地窗，來到陽台。跨過扶手，站到磚牆上，爬下隔壁的空地。坐進停在那裡的愛快羅密歐，小聲關上車門，發動引擎，駛離空地。

繞過單行道，開過公寓前面的馬路。二樓外廊角落站著兩個男人。一個穿迷彩外套，一個穿灰色羽絨外套。錯不了了，這兩個人正在埋伏，準備要擄走二宮。

二宮就這樣往前開，來到大正路。愛快羅密歐靠左，停到香菸鋪前，打電話給桑原。響了老半天都沒人接，他搜尋連絡簿，打到「蜜糖二號店」。

『喂？卡拉ＯＫ「蜜糖」。』

「真由美小姐？我是二宮。」

『啊，二宮先生。怎麼了嗎？』

「我打電話到桑原兄的手機，都沒人接。他在哪裡？」

『我不知道。他這人出去從來不講的，我打電話找他，他會不高興。』

「可以委屈妳一下，打個電話嗎？如果是妳的手機打去，桑原兄應該會接。」

『要跟他說什麼呢？』

「叫他打我的手機。」

『好的。』

「謝謝。」

二宮掛了電話，下車買了一包紅色萬寶路和打火機，五百圓有找。

回到車上抽菸。接下來該怎麼辦——？

沒辦法回公寓了，也不能去事務所。狗窩被剝奪，據點也丟了，二宮成了「無家可歸的小孩」。

可是嗚友會那夥人怎麼會知道我住在哪——？

怎麼想都想不透。嗚友會就算知道二宮在西心齋橋的事務所，應該也查不到住家公寓才對。

對了，原來是藤井朝美——？

剛才她問：你的公寓在哪？

「河岸華廈」，很小的公寓——二宮毫無戒心地回答了。這話肯定是從藤井傳到長原那裡，再從長原傳到黑岩，黑岩傳到麒林會，最後傳入鳴友會耳中。

可惡，那個臭婊子——！她以高中同學的身分親近二宮，其實八成是長原在背後牽線。而且藤井跟長原一定搞上了。

什麼打一份鑰匙給我，打死也不給妳。

手機響了。是桑原。二宮按下通話鍵。

『幹嘛啦，啊？』

「哪有人劈頭就「幹嘛啦，啊」的？」

『啊？幹嘛啦？』

「有兩個麻煩東西找上我的公寓，八成是鳴友會的。」

『所以咧？就算你被抓走吊起來鞭，我也不會去救你。』

「我開著愛快羅密歐逃出來了。」

『死裡逃生啦？』

「我從後面陽台跳下去，腦袋撞出一顆大包。」

『太讚了，怎麼不順便把那張臉也撞爛？』

「你是打電話來酸人的嗎？」

『放屁，我老婆叫我打的。』

「桑原兄，你現在在哪？」

『你管我在哪？』

「嶋田先生交代你，所以你躲起來了嗎？」

『跟若頭沒關係。我是在靜養。』

「在哪個溫泉？白濱嗎？還是有馬？」

『不是溫泉。在大廈。』

什麼靜養，教人傻眼。這傢伙果然是躲起來了。

「我無處可去，也沒錢住旅館。」

『曝屍路邊嗎？我會給你燒柱香。』

「請桑原兄伸出援手吧，求求你，給我一小塊地方容身就好。」

二宮從鼻子噴出煙來，吐了吐舌頭。

『你這傢伙，除了哭求，就只會要錢。好吧，就收留你好了。』

「哪裡的大廈？」

『横濵町。都島的。大阪拘留所東邊不是有個大型集合住宅？』

「有，大廈社區。叫『鈴園城市』的。」

『南邊有兒童公園。』

桑原說是公園對面一棟叫「艾爾苑」的大廈一〇二號室。

『要來就來吧，讓你睡衣櫃。』

「謝謝，我這就過去。」

二宮繫好安全帶，把車開了出去。

沿著大川旁邊的馬路北上，來到橫淵町「鈴園城市」的南邊，找到桑原說的兒童公園，卻沒看到類似的大廈。

二宮繞了公園一圈，把愛快羅密歐停到公廁旁。公園的櫸樹和銀杏落葉紛飛，一片清閒。

總覺得看過這地方——

二宮冷不防想起來了。馬路斜對面，鐵工廠旁邊有一棟二樓公寓。記得那棟老舊的組合屋公寓叫「橫淵公寓」。

大約三年前，二宮因為與奈良東西宅急便之間的問題，被黑道盯上，當時節夫就是把他藏在「橫淵公寓」。難道桑原跑去投靠節夫？

二宮下了車，走向屋簷傾斜、牆面佈滿龜裂的公寓。走到近處一看，水泥磚牆上掛了塊門牌，用油漆寫著「艾爾苑」。似乎是換了新房東。

二宮推開霧面玻璃門入內。沒有稱得上玄關的空間，走廊兩側並排著房間。

二宮來到一〇二號室前，敲了敲三合板門。無人回應。

「桑原兄，我是二宮。」二宮出聲。

『噢，等一下。』

應聲之後，是解鎖的聲音。

「打擾了。」二宮走進房間。桑原坐在廚房椅子上。「這裡是節夫的公寓吧？」

「節夫在樓上。」桑原指著天花板。

想起來了，節夫住在二〇二號室。

「我叫節夫隨便給我找個窩，他說一樓房間剛好空出來。」

節夫應該和遭到破門的桑原保持距離，但八成是拒絕不了。

「節夫跟房東談，不用保證金、禮金，房租以天計。」桑原環顧廚房。「這種破地方，一天居然要一千五百圓。」

「很便宜啊。」

「哪裡便宜了？換算成月租，是四萬五千圓欸。」

桑原的金錢觀莫名其妙。之前住的白濱的飯店，一個人一晚要價四萬八千圓。

「別杵在那裡，進來。」

二宮在脫鞋處脫了鞋，走進房間。一房一廳附廚房，廚房兼飯廳約四張榻榻米半大，裡面還有間六張榻榻米大的和室。隔局和二宮的公寓差不多，但非常狹窄。塑膠地板凹凸不平，也許是底下的角架腐爛了。

「可是這裡好單調喔。」一無長物，連冰箱、櫥櫃、鍋碗瓢盆之類，什麼都沒有。「有棉被吧？」

「什麼？」

「我不是要睡櫥櫃嗎？」二宮望向和室。

「要睡暖爐矮桌還是哪裡，都隨你的便。」

「這裡又沒有暖爐矮桌。」連張座墊都沒有。

「你不是睡這裡，去節夫那裡。」

「等一下，我要跟節夫睡嗎？」

「你很吵，會說夢話，會磨牙，腳又臭。」

「我香港腳嘛。」

「離我遠一點。」桑原「噓、噓」地甩手。「那，嗚友會的小混混怎麼了？」

「可能還守在我的住處外頭。」

「他們怎麼會知道你住哪？」

「就是這一點奇怪。」二宮說藤井朝美問了他的公寓所在地。

「你是鼻毛被人看光啦（註24）。誰叫你鼻孔那麼大。」

「蓮藕。」

「什麼？」

「我的綽號。我小學的時候是朝天鼻，鼻孔正對著前方。」

「帥極了。」桑原說。「要扁那個叫長原的王八蛋一頓嗎？你朋友。」

「他才不是我朋友，只是個貪腐祕書。」

「打電話給長原，叫他到市內。」

「用什麼說詞？」

「你不會想啊？」

二宮掏出手機，找到長原的號碼撥打。

『喂，長原。』

「我是二宮。我有重要的事情想跟你談談，是關於麒林會的事。

二宮說想碰個面說明詳情。

「雖然麻煩，不過你可以過來一趟嗎？」

『去你的事務所嗎？』

「不，咱們去南區吃個飯吧。」

『五點我跟支持者有約，七點後可以過去。』

註24：在日文中，鼻毛被人看見，指男人被女人瞧不起。

「好。七點多在宗右衛門町的派出所前等你。」

二宮掛斷電話。

「幹嘛約在派出所前？」

「可以降低他的戒心啊。」

「就會亂來。」桑原說。「你上去跟節夫打聲招呼。他在房間。」

「這附近有酒行還是香菸鋪嗎？」

「公園對面有超商。」

二宮背對著聽見回答後，離開房間。

二宮把愛快羅密歐停到投幣式停車場後，去超商買了一箱萬事發香菸和六罐裝啤酒。回到「艾爾苑」走上二樓，敲了敲二〇二號室。進門一看，節夫穿著紅色運動衣，正坐在暖爐矮桌前看桌機螢幕。

「新年快樂。好久不見。」

「嗯，真的好久不見了。」節夫抬起頭來。「桑原大哥跟你說了嗎？」

「他叫我睡這裡。」

「嗯，進來吧。」

「這是一點小意思。」

二宮入內，把菸和啤酒放到廚房桌上。節夫所在的和室，暖爐矮桌周圍堆滿了漫畫、泡麵杯、吃完的便當盒、燒酎空瓶、發泡酒空罐、T恤、牛仔褲、襪子等等，幾乎看不見底下的榻榻米。牆邊的電視兩旁，DVD盒堆得老高，旁邊放了幾台相機和筆電。

「你還在幹偷拍啊？」

「我就靠這賺錢啊。可是都賣不出去。」

自從網路上可以看到免費影片，A片行幾乎都快倒光了。

節夫的綽號叫「廁所蟋蟀(註25)」，他潛入百貨公司或超市的女廁偷拍，將影片燒成DVD，賣給A片行或成人用品店。有一次節夫遭人通報，被百貨公司的警衛逮住，居然還趁機偷看了趕到現場的女警裙底風光，毅力過人。

「我明天開始要去組裡當差，大概一個星期不會回來，隨便你要睡暖爐矮桌還是鋪被子睡。」

「謝謝，受你關照了。」

「不過，你怎麼會跑來這裡？」

「嗚友會的小混混找上我西心齋橋的事務所和大正的公寓，我無處可去了。」

「這樣啊。桑原大哥也說是跟嗚友會槓上。」

「少了二蝶會這個靠山，他以後要怎麼辦呢？」

註25：「廁所蟋蟀」為日文名稱，也就是中文的「灶馬」。

「很不妙的。沒了代紋，就不是黑道了。」

「會不會沒命啊？」

「就算被宰也不奇怪。」

節夫說就算桑原被擄走，屍體被埋起來，也不會有人查案。

「我們去找過嶋田先生了。他說會替我們跟鳴友會談談。」

「若頭真的很照顧底下的。他特別疼桑原大哥。」

「我也這麼覺得。」二宮拿出一罐啤酒。夠冰。「桑原兄手頭拮据嗎？」

總是鈔票亂灑的桑原，在白濱的飯店辦理退房時，用的卻是真由美的信用卡。

「應該沒錢了吧。桑原大哥本來做的是倒閉債務清理嘛。」節夫說，這類生意向來都是組裡交代下來的，而桑原現在已經不是幫派的人了。「黑道根本就是夕陽產業，我也前途一片黑暗。就算現在金盆洗手，也沒有別的事可以做。」

不是沒有別的事可以做，節夫也是這樣，黑道只是不想汗流浹背辛苦工作而已。可是我也沒資格說別人吶，二宮自嘲。他毫無工作欲望，隨波逐流地活到今天。一有錢就上賭場，沒錢了就向母親討。這十年來，沒跟半個女人交往過，也沒有能稱兄道弟的好朋友。

「節夫，你幾歲了？」

「三十三。」

「我三十九了。」

「咦？二宮先生看起來很年輕。」

「我的鼻孔很大嗎？」

「不會啊，很普通。」

「就是說嘛，我也這麼覺得。」二宮拉開啤酒拉環。「你也喝吧。」

「喔，好啊。」

節夫起身到廚房來。

他在椅子坐下，拿起啤酒，目不轉睛地看二宮的臉。

「我從剛才就覺得你哪裡不太一樣，原來你留鬍子啦？」

「對，留鬍子了。年輕人的流行。」

「都三十九了，哪裡還叫年輕人？不過滿適合你的。」

「真的嗎？謝謝。」

「鬍子濃的人會禿頭喔。」

節夫邊喝啤酒邊摸下巴。仔細一看，他的下巴稀疏地生了幾根鬍鬚毛。節夫的臉色蒼白，眉毛也很淡，理顆大平頭，但額頭很寬。

「你好像也會禿頭。」二宮說。

「就是說啊。我爸跟我阿公都是大禿子，我可能差不多也要開始擔心了。」

「希望咱們都能在頭毛禿光之前搞到女人。」

「喂，少拿我跟你混為一談。我從來不缺女人的。」

那還搞什麼偷拍？叫女人幫忙，要什麼樣的鏡頭還拍不到？不過看看這房間，實在不可能是有女人的樣子。

這時房門連敲門聲都沒有就打開了。桑原叼著菸走進來。

「怎麼，你們哥倆好地在喝啤酒啊？」

「我們在敘舊。」二宮說。

節夫站起來，請桑原坐椅子。桑原坐下，拿了罐啤酒說：

「我有個計畫，來演他一齣。」

「什麼？」

「你不是要在宗右衛門町的派出所前跟長原碰面？接下來邀長原去你的事務所。」

「我的事務所不成吧？嗚友會的人可能盯著那裡。」

「無所謂，我跟節夫會守住。還有木下。」

「要做什麼？」

「擄走長原。」

「這太扯了吧……」

「不是真的抓他。你讓長原進你的事務所，接下來我自有安排。」

「我看不出到底有什麼用意？」

「你聽好，長原認得我，所以要利用節夫跟木下演一齣戲。」

「桑原大哥，我不會演戲啦。我連小學的才藝表演都背不住台詞欸。」節夫說。

「又沒人叫你當演員。你好好當你的黑道就行了。」

「黑道啊……」

「你要在長原面前要狠給他看。」桑原喝了口啤酒，「夠冰。下酒菜呢？」他問二宮。

「沒買。」

「真夠不機靈的。」

桑原靠到椅背上，蹺起二郎腿，開始說明這齣戲的劇情。

七點二十分。長原出現在相合橋的派出所前。他穿著深灰色羊毛大衣，黑長褲配辦公皮鞋，脖子上纏了條品味低俗的苔綠色圍巾。

「要吃什麼？」二宮問。

「有點想吃河豚鍋呢。」

「河豚鍋的話，法善寺有家不錯的店，不過有點貴。」

「一個人要多少？」

「兩萬圓左右吧。可以喝上兩、三合（註26）河豚鰭酒。」

長原好像完全沒有要請客的意思。「——那走吧。」

「比起河豚鍋，我比較想吃壽喜燒烏龍麵。」長原好像嫌河豚鍋太貴。

「壽喜燒烏龍麵的話，笠屋町的『浪花庵』不錯。」

「好，就去那裡吧。」長原說。「二宮，你知道很多美食餐廳嘛。」

「南區算是我的地盤啊。」

二宮朝北跨出步子，長原也跟上來。

「工作還順利嗎？」

「桑原兄在處理，還沒來跟我報告。」

「沒事要說，你卻找我來嗎？」

「我一直想跟你喝個一次酒，聊聊高中的回憶。」

「那時候我跟你也不是多要好。」長原不服地說。「那個人是黑道嗎？」

「你說桑原兄嗎……？以前是，去年被毛馬的二蝶會破門了。」

長原明知道桑原的底細，卻向二宮打探。

「破門？他是犯了什麼錯嗎？」

「這個嘛……我對那一行也不是那麼清楚。」

「不過上次見到的時候，我真是嚇死了。眼神真夠凶狠的，太陽穴這邊還有道疤不是嗎？」

「聽說那是他年輕的時候幹架弄傷的。好像是挺子劃的。」

「挺子？」

「匕首。也叫片子。」

「你好內行。」

「我也幹圍事很久了，那一行的黑話當然也知道一些。」

這傢伙囉嗦死了。還要一一回答，煩死人了。我怎麼就這麼可悲，淪落到跟這種惹人厭的傢伙一起吃壽喜燒烏龍麵？

「黑岩先生有跟你說什麼嗎？跟麒林會的和解。」

「他不會談這種事。跟黑道有關的事，我也怕得不敢沾。」

「我倒是靠著跟黑道打交道混飯吃。」

「在這樣的逆境裡，你也真是了不起。」

「什麼意思？」

「《暴對法》和《暴排條例》啊。反社會人士被逼得愈來愈無處容身了不是嗎？」

我是不是該對這傢伙開扁？是誰叫我跟那反社會組織麒林會談判的？

「糟了，既然要跟你吃飯，應該也約一下藤井的。」二宮說。

「藤井是一般人，不好講些跟錢有關的內幕。」

「我就不是一般人嗎？」

註26：合為日本尺貫法單位，常用來做為日本酒的容積單位。一合約為一八〇毫升。

「我不是那個意思。要是你覺得冒犯，我跟你賠不是。」

「我沒生氣啦。我也知道自己的營生異於一般。」

二宮擠出笑容。這傢伙真的有夠麻煩。

笠屋町。看見大樓屋簷底下吊著寫有「浪花庵」三字的紅燈籠了。

快九點了。二宮和長原兩個人喝了四瓶二合容量酒瓶的燙酒時，手機振動了。二宮打開，按下通話鍵。

『你在幹嘛？』

「啊，你好，多謝關照。」

二宮起身離開包廂，趿上拖鞋往廁所走去。

「我跟長原在一起。在笠屋町吃壽喜燒烏龍麵。喝了燙酒，有點小醉。」

『學人家喝什麼燙酒。快點滾出來。』

桑原叫二宮快點帶長原過去。

「桑原兄在哪？」

『福壽大樓前面的咖啡廳。』

「哦，『愜意』是吧？那裡的特調很好喝。」

『少廢話了，我在等你。』

「鳴友會在那邊盯著嗎？」

『沒看到麻煩的東西。快點過來。』

「好好好，現在就去。」

二宮掛了電話，回到包廂。

「差不多了，去下一攤吧。」

「我已經吃夠了。」長原看手錶。「明天還要上班。」

「再陪我去一家吧。這裡我請客。」

「這樣啊。謝謝招待啦。」

「我想去美國村的小酒館。那邊有個叫悠紀的小姐，會脫小褲褲給你看喔。」

「什麼……？」

「上次我們說好的。我送她全套法國內衣，她就拿身上的小褲褲跟我交換。剛脫下來的，還有味道喔。」

「你變態啊？」

「哪裡變態了？哪個男人不想要剛脫下來的小褲褲？」

「那個叫悠紀的漂亮嗎？」

「美到冒泡。二十七歲，在當舞蹈教練，也常演音樂劇。熱騰騰的丁字褲，很想套在頭上對吧？」

「小褲褲不錯，我也想看看那個小姐有多美。」

「那就一起來吧。」

王八蛋，那什麼豬哥相——

二宮叫來女服務生，要了結帳單。

二宮說要送給悠紀的內衣放在事務所，進入福壽大樓。搭電梯上去五樓，插進鑰匙開門入內，打開電燈。

「喏，你先坐一下。」二宮打開空調，從冰箱拿出發泡酒，放到長原前面。二宮走到寄物櫃前：「——咦，奇怪，怎麼鎖著？」

他說包裝好的內衣禮盒在寄物櫃裡。

「等一下，我找一下鑰匙。」二宮打開辦公桌和信匣抽屜，四處翻找，這時門鈴響了。「這麼晚了會是誰？」

二宮開門。外面站著穿西裝的木下和節夫。

「你們是誰？」

「你就是叫二宮的吧？」

木下推二宮的肩膀，二宮後退。節夫也進來，把門關上。

「這個就是那個桑原嗎？」

節夫看向長原，長原急忙揮手。

「不是，我是客人。」

「客人會一臉醉醺醺地喝什麼啤酒嗎？宰了你喔？」

節夫走近長原。

「住手，他真的是客人。」二宮說。

「不可能，這傢伙是道上的。瞧他一臉流氓相。」

「你們是什麼人？」

「你吵不吵啊？找死嗎？」

節夫打開外套，拔出插在腰帶上的匕首。雖然是模型刀，但迫力十足。節夫抓住長原的圍巾，一把將他拖過去。

「你就是桑原吧？」節夫舉起匕首。

「不、不是！」長原的臉血色盡失。「我叫長原，是政治家祕書。」

「黑岩的小弟嗎？」

「我是西山事務所的員工。」

「喂喂喂，那豈不是剛好？這傢伙是西山的祕書欸。」節夫賊笑，問木下：「怎麼辦？」

「既然順便，就一起抓走吧。」木下說。

「等一下，這個人是無關——」

二宮話剛出口，木下的拳頭便朝他臉上招呼過來。一陣劇烈的衝擊，二宮跌了個四腳朝天，溫熱的液體從鼻腔湧了出來。是鮮血。木下絲毫沒有手下留情。

「喂，過來！」

節夫揪起長原的衣領，匕首抵在脖子上。長原整個人嚇壞了，不敢抵抗，只差沒當場昏過去。

「等一下。」木下說，走近長原。「你是黑岩的小弟吧？」

「對。」長原擠出聲音。

「黑岩居敢把我們黑道踩在腳底下。我們要抓了你，了結這筆帳。」

「請等一下，黑岩說他會付錢啊！」

「多少？」

「一千萬。」

「你以為黑道可以用這點小錢打發嗎？」

「不只是西山事務所的錢，還有黑岩自己的錢。」

「你知道跟大津醫大的糾紛？」

「我有聽說。黑岩也很為難。」

「你們以為可以把黑道當牛馬使喚，用完頭一甩就裝做沒事了嗎？啊？」

「所以黑岩先生說要付一千萬……」

「我們被那個叫桑原的前黑道傷了四個手下，一個頭都破了，躺在醫院裡。大津醫大的帳是一千萬，除此之外，還要桑原的頭。」

「桑原是黑道，我又不認識他，這不是我能怎樣的問題啊。」

「看來他們根本不把我們放在眼裡呢。」節夫說。「大哥，把這兩個宰了丟進海裡吧。這樣黑岩也會嚇到尿褲子。」

「只要把桑原交出來，就可以放過我嗎？」長原懇求地說。

「去他媽的，桑原的頭拿去餵狗都沒人要。」木下說。「錢，我們要的是錢。桑原的帳，加上大津醫大的帳，總共三千萬，叫西山事務所拿錢出來。」

「這麼大的數目，我一個人沒法做主……」

「是嗎？那我們就做掉黑岩。」

「咦……？」

「叫黑岩等著被殺手收拾吧。京都的『照屋』。可別小看黑道了。」

「我們不敢小看。請跟黑岩談談吧。」

「這傢伙真拗，講不出結果。」節夫說。「把他抓走吧。」

「救命啊！」

長原大喊，節夫一拳揍上他的鼻子。長原連同沙發整個後翻。

「住手！」二宮開口。「毆打民代祕書又能怎樣？你們也衡量一下得失吧！」

「這小子敢多嘴？」木下走了過來。

「黑岩跟桑原那邊，我來跟他們談。桑原沒有錢，我會叫黑岩拿錢出來。」

「你真的有辦法？」

「我保證，絕對沒問題。這裡就看在我的面子上，請兩位大哥回去吧。」

「你還真是有膽。」

「我不是有膽。我是一般市民，不清楚黑幫的規矩，但總是講道理的。」

「你說的道理要是行不通，你打算怎麼辦？」

「到時候你們就派殺手來吧，做掉黑岩。」

「怎麼辦？」木下問節夫。

「說的也是。今天就放過他們好了。」節夫將匕首收入刀鞘。

「你們叫什麼？」二宮問。

「A大哥跟B大哥。」

「鳴友會的嗎？」

「算吧。」木下在桌上的便條本寫下電話號碼。「給你三天。該交代的準備好了，你就打過來。」

「三天，所以十二日是最後一天嗎？」

「沒錯。」

「十二日是週末，銀行沒開。」

「那就十三日。」

木下轉身，和節夫一起離開事務所。

二宮鎖上門，扶起沙發，讓長原坐下。長原也在流鼻血。二宮打溼流理台的抹布，按在長原的鼻子上。

「真是飛來橫禍。」

「真的……」長原啞著聲音說。「壽命都不曉得縮短了幾年。」

「他們說的跟大津醫大的糾紛，是指什麼？」

「我不曉得，去問黑岩吧。」長原裝傻。

「鳴友會跟大津醫大有糾紛嗎？」

「就說我不曉得了。都是黑岩在處理的。」

「黑岩說要付鳴友會一千萬嗎？」

「好像吧。」

「看來拜託桑原是我錯了。他被幫派破門，自暴自棄，乾脆豁出去了。」

「他真的傷了鳴友會四個人？」

「那傢伙是全大阪最猛的蠻牛，根本不把黑道放在眼裡……這下黑岩先生危險了。」

「他們說的京都的『照屋』是……？」

「殺手。」

前年冬天，京都山科發生一起連鎖生鮮食品百貨「照屋」的社長上班前在停車場遭人槍殺的命案。盛傳社長與黑道之間有糾紛，但最後還是沒有抓到凶手，警方似乎也沒有查出幕後真相。據說命案就此變成懸案。

「黑岩先生不明白黑道真正的可怕。他們會摸黑給你一槍。上一秒還開開心心走在大街的人，下一秒就變成一具屍體了。」

「我已經毫無頭緒了。我該怎麼辦才好？」

「明天我們一起去找黑岩吧。商量該怎麼善後。」

「好。你明天一早到西山事務所來。」長原點點頭。

「還要去悠紀的小酒館嗎？」

「別說傻話了。我要回去了。」

長原站起來，去流理台洗臉漱口。

「你真是個瘟神。」

「什麼……？」

「跟你在一起就沒好事。」

「這是我要說的話吧？」二宮一陣怒火中燒，但現在不是發作的時候。

「再見。」

長原就要離開。

「等一下。你一個人出去，剛才那兩個可能還在埋伏。」

二宮一說，長原的腳登時煞住。

「你也一起走吧。」

「好。我也怕黑道。」

二宮去洗手間用毛巾擦了擦臉。毛巾沾上了血。

他帶著長原離開事務所。

木下、節夫和桑原坐在咖啡廳「愜意」。木下喝咖啡、節夫喝啤酒，桑原喝兌水酒。

「怎麼樣？」桑原問。

「狠狠地嚇唬了他一頓。」二宮在窗邊座位坐下。

「他信了嗎？」

「應該。」

「不過問題是要怎麼從黑岩那裡拿到錢。」

「桑原兄沒有計畫嗎？」

「總之戲是演了，接下來就順其自然。」

「我是順其自然挨拳頭的喔？」

二宮看木下。木下雙手合十向他賠罪：

「抱歉。要是連個鼻血都沒流，就太假了吧？」

鼻血已經停了，但眼睛深處還在陣陣發疼。搞不好腦血管破了。

「黑岩好像準備要付鳴友會一千萬，好解決大津醫大的問題。」

「他們兩個告訴我了。」

「長原這麼說的。」

「看來貪腐羽田說的是真的。」桑原笑道。「大津醫大一千萬，我的腦袋兩千萬。這塊肉夠肥。」

「明天一早我要去西山事務所找黑岩。」

「我也去。清算是我的生意。」

「這個節骨眼講這個好像有點不太對，不過桑原兄，我們六四分帳好吧？」

「什麼？」

「桑原兄六我四。請把賺頭的四成分給我。」

「喂喂喂，你們聽見了嗎？這傢伙滿腦子就只知道錢。」桑原對木下和節夫說。

「這筆生意最早是我包下的。雖然現在已經亂七八糟，莫名其妙了，不過我們重新來過，包括流鼻血的犧牲在裡面，我拿四成，拜託桑原兄。」

「你要多少就多少，你拿六成吧。」

「真的嗎？」太開心了。

「不過節夫跟木下的酬勞你來付，該交給嶋田若頭的調解費也你付。」

那是多少錢？把事情搞得更複雜了。把根本不曉得能從黑岩那裡拿到多少的錢乘以六成，一半交給嶋田，只剩下三成。節夫跟木下的酬勞也不是十萬二十萬就能打發的。

「幹嘛不說話了？我拿三千萬的四成，一千兩百萬，你拿一千八百萬，連這都不會算嗎？」

一千八百萬的一半給嶋田，剩下九百萬。給節夫和木下各一百萬，只剩七百萬……

「先前花的錢，都是桑原兄出對吧？」

「說什麼瞎話？這是你包的案子，當然是你出。」

「大概多少？」

「天曉得，應該用掉兩、三百有吧。到時候一次跟你算。」

七百萬扣掉三百萬，剩四百萬。桑原拿一千兩百萬，二宮拿四百萬，這怎麼算都太不划算了。

「不好意思啊，二宮老弟，多謝招待了。」桑原靠在椅背上喝兌水酒，把香菸的煙往上吹。

「接下來的花用，都掛在你的帳上。」

「我的錢包就算整個翻過來，也只湊得出四、五十萬。」

「要我介紹地下錢莊給你嗎？」

「我才不要那麼可怕的錢。」

「那就去賭場吧。跟組頭借錢。」

「那比地下錢莊更可怕好嗎？」

「這傢伙怎麼問題這麼多？只有四、五十萬，也敢開起賭場做莊家？簡直笑掉人家大牙。」

「我還是拿四成就好了。桑原兄是製作人，我是小工作人員。」

「放屁，世上哪有小工作人員拿四成的案子？」

桑原的表情凶狠得可怕。再說下去就要挨揍了。節夫跟木下也都沒有笑意。

二宮舉手。經理望過來，二宮點了「紅眼」。

「你喝酒之前先回去事務所。」桑原說。

「咦？為什麼……？」

「你跟西山事務所的合約。你跟西山事務所說好解決麒林會的問題後，會拿到兩百萬，這寫成書面了吧？」

「哦，備忘錄。有，收在事務所的櫃子裡鎖起來了。」

是長原用傳真送來的備忘錄。其中一張填了地址姓名後，蓋章寄去西山事務所了。

「明天記得帶去北茨木。」

「要備忘錄幹嘛？」

「賣給那個貪腐肥仔黑岩啊。」

「賣多少……？」

「二宮老弟，問夠了沒？叫你去事務所拿備忘錄過來。」

桑原不爽地揮了揮手。

13

一月十日。二宮開著愛快羅密歐接了桑原，在八點半抵達北茨木。走進西山事務所一看，長原在裡面，一臉厭煩地看著他們。他戴著口罩，應該是為了遮住腫起的鼻子。

「黑岩先生呢？」

二宮問，長原沒吭聲，起身敲裡面的門。

兩人進入另一個房間，黑岩坐在沙發上喝馬克杯裝的咖啡。

「早安。」

「嗯，請坐。」

兩人聞言，在黑岩對面坐下。桑原脫下大衣，取下圍巾，恫嚇地說：「黑岩先生，聽說你要為我的腦袋支付兩千萬？」

「沒頭沒腦的說這什麼話？什麼兩千萬？我不懂。」

「我聽二宮說了。昨天晚上長原這麼說的。」

「你是不是誤會了？」黑岩把馬克杯放到桌上。「長原告訴我，你把鳴友會的四個人打到住院，兩千萬是他們的醫療費吧？」

「不太對欸。我是揍了四個人沒錯，但只有一個住院。」

「不管是一個人還是四個人，和黑幫槓上的都是你。跟我沒有關係。」

「這說不過去吧？這個案子不是你委託我的嗎？」

「我是叫你們去跟麒林會談判。」

「我說啊，黑岩先生，因為你的關係，我的腦袋被鳴友會懸賞了。叫西山事務所掏錢出來，否則我這條命就不保了。」

「是你的做法太粗暴吧？麒林會也就罷了，我可沒叫你跟鳴友會作對。」

黑岩語氣平板地說。姑且不論他內心怎麼想，表情倒是老神在在。

「長原對鳴友會說，西山事務所會支付一千萬解決大津醫大的問題，兩千萬保住我的腦袋。」

「就算不是長原，遇到黑道恐嚇，什麼事都會答應。」

「我是受你委託，才出面搞定麒林會……不過四處打聽之後，卻發現一堆說不過去的事。」桑原蹺起二郎腿，叼起香菸，用包金卡地亞打火機點火。「我說首席祕書啊，你的馬腳都露出來啦。」

「馬腳……？我不懂你在說什麼。」

「事務所被丟火焰瓶，是你跟麒林會的自導自演，根本就沒有要讓火燒開的意思。你真正有麻煩的，是跟鳴友會。」

「你從剛才就在胡言亂語些什麼？什麼大津醫大、鳴友會的。」黑岩解開西裝鈕釦，掏出手帕抹去額頭的汗水。「你說的馬腳到底是在說什麼？」

「非要我全攤開來說你才懂？」

「我不懂。」

黑岩直盯著桑原，靠到沙發扶手上。那表情是在刺探桑原究竟知道多少。

「大津醫大的前任理事長，諸岡時雄，你知道這個人吧？」桑原吐出煙來。

「知道。西山議員的朋友。」

「諸岡投資股票失利，把大津醫大的經營資金搞出幾十億圓的缺口。諸岡哭著向你主子西山求救，以結果來說，逃過了倒閉的命運，但西山的目的是併吞大津醫大，把它變成光誠學園大學醫學部──」桑原詳細說出從府議會議員羽田那裡聽到的光誠學園集團的大津醫大併吞計畫。「──西山命令你搞掉諸岡，所以你叫《近畿新聞》的羽田寫下諸岡情婦醜聞的報導，拿這篇報導和投資股票的背信侵占為把柄，要脅諸岡。」

「原來如此，編得還真像一回事。」黑岩事不關己地說。

「但諸岡仍抵死不從。你覺得手法太溫和，便派出攝津的鳴友會。但諸岡把理事長的位置讓給了長男聰史，最後光誠學園大學醫學部的計畫泡湯，這就是真正的內幕。」

黑岩沒有說話。看來他明白了桑原不是在唬人，而是比預想中知道更多的詳情。

「你也太骯髒了。你跟鳴友會保證會支付他們三千萬的成功酬金，但大津醫大的併吞案一泡湯，就當做根本沒這回事……我說黑岩先生啊，鳴友會正準備要取你的項上人頭啊。」

黑岩沒有應話，又擦了擦額頭，但也沒有慌亂的樣子。

「你膽子也太大了。找黑道解決黑道，自以為做得很高明是吧？但黑道的招牌是什麼？暴力。再這樣下去，你跟我一樣都要沒命。」

「那到底要怎麼辦才好？」黑岩說。「你有什麼看法？」

「答應鳴友會的要求。一千萬解決大津醫大的問題，兩千萬替我海扁的那四個人做個了結。這麼一來，我跟你就可以輕鬆自在，繼續呼吸了。」

桑原伸出食指對準黑岩，做出開槍的動作。黑岩目不轉睛地看著桑原：

「西山是政治家。政治家不可能付錢給黑道。連一毛錢都不可能。」

「你這人也太好笑了。」桑原笑道。「說的話跟做的事，根本是屁眼跟人孔。」

「話真是要看怎麼說。」黑岩也笑了。「差那麼多嗎？」

這傢伙很難對付。桑原也很克制。以某個意義來說，二宮很佩服他們。

「聽說你替大津醫大關說入學的處理費，是跟事務所折半？」桑原接著說。「一個人兩千萬到三千萬，你已經攢下幾億了？啊？」

「太荒唐了。醫大的關說入學，那是昭和時代的事了。」

「總之你拿出三千萬給鳴友會。這點小錢，對你根本不痛不癢吧？」

「我實在不懂你在說什麼。」

「這樣嗎？」桑原放聲大笑。「好膽識。我真是小看你了。那彼此走夜路時就多小心吧。」

「桑原先生，我這裡是政治家事務所，可不能傳出難聽的風評。」

「合約作廢。我要撤手了。一開始說的圍事費兩百萬，給我付清吧。」

「請等一下，兩百萬是跟麒林會談妥之後的成功酬金吧？」

「麒林會跟你不就是串通的嗎？」桑原放聲吼道。「去你媽的成功酬金！我現在跟你要的，是二宮企畫的顧問費，兩百萬。」

「好吧，我付。然後就此一刀兩斷。」

黑岩說月底會匯進二宮企畫的戶頭。

「不行。合約現在作廢，錢也當場給我付清。」

「那麼多的錢……」

「敢給我說沒有？民代事務所裡連個五百一千的現金都沒有，你是在騙肖嗎？你們養的議員沒事就會上門來要錢吧？」桑原從西裝內袋取出備忘錄，打開丟到桌上。「備忘錄在這裡，還你。兩百萬交出來。」

黑岩瞥了備忘錄一眼。

「從此井水不犯河水，了無瓜葛，是嗎？」

「沒錯，就是這樣。」桑原點頭。

「好吧。」

黑岩起身，離開會客室。

「真的可以嗎？只有少少兩百萬。」二宮說。

「少在那裡囉嗦。那頭蠢豬想要擺脫我們，覺得不能再跟嗚友會攪和下去。」

「這我知道，可是兩百萬……」

「喂，你可別把人給瞧扁了。一張紙就能換個兩百萬，不是很讚嗎？你以為我會就此善罷甘休？」

「不認為。」

「那就閉嘴。看著吧，我絕對會一竿子插到底。」

「呃，我想確定一件事，上次……星期一來這裡的時候，桑原兄說是七三分對吧？」

「你又要說什麼，啊？」

「可以分給我兩百萬的三成，六十萬嗎？」

「又是錢？你乾脆在臉上刺青『討錢王』三個字算了。」

「我真的岌岌可危。去年的營收……」

「吵死了。沒收入就去工作，別想只靠詐騙顧問四處撈錢。」

「請給我六十萬吧。」要是在這時候退縮，就拿不到半毛錢了。就算挨拳頭也要堅持到底。

桑原看二宮。

「你留鬍子了？」

「對，從新年開始。」

「活像隻老鼠。」

「多謝稱讚……那個，分紅……」

「煩不煩啊？給你十萬啦。」

「又不是小孩子的壓歲錢。」

「哪隻老鼠可以拿到十萬圓紅包，抓來我看看？」

「起碼也給我個五十萬吧，求求桑原大哥了。」二宮雙手合掌。

「你說說看，你到底有什麼貢獻？」

「很多啊。剛才的備忘錄是我簽的，我還對長原演戲，挨木下拳頭的也是我。門牙都還在晃呢。」

「別人辛苦，你倒忙著數鈔票？他媽的五十萬，虧你有臉開口。」

「有桑原兄才有我。只要跟桑原兄在一起，我天不怕地不怕。我真的很感謝桑原兄。」

二宮極盡阿諛。這傢伙是有著尖尾巴的惡魔，但靠著虛榮維生，所以給他幾頂高帽子戴，就會吐錢出來。

「噯，好吧，三十。」

「再高！」

「啊？你要你老子嗎？搖搖晃晃的門牙還要不要？」

桑原的聲音變沉了。不妙。

「明白了。三十萬，多謝桑原兄賞賜。」

可惡。二宮覺得有點被呼攏過去了。

黑岩回來了。拿了個褐色信封。他坐到沙發上，把信封擺到備忘錄旁：

「這是兩百萬。」

桑原拿起信封看裡面。

「確定收到了。」

「我們不會再碰面了吧？」黑岩確認地問。

「我也不想再看到你那張豬頭臉。」

桑原起身，穿上大衣。

兩人坐上愛快羅密歐。

「不好意思，請給我三十萬。」

「囉不囉嗦啊？就說會給了。」

桑原從褐色信封取出一疊鈔票，撕開封條，數了三十張，丟到二宮膝上。

「你包下的圍事案，這下就結清了，明白吧？」

「我明白。」

即使只有三十萬，總是聊勝於無。這要是上班族，相當於一個月扣掉稅金的實領收入。

「現在要怎麼辦？回去公寓嗎？」

二宮發動引擎，把鈔票揣進外套口袋裡。

「喝咖啡。隨便找家咖啡廳進去。」

「不喝酒嗎？」

「早上當然是喝酒配吐司。」

「桑原兄的大衣看起來好暖和。是羊毛嗎？」

跟上次穿的凡賽斯一樣是黑色的，但衣領形狀不同。

「喀什米爾。」

「喀什米爾跟羊毛不一樣嗎？」

「你少在那裡嘰嘰歪歪的問些無聊問題。喀什米爾是山羊毛，羊毛是綿羊毛。」

「順便問一下，是什麼牌子的？」

「諾悠翩雅。」

「多少錢？」

「關你屁事？快點給我開車。」

桑原放倒車座。

兩人走進新御堂筋上的咖啡廳吃了早餐後，進入大阪市內。桑原說要去赤川的嶋田組，二宮讓他在南森町下車，返回「艾爾苑」。用節夫交給他的備份鑰匙開門進去，節夫不在裡面。這麼說來，節夫從今天開始去組裡當差。

二宮鑽進暖爐矮桌，拿起遙控器開電視。無線台的節目只有晨間秀和重播的電視劇，二宮切到ＢＳ電視台，全是購物節目，他忍不住埋怨：「公共電波怎麼全被廉價商家買去了？」購物節目，就等於是百分之百廣告吧？

淪落到跟電視機聊天就沒救了，二宮關掉電源。身體一暖和便睏了起來，他拿座墊當枕頭躺下，這時手機振動了。雖然有來電顯示，卻是不認識的號碼。

「喂？」

『阿啟，我啦。』

「啊，有田先生。早安。」

『昨天跟前天我打到你的事務所都沒人接，所以挖出你的名片，打了你的手機。』

是有田土建的有田。

「不好意思，這陣子我都在外面跑。」

『阿啟，你叫我介紹我們公司的牧野給你認識對吧？』

「啊，牧野小姐，我記得。她的腳很漂亮。」

『雖然有點匆促，今天晚上你有空嗎？』

「跟牧野小姐約會嗎？」

『沒錯。』

「當然有空，就算沒空也會騰出空來。」

『那你說個時間地點。』

「南區的日航飯店，一樓的茶室餐廳，六點怎麼樣？」

『好，我會轉告牧野。』

有田說，今天是星期六，所以牧野中午就下班了。

「牧野小姐還記得我吧？」

『她說你看起來人很有趣。』

「我會預約餐廳，法國菜或義大利菜。」

二宮向有田道謝，掛了電話。真是天上掉下來的餡餅。沒錯，他剛躺在暖爐矮桌裡閉上眼睛，電話就來了。原來俗諺說的「坐等前世修來的福氣」是真的。

有雙美腿的牧野小姐長什麼樣子去了？二宮試著回想，卻是一片模糊。年紀滿大了。聽說離過婚，沒小孩。好像也會喝酒。感覺應該會很投機。

仔細想想，這是這十年來，他第一次跟特種行業以外的女人約會。腦中浮現穿黑絲襪的腳。

二宮翻找節夫的A片收藏，挑了「人妻」、「熟女」，插進播放機。遙控器按來按去，總算開始播放。女優身材苗條，是二宮喜歡的型。雖然設定是熟女，不過應該才三十出頭。最近的ＡＶ女優水準超高。

二宮稍微降低音量，關掉手機電源。

五點五十分，二宮走進日航飯店一樓的茶室餐廳，和收銀台附近沙發上一個像在等人的女人四目相接了。

「牧野小姐？」

「嗄？」

「抱歉，我認錯人了。」

仔細一看，女人看起來像酒廊小姐，桌上擺著菸灰缸。應該是在等男人帶去上班。

二宮在窗邊沙發坐下，望著外面。銀杏行道樹的燈飾華麗耀眼。從御堂筋的梅田到淀屋橋的「春季區」基調色彩是粉紅，從淀屋橋到本町則是藍色的「夏季區」，本町到心齋橋是黃色的「秋季區」，心齋橋到難波的「冬季區」則是一片銀白。二宮在報上看過，御堂筋燈飾大街是冬季特有的景色，每年都會舉辦。

「二宮先生。」有人叫他，回頭一看，一個穿白色大衣的女人站在那裡。

「牧野小姐……」

「你好。」

「請坐。」

二宮急忙說。牧野脫下大衣，裡面是灰色毛衣和項鍊，底下是黑裙，麂皮短靴。

「妳的穿搭好有品味。」

「我很努力打扮。」牧野微笑。

「牧野小姐，妳的名字叫瑠美對吧？名字也好美。」

「真的嗎？謝謝。」

雙方都很僵硬。二宮拼命思考該從哪裡開始聊起。

「我養了一隻玄鳳鸚鵡，叫麻吉。」

「咦，跟我的姓很像。（註27）」

「牠很漂亮，就跟牧野小姐一樣。」

二宮說，卻沒有反應。不該拿鸚鵡跟她比較嗎？

「我還沒有點飲料。妳要喝什麼？」

「咖啡好了。」

二宮招手叫服務生，點了咖啡和啤酒。

「今天我預約了義大利餐廳。鰻谷的『羅倫佐』。」雖然是高級餐廳，但比法國菜便宜。「妳喜歡義大利菜嗎？」

註27：牧野的日文發音為MAKINO，與麻吉（MAKI）相近。

「喜歡。義大利菜跟紅酒很搭呢。」

「真的，我也喜歡紅酒。」

二宮難得喝紅酒。因為他體質上喝紅酒容易爛醉，也品嚐不出味道。

二宮一邊說話，一邊觀察牧野。染成栗色的頭髮燙成輕柔的波浪捲，化妝偏濃，但五官標緻。有田說她今年四十一。胸部比想像中的更大，可能有E罩杯——不，F罩杯。脖子白皙，所以乳頭應該會是粉紅色的。二宮腦中浮現上午看的「熟女」A片女優小麗。

「去向有田先生打招呼，真是做對了。沒想到居然能跟牧野小姐一起吃飯，今年才一開始就這麼走運。」

「二宮先生來公司拜訪的時候，我就覺得這個人看起來很老實。」

這是當然的，畢竟一起去的是桑原。待在那種人旁邊，就算是爛了一半的僵屍，看起來也會像白馬王子。

咖啡和啤酒送來了。牧野倒奶精的手指十分細長。

「妳的手好美，皮膚好細，連點斑都沒有。妳會去美甲沙龍嗎？」

「這是自己塗的。」她說她沒有做指甲。「不過冬天做家事碰到水，還是會變粗。」

「妳不戴手套嗎？」

「二宮先生真瞭解。你會自己下廚嗎？」

「下廚喔……去年夏天本來想下麵線，結果鍋子一拿起來，柄居然掉了。」

「老是外食，會營養不均衡。」

「真的。我從二十歲離開老家以後，就再也沒吃過家常菜了。」

二宮暗示「我想吃妳做的家常菜」。牧野望向外面：

「那些燈飾是募款的對吧？」

「咦，真的嗎？」

「可是銀杏一定覺得很倒楣，連晚上都不能好好睡覺。」

「冬天應該在冬眠吧。為了在春天開花。」很像三流電視劇的對白，但二宮想不到什麼風趣的話題。「——最近妳有看什麼有趣的電影嗎？」

「我不看電影的。」

「這樣啊……」二宮無話可接。

「二宮先生，你在美國村開事務所嗎？」

「在美國村外圍。福壽大樓，一棟快塌掉的大樓五樓。」

「有幾個員工？」

「只有一個，叫渡邊的年輕員工。」

這不是謊話。他偶爾會付悠紀打工錢。雖然頂多只有兩、三萬圓。

「在美國村開事務所，真好。」牧野看二宮的啤酒。「二宮先生下班後會在家自己喝酒嗎？」

「下班喔……我在家不怎麼喝。」

「你住公寓嗎?」

「集合住宅。租的。在大正區千島。」

對話一點都不熱絡。明明在小酒館還是同志酒吧,他口若懸河,滔滔不絕,話多到惹人嫌。

二宮偷瞄了一眼時鐘。才六點二十分。他訂了「羅倫佐」餐廳七點,所以還有四十分鐘。

他喝光啤酒,舉手叫服務生,指著酒杯:「再來一杯。」

14

二宮噁心欲吐,醒了過來。他想站起來,卻雙腿發軟。爬到廁所,抱住馬桶大吐特吐,卻只嘔出了泛黃的胃液。

他拿杯子裝了洗手台的水,勉強灌進肚子裡,再繼續吐。爬回房間,暖爐矮桌周圍,DVD散亂一地。

又喝到不省人事了。紅酒真的不行——

二宮鑽進暖爐矮桌,盯著骯髒的天花板回溯記憶。鰻谷的「羅倫佐」。點了套餐,紅白酒各一瓶,乾杯之後喝了開來。喝光兩瓶酒,點了玫瑰紅酒時,神智就開始不清楚了。對,牧野瑠美喜歡紅酒。她一杯接著一杯,喝得很快,二宮也不服輸地卯起來喝。

那瓶玫瑰紅酒應該不是最後。感覺好像又點了紅酒。那的女的千杯不醉，比酒桶還能裝。搞不好就是因為飲酒問題而離婚的。去下一家吧？離開「羅倫佐」，前往笠屋町時，神智的鐵門已經拉下來打烊了。接下來毫無記憶。

二宮赫然一驚，摸索褲袋。有鈔票。算了算，只有四十萬。他本來有二十萬，後來從桑原那裡拿了三十萬，也塞進了口袋。

我居然花掉了十萬——？看看手機來電記錄。桑原打來好幾次。這不用管。看看撥打記錄，他打過電話給悠紀。

怎麼回事？他按了重撥鍵。

『早，小啟，你起床了？』

「我昨天晚上打過電話給妳？」

『你在說什麼啊？不是你叫我過去的嗎？說你好寂寞。』

「妳來了嗎？」

『你就是這樣，真的什麼都不記得了。』

悠紀說二宮叫她去，所以她去了舊新歌舞伎座後面的「美加」。

『小啟在唱卡拉ＯＫ。千秋直美的〈喝采〉。因為唱得太棒了，我還給你鼓掌了。』

「這樣啊，我唱了千秋直美啊。搞不好還唱了〈紅蜻蜓〉。」

『你還大喊：「阿米摸我的小弟弟，爽呆了！」』

「真的嗎？阿米那小子吃我前面豆腐啊？」

『我覺得太白痴了，兩點的時候就回去了。』

「妳是幾點去「美加」的？」

『十一點半。』

「我是一個人嗎？」

『就是一個人才會叫我去吧？』

「真不好意思。我會好好反省。」

『你好好回到公寓了嗎？』

「回來了。雖然完全沒印象。」

『你欠我一次喔。』

「好。下次請妳去『羅倫佐』吃飯。」

『羅倫佐還是佛羅倫斯都好。』

電話掛斷了。

二宮摸索丟在暖爐矮桌旁邊的外套口袋。有個圓形杯墊，但不是「羅倫佐」的。灰底印有白字：「TALSA」。

原來如此，吃完羅倫佐，去了「塔莎」啊。

那是南警察署附近的酒吧。天花板挑高，整體色調單一，裝潢風格時尚。翻過杯墊，原子筆字跡寫著「090－5326－89××　牧野瑠美」。

喂喂喂，這不是在叫他打電話過去嗎？是我請她留的電話嗎？還是她對我有意思？這部分很微妙。

看看手錶，十點半。美腿瑠美應該在家。

他按下手機數字鍵。

『喂，我是牧野。』

「早，我是二宮。」

『啊，二宮先生，感謝你昨晚的招待。』

「妳講電話的聲音好可愛。」

『是嗎？』

又說錯話了。雖然二宮並不是在暗示她講電話以外的聲音不可愛。

「我昨晚喝醉了，是不是做了什麼失禮的事？」

『沒有啊，我玩得很開心。我好久沒有跟男伴一起喝酒了。』

「那太好了。下次再一起去喝吧。去吃法國菜。」

『咦，可以嗎？』

「下次我會小心別喝醉。」

『喝醉……？你從頭到尾都很清醒啊？』

「只是看起來清醒而已。去完「羅倫佐」以後，我什麼都不記得了。」

『真對不起，後來我先回去了。』

「我們一起去了『塔莎』對吧？我的口袋有杯墊。」

二宮問是幾點離開的，牧野說兩個人一起待到十一點，離開「塔莎」後，她叫了計程車。看來二宮接著走到舊新歌舞伎座後面，去了「美加」。

「妳現在在做什麼？」

『我接下來要洗衣服。一個星期沒洗了。』

二宮探問，準備如果對方沒預定，就約去吃午飯。

二宮腦中浮現牧野的小褲褲。蕾絲丁字褲。黑色的。解開吊襪帶的釦子，從白色的腳褪下絲襪，手指從膝蓋滑向大腿內側。

有點勃起了。妄想滾滾沸騰。

『二宮先生，怎麼了？』

「不，沒事。今天天氣很晴朗，正適合洗衣服。」

『下次請再約我吧。』

「好……那個，妳還沒吃午飯吧？」

沒回應。電話掛斷了。

你白痴啊？什麼適合洗衣服。難得星期天，不會快點約人家吃晚飯啊？

二宮翻找節夫的DVD，挑了「人妻」、「熟女」。打開DVD播放機，插進光碟。抓起電視遙控器時，玄關門突然打開。二宮驚嚇地回頭。

「你在幹嘛？」

穿黑西裝的惡魔站在那裡。

「哦，想說看個電視。」二宮放下遙控器。「玄關沒鎖嗎？」

「就是沒鎖才進來啦。」

「這樣啊，原來我連門都沒鎖就睡啦。」

「為什麼不打給我？你以為我打了多少次？」

「真的嗎？我都不知道。」

「你幾點回來的？」

「不記得了。喝太多了。」

「你這傢伙就是這樣，一不注意就溜出去外頭鬼混。」

「我是去約會了。睽違十年的約會。」

「跟誰約會？人類嗎？」

「特種行業以外的女人。漂亮的美人胚子。」

「特種行業以外的漂亮女人才不可能跟你喝酒。」

「一大清早的，你到底是來找什麼碴啦？」

「去吃飯。我餓了。」

「一個人去吃不就好了？」

「一個人吃飯對身體不好。我會一個人去的，只有一早的咖啡廳跟圖書館。」

「圖書館……？桑原兄怎麼會去那種奇怪的地方？」

「你對知識就沒有敬意和求知欲嗎？」

「去圖書館就會學到求知欲跟敬意嗎？」

「森羅萬象，天地間的一切事物，都在書本裡頭。」

這麼說來，桑原的同居人多田真由美也說過，「他在家的時候，成天讀一些深奧的書，像是法律書籍跟小說以外的書。」明明這傢伙的壞聰明是天生的。

「喏，走了。暖爐關掉。」

「真細心。」

「囉嗦。閉上你的狗嘴。」

桑原叼起菸走出房間。二宮撿起襪子穿上。

兩人坐計程車來到梅田，進入GRAND FRONT大阪的蕎麥麵店，桑原點了鴨肉南蠻蕎麥麵、煎蛋捲和瓶裝啤酒，二宮點了午餐定食。因為正值連假，店裡坐滿了客人。

「桑原兄，你喜歡蕎麥麵還是烏龍麵？」

「都可以。夏天吃蕎麥麵，冬天吃烏龍麵。」

「現在是冬天，可是桑原兄點了蕎麥麵耶？」

「就是沒看到賣烏龍麵的，所以才進來蕎麥麵店吧？」

「我還是喜歡烏龍麵。大阪人就應該吃烏龍麵。」

「囉哩囉嗦的你有完沒完？真是個長舌公。」

「我是在邊說邊思考森羅萬象。」

這時啤酒和兩只杯子送上來了。二宮伸手要拿杯子。

「喂，你幹什麼？」

「不是要喝啤酒嗎？」

「你是司機，喝什麼酒？」

「什麼意思？」

「等下要去抓黑岩。」

「什麼……？」

「直接一決勝負。再拖拖拉拉下去，事情會曝光。」桑原說讓節夫和木下假冒鳴友會組員的戲會被拆穿。「明天晚上就動手。今天等一下要去查出黑岩的老窩。」

「慢著，要怎麼找到黑岩的窩？」

「等一下坐你的車去北茨木，盯著西山事務所，黑岩一出來就跟蹤他。今天是星期天，他應該會直接回家。」

桑原說他打過電話，確定黑岩在事務所。

「你自報姓名問的嗎？」

「你智障嗎？當然說是支持者。」

「桑原兄做事真是一粒不漏呢。」

「一粒你個頭，是滴水不漏。」桑原在杯裡倒啤酒。

「黑岩幾點會離開事務所？」

「這種問題能問嗎？今天要盯著事務所。」

二宮有不好的預感。負責盯梢的一定是我，這傢伙只會在旁邊睡大頭覺。

煎蛋捲上桌了。二宮捏起一塊丟進嘴裡。

「沒家教，不會用筷子嗎？」

「這好好吃喔。配茶喝煎蛋捲，別有一番滋味。」

二宮酸言酸語說。

北茨木。二宮把愛快羅密歐停在看得到西山事務所的十字路口附近。桑原解開安全帶，把車座放倒。

「不准打瞌睡啊。黑岩出來就叫醒我。」

「傍晚前應該不會出來吧?」

二宮看儀表板上的鐘。還不到兩點。可惡,距離傍晚還有三小時。

他把「山口百惠」的CD插進去,曲子開始播放。

「百惠真的很漂亮。她才是真正的DIVA。」桑原說。

「什麼『地霸』?」

「歌后啦。百惠的告別演唱會真是傳奇。」

「桑原兄還跑去東京聽喔?」

「她的頭髮不是別著一朵花?後來她把花丟到觀眾席,就是我撿到的。」

「真的嗎?太厲害了。」

「騙你的。」桑原笑道。「你也真好逗吶。」

「是是是。」

二宮狠吸一口菸,把煙朝桑原那裡吐去。

「喂,燻死人了。」

「你自己不是也在抽?」

「誰要吸別人的廢氣啊?」

桑原嚷嚷著放下車窗。

三點。四點。西山事務所有人進進出出，但黑岩沒有露面。桑原在旁邊發出睡著的呼吸聲。

這傢伙居然戴著眼鏡睡覺？桑原常換眼鏡，應該有十支以上。他曾說過：「我視力有〇‧七，不用戴眼鏡也能開車。」有時他會戴上黑框眼鏡，也許是為了遮掩左眉到太陽穴的疤痕。

五點多。一名禿肥男子走出事務所。是黑岩。肩上搭著大衣，手上提著硬殼公事包。

「桑原兄，起來。」

「嗯……」

「黑岩出來了。」

黑岩坐上停在事務所前的白色皇冠。車頭燈亮起，皇冠開出馬路，往南駛去。

二宮追上皇冠。桑原立起椅背。

「他要去哪？」

「回家吧？他提著公事包。」

「那個肥仔會開車啊？」

「當然會囉。有時候應該也要接送西山吧。」

與皇冠的距離拉近了。二宮開的是紅色愛快羅密歐，但車頭燈亮著，應該不顯眼。

皇冠駛上國道一七一號線，右彎開往箕面。

「是要從新御堂筋進入大阪市內嗎？」二宮說。

「誰曉得？你去問黑岩。」

皇冠進入新御堂筋，卻在千里中間右轉了。沿著中國車道，從國道二號往西走，經過豐中市，進入伊丹市。

「喂，他該不會要去搭飛機吧？」

「伊丹機場是剛才的交流道左轉。」二宮說。

皇冠經過豬名川上的軍行橋，穿過JR福知山線的高架橋，在十字路口左轉。看看導航，附近的地名是「北伊丹」。

皇冠駛入住宅區，放慢速度。二宮拉大距離，徐行前進。皇冠打了右方向燈，開進一棟白色大廈。

「這裡就是肥仔的豬窩嗎？」桑原叫二宮開進去。

二宮等了約五分鐘，再把車開進大廈土地，駛入地下停車場。停車場很寬敞，可以停上約五十輛車子。黑岩的白色皇冠停在「E－5」車位，但車子裡沒有人影。應該回去住處了。

「他住幾號室呢？」

「鬼才知道。停那邊。」桑原指示。

二宮把愛快羅密歐停在坡道旁，下了車子。地下室出入口是自動鎖，進不去。

「上面。過來。」

二宮跟著桑原走上坡道。正面牆壁嵌了塊不鏽鋼板：「克雷朵北伊丹」。一樓玄關也是自動鎖。

「沒辦法，等吧。」

二宮站在正面車道旁邊，跟桑原一起抽菸，這時一名西裝男子走近，從口袋掏出鑰匙。

「不好意思，請問這裡有位叫黑岩的住戶嗎？」

桑原問，男子回頭。

「我不清楚。」男子困惑地歪頭說。

「這棟大廈是出售住宅吧？」

「不，是出租大廈。」

男子感應卡片，自動門打開，桑原和二宮隨著男子一起進入大廈內。

似乎剛落成不久。入口大廳的地板是石材，牆壁是復古紅磚，但天花板低矮，缺乏高級感。看看信箱，共八樓的各層樓共有十幾個單位，但上面找不到「黑岩」的名牌。

「怎麼回事，啊？」

「民代的選區首席祕書居然住在出租大廈，這太奇怪了呢。」二宮說。

從公寓的規模來看，每個單位應該是二房一廳一廚或一房一廳一廚。要住上黑岩一家人，實在太小了。

「那個豬頭，是在這裡包養女人。」

「桑原兄應該說對了。我也這麼猜。」

「你在這裡守著。半夜以前，肥仔應該會下來。」

桑原指著大廳深處說。盆栽另一頭擺著沙發和桌子，應該是會客區。

「那桑原兄呢？」

「我在地下停車場守著。」

這傢伙又打算去睡覺。麻煩事都推給我一個人。

「哦？你偶爾也會提點像樣的建議嘛。」

「我們一起在停車場盯稍不就好了嗎？反正黑岩應該會開皇冠回他家。」

才不是像樣的建議，是你的做法太自私好嗎？

「我們下去吧。」二宮說。

兩人搭電梯下去地下室。來到停車場，坐上愛快羅密歐，發動引擎，開啟空調。

「你去買點吃的。過來的路上有超商。」

「可以是可以，萬一黑岩下來怎麼辦？」

「我會追上去。」

「那我不就被丟下了嗎？」

「你身上的錢還坐得起電車吧？」

「太狠了。」

「熱黑咖啡，堅果和三明治。堅果，不是花生。杏仁或腰果。」

「桑原兄，買東西要錢耶。」

「窮酸鬼。」桑原從皮夾抽出三張千圓鈔。「不用找了，收著吧。」

「真大方。」才三千？

二宮拿著鈔票走上坡道。

好像是翻著超商買來的週刊雜誌時，睡意上來了。給我起來！桑原的罵聲吵醒了二宮。

「肥仔下來了。」桑原熄掉車內燈。

「那是什麼？」

黑岩身後跟著一個女人，穿鑲毛皮的羽絨大衣、牛仔褲和雪靴，染成褐色的頭髮束在後面，那張臉二宮有印象。

「那個貪腐肥仔，八成是要跟女人去溫泉。」桑原說。

穿大衣的黑岩兩手空空，但女人提著旅行袋。

「東西很少，今明兩天連假，是要去住個一兩晚吧。」

「要在這裡抓走他嗎？」二宮問。

「少白目了，女人會鬧。」

黑岩朝皇冠伸出車鑰匙解鎖。女人打開後車廂放進旅行袋，繞到副駕駛座上車。皇冠的車頭燈亮起，開了出去。二宮等皇冠爬上坡道，也開了出去。

「那個女的好像在哪裡看過。」
「新地。『葛蘭波瓦』的媽媽桑。她後來不是有來打招呼？」
想起來了。那個時候頭髮梳得像蝶螺，穿著和服。
「不愧是桑原兄，只要是女人的事，什麼事都記得一清二楚。」
「你什麼意思？」
「沒有啦，我看女人的基準，全看有沒有上床的指望。」
「對你來說，全大阪的女人都沒指望吧。」
「哪有？昨天我就跟不是特種行業的女人約會了。」
「真是普天同慶喔。要是跟那個女的幹上了，報告一聲，我包紅包給你。」
「包多少？」
「一萬。」
「真是太大手筆了。」
「你皮癢嗎？沒大沒小。」
皇冠經過軍行橋往東開，在府道一一三號北上，從神田出入口駛上中國車道。
「要去哪裡呢？」
「都這種時間了，不可能去多遠的地方。溫泉的話，應該是有馬。」
這傢伙凡事就愛一口咬定。自我中心。

皇冠開過寶塚，經過西宮山口系統交流道，在西宮山口南下了高速公路。從縣道九八號南下，進入有馬。

「被桑原兄說中了，到有馬了。」

皇冠經過太閤橋，進入溫泉區。道路兩旁，觀光旅館和飯店櫛比鱗次。皇冠穿過一家叫「花筏」的飯店拱門。

「到這裡就好。」

桑原說。二宮把車子靠左停下。

「去櫃台問肥仔要住幾晚。」

「他們會回答嗎？」

「用你的腦。你不是全大阪首屈一指的三寸不爛之舌嗎？」

這傢伙真的有夠煩。二宮下了車。

二宮在自動販賣機買了菸，抽完一根之後再進入「花筏」。鋪地毯的大廳相當寬闊。二宮看見黑岩和女人在櫃台，情急之下坐到沙發上，打開報紙遮臉。

黑岩和女人辦完入住手續，在客房人員引導下進了電梯。二宮離開，回到車子。

「桑原兄，用手機查一下『花筏』的電話。」

「做什麼？」

「問黑岩要住幾個晚上。」

二宮上了車。桑原滑手機搜尋「花筏」。

二宮等了一下，然後打電話。

『您好，有馬溫泉「花筏」。』

「我是剛辦完入住的黑岩。」

『黑岩先生，謝謝惠顧。請問有什麼問題嗎？』

「沒有，我很滿意這個房間，想說能不能再多住一晚。」

『那麼，十三日晚上要也下榻本飯店嗎？』

「啊，對了，今天是十一日星期日。因為連假，我都搞混了。還是住今明兩晚就好。」

『好的，三天兩夜。黑岩先生會依照預定，十三日退房是嗎？』

「對。退房時間是幾點？」

『十二點。』

「不好意思啊，打擾了。」

二宮掛了電話。

「住兩天一夜。今天星期天，還有明天的補假。」

「我對你真是刮目相看了。你不是什麼三寸不爛之舌，根本是十寸不爛之舌。」桑原目不轉睛地盯著二宮。「你別幹什麼顧問了，改行做電話詐騙怎麼樣？」

「不錯耶。桑原兄當金主，我當電話小弟，節夫當車手。」

「吵死了，我才不雇你這種討錢精。」桑原說。「撤退。回去大阪。」

「既然都跑來有馬了，找間旅館過夜吧。叫小姐來熱鬧一晚吧。」

「這樣啊，你要熱鬧還是哭鬧都隨便你，我要回去了。」

「上次不是在白濱過夜嗎？不就直接住飯店了嗎？」

「你就是這副死德行，得寸進尺，貪得無厭。我還有正事要辦。」

有正事要辦？八成是去找女人。都寫在臉上了。

「你到底怎樣？要回去還是不回去？」

「好好好，回去就是了。」

二宮繫上安全帶。

桑原說有事要跟嶋田談，二宮在赤川讓他下車，自己回去「艾爾苑」。節夫不在。今天也在組裡當差吧。

黑道雖然無所事事，但是像節夫這種小弟，雜務卻是多到做不完。例行的當差、開車接送組長和若頭、當保鑣、協助幹部賺錢，除了這些差事以外，還得繳交名為「孝敬」、「會費」的款子，而籌不出這筆錢的基層，就會被上頭強制用肉體支付。也就是在黑幫火拼中，去向敵對組織的事務所開槍，或幹部蒙上犯罪嫌疑時，替幹部頂罪投案。

黑道是夕陽產業，所以沒有新人投入。以前飆車族是黑幫的人才供應來源，但黑道難混的事實逐漸廣為人知，他們便樂得繼續當他們的幫外小混混。儘管黑道和小混混都是靠犯罪維生——不過主要收入來源有微妙的不同，黑道是地下錢莊和毒品，小混混是非法藥品和電話詐騙——但因為束縛較少，不加入幫派，賺起錢來或許更為有利。現在有《暴對法》、《暴排條例》等針對黑道的法律，但遲早這些小混混也會被納入法網。不管怎麼樣，無法安分守己工作的人，會日漸消滅。這樣才好。這才是健全的社會。

但是，黑岩、羽田和蟹浦那種人能叫做安分守己嗎？西山算是選良嗎？不，他們比黑道更加惡質。他們竊取議員薪水和政務費，中飽私囊，汲汲營營於爭權奪利，讓人尊稱為「議員」，大搖大擺盤踞在上首。沒錯，議員和祕書，全都是些人渣。明明是人渣，卻瞧不起繳納稅金的市民，高高在上地發號施令。

連生氣都氣不起來了。畢竟放任這些人渣為所欲為的，就是投票的我們這些選民——

打開冰箱一看，上次買來的啤酒還剩下兩罐。二宮鑽進暖爐矮桌喝啤酒。打開電視躺下的時候，手機振動了。

「喂？」

『小啟，你在做什麼？』

「喝啤酒看電視。」

『你在哪？』

「公寓。大正。」

『真的？』

「我騙妳幹嘛？我躺在暖爐矮桌裡，烤得暖烘烘的。」

『看吧，你果然在騙我。』

「怎麼說？」

『你住的地方又沒有暖爐矮桌。』

「之前買的啦。」

『麻吉，小啟又在亂唬人了。』

「麻吉在那裡嗎？」

『停在我肩膀上休息。』

電話傳來『啾啾咕啾、噢！』的叫聲。

「麻吉，小啟在這裡喔。你有好好的嗎？有乖乖吃飯嗎？」

『那當然了，那當然了，去吃飯吧！』麻吉叫著。

「麻吉，你再等我一下下喔，馬上就去接你囉。」

好想念麻吉。好想讓牠停在膝上，摸摸牠的頭。

『我還沒吃晚飯。今天跟媽去京都參加新年第一場茶會。』

「什麼意思？這是在暗示妳想要跟我共進晚餐嗎？」

『少臭美了，只是想讓你聽聽麻吉的聲音而已。』

「真開心。表妹真是全世界最棒的寶貝。走吧，一道去吃晚飯。」

『我想去可以喝紅酒的地方。』

「紅酒喔……那會讓我失去意識。」

『怎麼樣嘛？到底要不要去？』

「當然要了。我一定會排除萬難。」

『那約九點，道頓堀的「洛亞」。』

「好，我現在就出門。」

二宮喝光啤酒，離開房間。

15

又喝過頭了。腦袋彷彿正在大興土木。二宮在「洛亞」和悠紀碰面，因為他不想喝紅酒，所以去了法善寺的「白川」，配著生魚片和飯糰，喝光一瓶五合容量的大吟釀，接著去了千年町的「塔莎」，悠紀點了紅酒，二宮喝波旁威士忌。印象中他好像得意忘形，又叫了半瓶香檳。因為太晚開始吃喝，從「塔莎」去笠屋町的「柴德」唱卡拉ＯＫ的時候，二宮實在是睏了，離開店裡時，都已經快凌晨四點了。兩人招了計程車，送悠紀到福島，二宮回到「艾爾苑」，都已經要五點了。「小啟也不年輕了，喝到人事不省對身體不好啊。」悠紀酒量超大，要是學她那樣喝，二宮絕對會昏過去。悠紀跟牧野，誰的酒量比較好？真想左擁右抱，讓她們一決勝負。紅酒的話是牧野贏，啤酒和威士忌是悠紀更勝一籌嗎？嗳，這不重要。昨天沒有喝到失去神智。

二宮起身去完廁所，坐在廚房椅子上抽菸。玄關傳來敲門聲和人聲：『喂，還不起來？』二宮起身去開鎖。

「我打了好幾通電話。」桑原脫鞋走進來。「人家的手機是隨身攜帶，你的是丟到哪去了？」

「我切到靜音模式了。」

「長舌公用什麼靜音模式。」桑原沒有坐下。「你以為現在幾點了？」

「哦，都三點多了呢。」

看看手錶。他好像睡了十個小時之久。

「快點收拾，去有馬了。」

「我宿醉欸。」

「又喝？」

「前天跟昨天，連續兩天都有約會。」

「騙肖，愛慕虛榮。」

「一個三十多，一個二十多。不過我的智障手機還沒修好，所以沒辦法拍照給你看。」

「什麼三十多、二十多，一定是看上一眼就會變成石頭的怪物。」

「你是說蛇髮女妖對吧？」

二宮在電影裡看過。上半身是人，腰部底下是蛇的怪物。

「梅杜莎，也叫戈爾貢。連這都不曉得？」

「以怪物來說，造形很不錯。我也喜歡吸血鬼。」

「跟你很像，白天睡覺，晚上活動。你乾脆在棺材裡面放土，睡在上面算了。」

「桑原兄真是博學多聞，從梅杜莎到吸血鬼，無所不知。」

「是你問我，我才告訴你的。」

二宮又沒問，也沒興趣。這傢伙就愛賣弄學問。

「好了，走了。」

「去有馬抓黑岩嗎？」

「對啦。」

「要去有馬也行，不過先吃過飯再去好嗎？」

「你真的有夠煩的。」桑原在椅子坐下。「等你五分鐘，快點準備。」

「要怎麼抓黑岩？他跟女人在一起耶。」

「二宮老弟，我是指揮官，你是小卒。小卒只要照著命令做就是了。」

桑原的語調變了。再拖拖拉拉下去，會被咬脖子吸血。二宮回去臥房，穿上外套。

兩人在中國自動車道的休息站吃了和食定食，七點抵達有馬。把愛快羅密歐停在投幣式停車場後，兩人坐在車子裡，二宮喝著咖啡桑原喝氣泡水。

「幾點動手？」

「照預定，九點左右吧。」

「預定？有計畫嗎？」

「對。節夫和木下正在挖洞。」

「什麼意思？」

「要把黑岩埋起來啊。」

「把黑岩活埋威脅他嗎？叫他拿出三千萬。」

「聽說人只要脖子以下埋進土裡，什麼條件都會說好。」

「叫節夫和木下裝假鳴友會的黑道，恐嚇黑岩嗎？」

「有點不太一樣。要恐嚇的人是我。」

「我有點混亂了。跟黑岩起糾紛的是鳴友會對吧？」

「跟那個鳴友會槓上的是我啊。」

「節夫現在不是在組裡當差嗎？」

「比起當差，賺錢更重要。我徵求若頭同意了。」

「這麼說來，桑原兄昨天去了嶋田組。從有馬回去的時候。」

「若頭跟我說了。」桑原說，嶋田去找鳴友會會長鳴尾，為了組員和桑原之間的衝突，提出和解。「鳴尾是川坂的直系，根本瞧不起若頭，跟若頭說如果想要和解，就拿錢出來。」

「要多少錢？」

「這個數字。」桑原攤開一隻手。

「五百萬嗎？」

「若頭預期是兩百以內，五百實在不可能。所以他當時只說會考慮，就先離開了。」桑原說他害嶋田丟臉了。「鳴尾好像說，桑原就是因為敗壞江湖道義，才會遭到破門，嶋田何必包庇那種人？若頭當下說不出話來。鳴尾根本是在對若頭趁火打劫。」

「價碼不能談嗎？五百砍到三百。」

「鳴尾可是直系組長，說出口的話，不可能打折。」

如果桑原是二蝶會的組員，也許五十萬、一百萬的治療費就可以解決，但現在桑原是一般市民。黑道讓一般市民給打傷，這不是一點小錢就能打發的。

「如果桑原兄拿不出五百萬，會怎麼樣？」

「二話不說，直接被幹掉吧。」桑原用指頭戳戳腦袋。「等著腦漿四濺。帶著女人開開心心走在路上時，從後面吃上一顆土豆。」

「可是如果鳴友會殺了桑原兄，他們也拿不到五百萬了不是嗎？」

「事關黑道的面子。除非和解，否則我永遠都在狙殺名單上。」

桑原嘴上說得輕鬆，但二宮可以看出失去代紋的桑原的無依。現在的桑原掏不出大筆銀子。要拿出五百萬圓，擺到鳴尾膝前，可能只剩下賣掉「蜜糖二號店」這條路了。

沒錯，桑原朝不保夕。所以才會忍辱去向嶋田求救。

「節夫和木下在哪裡挖洞？」

「落葉山。有間叫笠溪寺的寺院，沒有住持。」

桑原說洞挖好後，木下會連絡。

「要怎麼抓走黑岩？」

「不是你要抓嗎？」

「咦……！」

「你仔細聽好，我把計畫告訴你。」

桑原從口袋掏出槍來。一把反射著暗光的自動手槍。二宮認出那是木下總是隨身攜帶的托卡列夫模型槍。

九點十分。蹲在「花筏」停車場的桑原的手機響了。

「──喂？這樣，好。現在就動手。」桑原說，把手機收進口袋。「打電話。」

二宮按下「花筏」的號碼。

『感謝您的來電，有馬溫泉「花筏」。』
「我叫山本，請替我轉接住宿在那裡的西山事務所黑岩先生。」
『黑岩先生是嗎？請稍待。』
電話轉接，傳來鈴聲。
『我是黑岩。』
「您好，這裡是櫃台，我是服務人員山本。請問黑岩先生的車子是白色皇冠，車號「大阪353 SA 09－××」對嗎？」
『對，怎麼了嗎？』
「剛才警衛通知，說您的車子副駕駛座車窗破了。我們擔心車子可能遭人搶劫，可以請您帶著車鑰匙，到停車場來嗎？」
『好。我立刻過去。』
電話掛斷了。黑岩沒認出二宮的聲音。
「要過來了。」
二宮和桑原一起躲在柱子後面。
等了一會兒，電梯門打開，黑岩現身。他穿著褐色麂皮外套和黑色長褲，走近皇冠，繞到副駕駛座查看車內。
桑原從柱子後面走出來，托卡列夫手槍抵在回過頭來的黑岩額頭上。黑岩整個人瑟縮了。

「車鑰匙交出來。」

「你是……」

「是什麼?是你老子桑原,貪腐祕書黑岩。」桑原揪住黑岩的衣領。「鑰匙還不交出來?」

黑岩從長褲口袋掏出鑰匙圈。桑原解除皇冠車鎖。

「喏,上車。」

「我不要。」

「這樣。那只好斃了你。」

桑原把托卡列夫的槍口從黑岩的額頭滑到喉嚨,扣下板機。黑岩一個抽搐。

「剛才的是空的,下一發就來真的了。」

「我知道了,不要開槍,我會聽話。」

黑岩的聲音模糊不清,也許是嚇得牙齒打顫了。他靠在皇冠上,彷彿隨時都會倒下來。

桑原把車鑰匙丟給二宮,打開後車門,把黑岩推進去。二宮坐上駕駛座,發動引擎,解除手煞車,駛離地下停車場。

車子爬上落葉山連綿不斷的陡峭坡道。鋪裝路面在途中結束,泥土路面繼續往前延伸。來到三叉路口時,桑原說:「左。」

車子循著車轍痕跡穿過雜木林。車頭燈投射出去的遠方出現磚瓦屋頂。是笙溪寺。二宮把皇冠開進枯葉與雜草堆積的寺院境內。

「打電話給女人。」桑原說。「說你在豐田維修廠，要把車子送廠修理。」

「什麼？」黑岩說。

「你不回去，女人會擔心吧？」

「難道你要……」

「怎麼啦？聲音小得像蚊子叫。就算斃了你，我也沒有好處啊。」

「好，你先冷靜。」

「要冷靜的是你這個禿頭和尚吧？……報事務所的公帳在新地花天酒地，還跟媽媽桑一起溫泉旅行？真好命吶。要我跟西山打小報告嗎？」

「你看到了？」

「你把『葛蘭波瓦』的媽媽桑包養在伊丹的大廈，每個月給她多少錢？啊？錢是你自己的口袋出的嗎？」桑原說。「打電話。」

桑原把托卡列夫抵在黑岩的太陽穴上。黑岩指頭發顫地滑智慧型手機，按下通話鍵。

「——喂？我啦。我人在豐田的維修廠。——對，要更換車窗。——不，沒東西被偷。——妳先睡吧。」黑岩說，掛斷電話。

「真會演，很會說嘛。」桑原笑道。「下車。」

他用槍口推黑岩的肩膀，黑岩卻不肯動彈。

「為什麼要在這種地方下車?」他啞著聲音問。

「當然是要埋了你。」

「等一下、等等等一下，你剛才不是這麼說的。」

「我是怎麼說的?啊?」

「你不是說就算殺了我，也沒有好處嗎?」

「那當然了。我活在這世上，向來就只管兩樣：江湖道義和錢……可是啊，你聽著，身為黑道，有些事情還是非做個了結不可。」

「住手，放過我吧!」

「吵死了!」

桑原的手肘撞進黑岩的咽喉。黑岩呻吟，嗆咳起來。

桑原開門，抓住黑岩的後衣領拖下來。

二宮也下了車，用手電筒照著癱在地上的黑岩。褲子溼了，可能是尿褲子了。

「給我站起來。」

桑原踹黑岩的屁股，但腿軟的黑岩站不起來。

「黑岩先生，你要是不聽話，真的會沒命喔。」

二宮拉起黑岩，用肩膀插進腋下把他撐起來。「這邊。」桑原說。

二宮扶著黑岩，繞到本堂後面。窪地上有個二公尺見方的深洞。挖出來的泥土堆上插著一把鐵鍬。

二宮讓黑岩在洞旁坐下，拿手電筒照向洞底。裡面躺著兩個男人。

「你聽長原說過了吧？這兩個都是鳴友會的混混。」桑原踹泥土。泥土落進洞穴，灑在男人們的頭上。「星期五晚上，這兩個在二宮的事務所想要擄走長原。」

黑岩沒有說話。面色慘白，肩膀上下起伏喘氣。

「因為你，我差點被這兩個宰了……以牙還牙，加倍奉還。我把鳴友會這兩個手下都做掉了。」

「放過我吧！是我不好！我向你賠不是！」黑岩伏地跪倒。

「事到如今下跪也太遲了。以為黑道可以隨便使喚，就會落得這種下場。我要在這裡了結你，跟這兩個一起埋了。這麼一來，鳴友會也不必狙殺什麼人了。」

桑原叉開雙腿放低重心，槍口對準黑岩的臉。

黑岩發出沙啞的慘叫，整個人後仰，用手肘和屁股往後挪。

二宮插進桑原和黑岩之間。

「桑原兄，不可以！」

「讓開，給我讓開！」

桑原踹了二宮一腳，「砰！」一道乾燥的槍聲響起，火花迸射。

黑岩整個人頹軟在地。

「對不起、對不起……」他失了魂似地說著。

「怎樣對不起？啊？」

「告訴我，要怎樣才能放過我？」

「錢。」

「錢……」

「我要埋了這兩個，遠走高飛，去菲律賓、泰國、越南……我再也不會踏上日本的土地。」

「我知道了，我付錢，三千萬對吧？」

「放你媽的狗屁！」桑原又開槍了。「五千萬。我可是宰了兩個人。」

「不行，桑原兄！這個人不是黑道！」二宮制止。

「你閉嘴，殺兩個跟三個都一樣！」

「我知道了，我付，我付五千萬！」黑岩懇求地說。

「很好，你就當做用五千萬買回一條命吧。」

「黑岩先生，太好了，你撿回一條命了。」二宮蹲到黑岩旁邊。「你是殺人共犯，不過只要埋掉屍體就沒事了。我也絕對不會說出去。」

黑岩緊緊地抱向二宮。他在哭。真可憐。

「喂，站起來！」

桑原揪住黑岩的手臂把他拖起來，轉向二宮說：

「你來埋。我在車上等。」

桑原拖著黑岩，走向寺院境內。

「可以了。」

二宮說。節夫和木下從洞底坐起來。

「好冷。都快凍僵了。」節夫拂掉臉上的泥土。「衣服也溼了。」

「可是演得好逼真。」二宮憋笑。

「演個頭啦，我費了好大的勁才忍住不發抖哩。」

兩人爬出洞穴。

「要抽嗎？」

二宮遞出香菸。兩人各抽了一根，二宮也叼起菸來點火。

「黑岩那個傻蛋，膽子都嚇破了。」節夫說。

「一定嚇到屁滾尿流了。」木下說。「桑原大哥那架勢真是帥斃了。原來恐嚇就是要像那樣啊。」

「被桑原大哥那樣恫嚇還不屁滾尿流的，肯定是腦袋秀逗才有辦法。」

腦袋秀逗的是你們兩個吧？居然說桑原恫嚇的架勢很帥？確實很像黑道的思考方式，但論到腦袋秀逗的程度，桑原應該更勝一籌。沒錯，桑原這個人不知道什麼叫恐懼。不管是被槍口瞄準還是刀子對準，他從來不曾露出怯懦的神情。

「不過你們也挖得真夠深。」二宮拿手電筒照過去。

「桑原大哥叫我們要挖得比身高更深，可是沒辦法。到處都是樹根，卡住了。」木下說。

「這洞不用管它嗎？」

「得填回去吧。」節夫說，看向二宮。

「叫我填喔？」

「鐵鍬只有一把啊。」

「我就知道。」

二宮仰天吐出煙來。

二宮花了一個小時以上，填好洞穴，均平地面，磨出滿手水泡，渾身大汗。他把愛快羅密歐的鑰匙交給木下，扛著鐵鍬回到寺院境內。桑原靠坐在皇冠的後車座上，黑岩神情空洞地蜷縮一旁。

「埋好了。」二宮打開車門，坐上駕駛座。

「確實埋好了嗎？」

「天衣無縫。我鋪了一堆落葉上去。」

直到世界末日，屍體都不會被發現吧，二宮說。

「那走吧。」

「去哪？」

「找家賓館。我想沖個澡。」

桑原說，找家不用下車的摩鐵訂兩張床的房間，就算是三個人，也可以順利入住。

「怎麼不乾脆在車子裡過夜呢？」

「我不脫下鞋子，伸直兩腿，就沒法睡覺。」

二宮早就看透桑原的意圖了。他打算叫二宮監視黑岩一整晚。

「喏，走吧。」

桑原叫二宮從中國自動車道返回吹田，在附近隨便找家賓館。

16

一月十三日，星期二。

二宮在七點半叫醒桑原。黑岩躺在隔壁床上，一動也不動，不曉得是睡是醒。

「要不要吃早飯？」

「說的也是。」

「這是客房服務菜單。」二宮把菜單遞過去。

桑原點了三明治和洋蔥湯、咖啡，二宮點了豬排咖哩和咖啡。他也問黑岩要點什麼，但黑岩搖頭。

二十分鐘後，敲門聲響起，二宮接過托盤。三位是嗎？飯店員工說。應該是他們進房間時從大廳監視器上看到的，但沒有要求加價。

二宮和桑原一起吃過早飯，穿上衣服。二宮的外套和棉褲被笙溪寺後山的泥土搞得髒兮兮的，不過用擰乾的毛巾擦拭後，就看不太出來了。

「你說銀行存摺放在家裡是吧？」桑原對黑岩說。「你老婆在做什麼？」

「她九點會出門。去遛狗。」

「幾點回來？」

「十點多。」

黑岩說，遛狗的路上有家狗咖啡廳，老婆都會去那裡吃早餐。

「這年頭的狗也太好命了，還吃早餐？」

「有狗專用的菜單。」

「什麼狗？」

「法國鬥牛犬。」

「長得跟你一樣嘛。」桑原惡意地笑。「好了，出發。」

八點半，二宮結清房錢，離開國道一七一號旁的賓館。

箕面市小野原。黑岩的住家位在經過規劃、井然有序的住宅區綠地旁，占地超過百坪，清水模的圍牆內，可以看見白色的平屋頂。

「好驚人的豪宅啊。看來你真的賺很多嘛。」

「……」黑岩沉默不語。

「狗屋在哪？」

「玄關前面左邊。」

二宮聞言，把皇冠停到綠地旁，下車後徒步走近黑岩家，從門縫間窺看玄關前方，狗屋裡沒看到狗。他折回皇冠報告：

「出門遛狗了。」

「除了你老婆，不會還有別人吧？」

桑原把手槍插進皮帶，扣上外套鈕釦，把黑岩放下車子，緊貼在他身後，走向黑岩家。

「沒有。我們家只有兩個人。」

「沒有小孩嗎？」

「有女兒。在名古屋上班。」

「像誰？」

「什麼？」

「我說臉。」

「我老婆。」

「那太好了，不用擔心嫁不出去。」

三人進入圍牆內。庭院草皮有高爾夫球網圍繞，旁邊掉落著幾顆球。

「你打高爾夫？」

「你話真多。」

「我害怕沉默。」桑原訕笑。

黑岩拿鑰匙插進玄關門打開。玄關很大，脫鞋處鋪石材，木板地大廳鋪有裝飾地毯，還擺了疑似屋久杉木的屏風。

「品味真不錯。很像我們組長家。」桑原脫鞋，上去走廊穿上拖鞋。「存摺在哪？」

「書房。」

黑岩板著臉說，走進走廊左邊的房間。應該是書房兼會客室，一整面牆壁都是書架，對側是玫瑰木書桌，前面則有擺放皮革沙發的會客區。

「真不錯的書房。應該放個神壇、燈籠和老虎標本裝飾一下。」

桑原在沙發坐下，叼起香菸。

「這裡禁菸。」

「是喔？」

桑原深吸一口菸，拿起邊櫃上的繪盤，擱到桌上。

「那可是色鍋島（註28）。」

「所以呢？」桑原故意把菸灰抖進繪盤裡。「少在那裡碎唸，快點拿出存摺。」

黑岩往房內走去，桑原也起身跟到書桌旁。

黑岩把桌子後面的活動檔案櫃推到旁邊。牆上嵌有保險櫃。是一座大到放在家中格格不入的保險櫃。

「我先警告，如果警報器響了，你這輩子就甭想再見到你女兒，也永遠抱不到孫子，懂了沒？」

「沒有人會傻到為了五千萬而不要命。」

黑岩蹲在保險櫃前，操作轉盤鎖開門。裡面沒有現金，他取出三本銀行存摺和印章，放在桌上。

桑原打開大同銀行箕面站前分行的存摺。

「六百十三萬……哪夠五千萬？」

「我不會把錢全部存在同一家銀行。」

「哼，再吹吧你。」

註28：色鍋島是江戶時代，肥前藩鍋島家御用窯生產的高級色繪瓷器。

桑原打開另一本存摺。三協銀行北茨木分行，餘額三百三十一萬圓，共和銀行箕面分行，餘額是四百九十萬圓。

「總共多少？」桑原問二宮。

「呃，六百加三百加五百，一千四百……一千四百三十萬左右。」

「你耍人啊，啊？」

桑原一把抓起黑岩臉上的眼鏡往地上砸，揪住他的外套衣襟，槍口抵住了眉心。「你以為我殺了幾個人？」

「等、等一下，我沒說這裡的就是全部。還有東洋信託銀行的存摺，在事務所。」

「去你媽的……！」

桑原舉槍，但沒有揍下去。如果讓黑岩掛彩，就沒辦法帶著他在路上走了。這部分的算計，桑原向來很冷靜。

「我沒有騙你。我大部分的資產都放在股票和投資信託了。」

「東洋信託有多少錢？」

「四千萬。」他說是投資信託的時價總額。

「別搞笑了，啊？像你這種貪婪的敗類，資產會只有五千四百萬？這棟房子是誰蓋的？你還包養了新地的女人吧？……一億？兩億？三億？起碼也藏了這麼多錢。」

「你誤會了。我不是議員，祕書的收入可想而知。」

「這死禿子，我說一句你頂一句？」

桑原一把推開黑岩。黑岩後退，撿起眼鏡。

「他媽的，去拿錢。去西山事務所。」桑原把槍塞進皮帶。

「什麼時候去？」二宮問。

「去銀行提完錢再去。」

「這不太妙吧？白天去的話，長原跟其他祕書也在。」二宮說等到晚上比較好。

「這死老頭從昨天晚上去了維修廠後就不見人影，怎麼可能綁走他二十四小時？」

「那要怎麼辦？」

「吵死了，閉嘴。我正在想。」

「再拖拖拉拉下去，他老婆就要回來了。」

「我知道，少在那裡唸個沒完。」桑原想了一下，「去把皇冠開過來，開進車庫。」

「鐵捲門關著耶？」

「我來打開。」

「把車子開進車庫，然後呢？」

「把這傢伙的屍體放上車。」桑原看黑岩。

「桑原兄……」

「你煩不煩？叫你去開車。」

桑原不可能殺掉黑岩。這一點二宮很清楚。但是桑原打算怎麼處置黑岩？

「還杵在那裡做什麼？快去！」

桑原吼道。二宮離開書房。

二宮坐上停在附近的皇冠，折回黑岩家。車庫的鐵捲門關著。二宮在旁邊等著，約五分鐘後，鐵捲門打開了。桑原抱著毯子，和黑岩站在裡面。

「倒車進來。」

二宮把方向盤轉到底倒車，進入車庫，下了車子。

黑岩的嘴巴被膠布貼住，雙手手腕也被膠布捆住。

「打開後車廂。」

二宮按遙控器按鈕，後車廂蓋升了起來。

「進去。」

桑原抓住黑岩的手臂，把他推進去。黑岩沒有抵抗，從臀部坐進後車廂躺下。桑原把黑岩的腳放齊，一樣用膠布捆住，蓋上毯子。

「真體貼。」

「凍死就糟了。對支持者要好一點。」桑原放下後車廂蓋。「好了，開車吧。」

二宮把皇冠開出車庫。鐵捲門開始下降。桑原鑽出鐵捲門出來，坐上副駕駛座。

「去阪急的箕面站。」

「哪邊？」

「從一七一號線往西，接下來自己看導航。」

車子朝北開了出去。一名牽狗的女人走了過來。女人穿粉紅色成套運動衣，白色羽絨外套，頭上套著有紅色毛球的毛線帽。女人看也不看皇冠，擦身而過。

「剛才那是黑岩的老婆嗎？」

穿粉紅色毛衣的狗是法鬥。

「真是世界末日了，狗穿什麼衣服？」怎麼不順便穿個襪子？桑原嘲笑著。

「膠底襪不錯，像傳統師傅穿的膠底分趾靴那樣。」

「會想這種無聊事的也只有你了。」

是你先說什麼叫狗穿襪子的吧？二宮心裡犯嘀咕，但沒有說出來。說了也只是浪費時間。

「不過真是千鈞一髮。萬一跟黑岩的老婆撞上，事情就要鬧大了。」

「黑岩夫妻早已相敬如冰，肥仔在外頭是死是活，都不關他老婆的事。」

「桑原兄什麼事都愛一口咬定呢。」

「若頭家就是這樣。若頭的老婆養了三隻貓，若頭還要負責掃貓大便，換貓砂。」

「那不是很溫馨嗎？」

「若頭被他老婆騎在頭上。因為一直以來，若頭不曉得在外頭搞過多少醜八怪。」

真想讓嶋田聽聽這番話。

「桑原兄家的真由美小姐不是很漂亮嗎？太可惜了。」

「什麼叫太可惜？」

「哦，就真由美小姐人太好了，配給桑原兄真是糟蹋了……」

「啊？再給我說一次？」

「你好易怒。」

「誰叫你嘴巴這麼賤。」桑原亂按音響鍵。「黑岩這死豬，怎麼連張CD都沒有。」

「開廣播怎麼樣？搞不好已經上新聞囉。民政黨民代西山光彥的祕書離奇失蹤。」

「你這人真的很事不關己喔？」

「這是小市民求生的智慧。」

「你是小市民，但才沒有什麼屁智慧。」

車子開上國道。導航螢幕角落出現箕面站。

二宮把皇冠停在投幣式停車場。

「密碼問了吧？」

「黑岩。」

「什麼……？」

「9・6・1・8（註29）。」

「這麼蠢的密碼沒問題嗎？」

「很容易記啊。」

「那個，我的手續費……」

「什麼？」

「是我要去領錢對吧？這不是很危險嗎？」

「哪裡危險了？填數字蓋章而已。」

「詐騙裡面，承受最大風險的就是車手。」

「給你五萬。」

「桑原兄這樣的大人物，居然只肯掏出五萬嗎？」

「世上哪裡找得到光提錢就有五萬可拿的工作？給我換算成時薪想想。」

「全額提領出來會引起懷疑，領個六百萬就好吧？」

「嗯，就六百萬。」

二宮和桑原一起下了車，走了一段路進入大同銀行箕面站前分行。

二宮在提款單上填寫「¥6，130，000」，簽下「黑岩恭一郎」，捺下黑檀印章。桑原

註29：9618四個數字，日文讀音近似黑岩（KUROIWA）的諧音。

坐在大廳椅子上盯著二宮。

叫到號碼，二宮走到窗口，遞出存摺和提款單。對方說因為是提領高額現金，需要密碼，二宮在密碼機按下「9·6·1·8」。窗口人員沒有起疑的樣子。

等了一會兒，銀行人員走過來旁邊，對二宮叫了黑岩的名字後，說「這邊請」。二宮隨著銀行人員進入隔板圍繞的小房間。一名上了年紀的行員坐在桌子另一頭，桌上堆著有封條的成捆鈔票。

「黑岩先生，這裡是六百十三萬圓，請清點。」

「不用了。」

鈔票共有六捆。十三萬另外擺在旁邊。

「那麼我裝起來。」行員打開有提把的紙袋，將六捆鈔票逐一讓二宮看過再裝進去，十三萬圓疊在上面。

「謝謝。」

二宮接過存摺，把十三萬圓揣進外套口袋，提著紙袋離開小房間。桑原起身，先走出大廳。

兩人坐上皇冠。桑原接過紙袋，放在腳邊。

「存摺拿來。」

「什麼？」

「叫你拿來。」

真沒辦法。二宮交出存摺，桑原打開一看：

「不出所料。你暗槓了十三萬。」

「這是小市民的智慧。」

「原來我在跟一個小偷合作？」

「有什麼關係嘛？昨天我可是辛苦埋洞，磨出滿手水泡耶。」

「我這是在對牛彈琴是吧？」

桑原難得沒有動怒。這也難怪，畢竟他可是賺了六百萬圓。

「下一間。去三協銀行。」

「哪家分行？」

「全日本。」

桑原好心情地說。

二宮在三協銀行千里中央分行領了三百三十一萬圓，在共和銀行北千里分行領了四百九十萬圓。二宮的手續費，這兩筆總共是兩萬圓。

「呃，我有個小小的請求。」

「什麼？叫我分紅嗎？」

「猜對了。」

「說，你要多少？」

「二宮企畫去年的營收，還缺了兩百七十萬圓。」

「所以呢？」

「如果可以的話，銀行提出來的一千四百三十四萬裡面，我想分個兩百三十四萬圓。」

「二宮老弟，打個折，兩百萬吧。」

「沒問題。桑原兄不是別人，我就打個折扣好了。」

二宮並不貪心，有個兩百萬就該萬萬歲了。

「到目前為止，你花了多少？」桑原自言自語地說。「飯錢、酒錢、飯店錢、油錢，還有其他林林總總……起碼也花了一百萬有吧？」

「一百萬？哪有那麼誇張……」

「上次我在你事務所前面的咖啡廳說過吧？我拿到的得跟若頭折半，還得籌出跟鳴友會和解的錢。也得給節夫跟木下零花……一千四百三十四萬裡頭，你說，我的賺頭是多少？」

「這個嘛……」二宮大略計算。「四、五百萬吧。」

「我拿四百萬，你拿兩百萬，你說說，這算什麼？」

「我拿的是桑原兄的一半。」

「我可是製片人兼導演，你是跑腿小弟。」

「請等一下，我們要從黑岩那裡拿到五千萬對吧？既然這樣，桑原兄應該可以拿到超過兩千萬才對啊？」

「蠢貨，沒到手的錢哪能算數？」桑原瞪過來。

「好吧。那麼我應該拿多少？」

「一百萬。」

「好多喔。」二宮挖苦地說。「如果從黑岩那裡拿到剩下的錢，我還可以再分到一些吧？」

「也不是不能考慮。」

「這種說法讓人很不安欸。」

「會啦，說會給就是會給。」桑原明確保證。

「那我可以打折扣，請給我一百萬吧。」

這種時候，最重要的是確保當前利益。比起明天的支票，今天的現金更重要。

桑原從共和銀行的紙袋抓出一疊鈔票，撕破封條，數了十五張，剩下的丟到二宮膝上。

「怎麼會是八十五萬？」

「不是給你手續費了嗎？十三萬跟兩萬。」

「那是當車手的手續費耶。」

「你的業務，全都算在這回的生意裡頭吧？你有另簽手續費合約嗎？」

桑原能言善道。什麼業務、什麼手續費合約，媽的，老是像這樣呼攏我。鬥嘴和幹架，沒一樣贏得了這傢伙。

「真多謝喔，桑原兄總是這麼關照我。」

二宮笑呵呵地把八十五萬圓收進口袋裡。

車子開出共和銀行千里分行停車場，前往國道一七一號。

「下一個轉角左轉。」桑原說。

「那裡有什麼？」

「少囉嗦，照做就是了。」

車子往左開進一條小路。「停車。」桑原說。二宮把皇冠停在綠地旁。

「下車。」

「為什麼？」

「你煩不煩啊？照做就是了。」

二宮熄火，按下手煞車按鈕，走出車外。桑原也下車，繞到後面，打開後車廂。蓋著毯子的黑岩刺眼地看向桑原。

「黑岩先生，你打電話去西山事務所。」

桑原拉開毯子，從黑岩的外套口袋掏出智慧型手機開機。他撕下黑岩嘴巴上的膠帶，問：

「東洋信託銀行的存摺放在哪？」

「我不是說了嗎？在事務所。」

「我是問事務所的哪裡？」

「裡面的寄物櫃。」

「是你專用的寄物櫃吧？」

黑岩點點頭。

「寄物櫃鑰匙在哪？」

「沒有鑰匙。」他說是密碼鎖。

「密碼幾號？」

「0・0・9・6。」

「跟銀行密碼不一樣。」

「有誰規定都要一樣嗎？」

瞬間，桑原的拳頭打進黑岩的側腹部。黑岩呻吟，扭動身體。

「給你好臉色，你少不識抬舉！給我小心你的口氣！」

桑原撫摸拳頭。黑岩邊咳邊說：

「我、我知道了，不要動粗。」

「再繼續囂張啊？我可是宰了兩個人。」桑原說。「我現在打到事務所，你叫長原聽電話，說二宮跟桑原現在要過去，叫他帶我們去裡面的寄物室。」

「會，我會說。我要怎麼做？」

「你只要乖乖躺在這裡就好。」

桑原問了東洋信託銀行的印鑑和密碼。黑岩說跟其他銀行一樣。

「好，打電話。」

桑原滑動黑岩的手機，叫出「西山光彥事務所」。「聽好了，要是你敢多說一個字，我立刻宰了你。」

桑原點下通話鍵，把手機放到黑岩的耳朵旁邊。

「──喂？是我。叫長原聽電話。」等了一會兒，黑岩又開始說起來：「──二宮先生和桑原先生要過去那裡。對，等一下就過去。──你帶他們兩個去寄物室。──不，我晚點再解釋。──不，我沒辦法過去，我人在市內。──對，傍晚就去事務所。交給你了。」

黑岩說完，桑原拿開手機，關掉電源。

「什麼叫傍晚要去事務所？啊？不是叫你不許多話？」桑原嘖了一聲。「你到底明不明白？除非拿到東洋信託銀行的四千萬，否則你甭想脫身。」

「對不起，要是我說錯什麼，請原諒我。我只是想到而已。」黑岩嚇壞了。

「死老頭！」

「好，去北茨木。」

桑原拿起旁邊的布膠帶，撕下來貼住黑岩的嘴巴。蓋上毯子後，放下後車廂蓋。

「不愧是桑原兄。凡事一粒不漏。」

「要我教幾次？不是一粒不漏，是滴水不漏。你懂不懂日語啊？」

笑死人，滿口黑話的桑原，說別人不懂日語？二宮繞到駕駛座。

北茨木。二宮把皇冠停在西山事務所的停車場。儀表板上的時間顯示十二點十五分。也許有一些職員外出用餐了。

二宮跟在桑原後面進入事務所。戴口罩的長原一個人坐在右邊辦公桌。

「腫還沒消啊？」二宮說。

長原不理他，對桑原說：

「黑岩交代過了。這邊請。」

他起身帶桑原和二宮到裡面的寄物室。牆邊擺了十幾個寄物櫃。

「黑岩的是哪一個？」

桑原問，長原默默地走到最左邊的寄物櫃前。

「打開。」

「我沒辦法開。」

長原完全不看桑原，也許是怕他。

「0・0・9・6，輸入看看。」

長原轉動數字鎖後拉把手，櫃門打開了。

「你出去吧。」

桑原說，長原逃之夭夭地離開房間。

「喏，快找。」桑原吩咐二宮。

「我嗎？」

「做宵小不合我的性子。」

這傢伙搞什麼——？二宮心裡嘀咕著，翻找寄物櫃裡面。最上面的架子有個類似小型手提保險箱的金屬箱子，打開一看，證券公司寄來的一大疊信封底下，有一本銀行存摺。黑岩好像也有股票。

「有股票交易報告書之類的，怎麼辦？」

「你也知道吧？股票很麻煩，沒辦法立刻變現。」

即使今天賣掉，結算日也是這個星期五。而且還是匯進黑岩登記的戶頭，所以要拿到那筆錢，相當費事。

二宮打開存摺。

「餘額……我算一下，定存一千五百萬，活存兩千三百二十萬……總共三千八百二十萬。」

「不夠四千萬啊？」

「對我生氣幹嘛？跟其他銀行提出來的一千四百三十四萬加起來，是五千兩百五十四萬。」

「他媽的。好吧。」

桑原說，從二宮手上抽走存摺，收進外套口袋。

兩人關上寄物櫃回到事務所。沒看到長原，卻有四個凶神惡煞的傢伙分別坐在沙發和辦公桌上。是鳴友會的幹部田井，組員吉瀨和山根，還有麒林會的若頭室井。沒看到鳴友會那個叫當銘的組員，應該是被桑原用鋼筋打成了重傷。

「原來如此，是這麼一回事啊？」桑原說。「怎麼會猜到的？」

「這不重要。黑岩人在哪？」田井說。

「有馬。落葉山的寺院裡。」

「你做掉他了？」

「怎麼可能？我的小弟在看著他。」

「你還有小弟啊？」室井訕笑。「你已經不是二蝶的人了。」

「那又如何？被不幹黑道的我打成半殘的又是誰啊？」桑原看田井、吉瀨和山根。「麒林會的室井也在這，表示你們從一開始就串通好的是吧？」

「你從黑岩的寄物櫃拿了什麼？」室井接著問。

「不關你的事，滾邊去！」

「連黑道都不是的傢伙，口氣也敢這麼大？」

田井站了起來。吉瀨和山根也站起來。吉瀨打開折疊刀，山根將匕首拔出刀鞘。

「你們當這裡是哪了？這裡可是民代的事務所。」

桑原推二宮的肩膀。二宮往左，桑原往右移動。

「喂喂喂，你想做什麼？」田井說。「不怕我們在這裡宰了你？」

「想吃二十年牢飯就來啊？」

「把黑岩還來。把人交出來，我們就回去。」

「那真是太感激了，教人銘感五內啊。」

「打電話給小弟，叫他們把黑岩帶過來。帶到我們事務所。」室井說。

「你的事務所？早就忘記在哪了。」

「啊？少裝傻了，在島本町。」

「那棟寒酸的三樓屋子啊？連二蝶的一半大都沒有。」

「閉上你的狗嘴！」室井吼道。「傻笑個什麼勁？你以為我是什麼人？」

「麒林會的若頭啊。都五十好幾了，卻連個組長都混不上的窩囊廢若頭。」

「我宰了你！」

「那可有趣了，要讓民代事務所血流成河嗎？」

桑原緊盯著室井，慢慢地往前走。

這時山根行動了。他把匕首架在腰上靠近桑原，吉瀨也步步逼近。

桑原跳向左邊，吉瀨揮出匕首。桑原閃過，一腳踹向吉瀨的胯下，但吉瀨沒有倒下，繼續撲來。山根也衝了過來。桑原的拳頭擊中山根的鼻子，同時掄起桌上的電腦朝吉瀨砸去，反手抓住筆筒的原子筆，刺進山根的臉。原子筆插進臉頰折斷了。桑原一個翻身，滑過辦公桌，跳到另一頭。信匣和電話被掃到地上。

「還不快跑！」

聽到桑原的聲音，二宮回過神來，朝門口奔去。一隻腳伸來，二宮被絆倒，室井踢踹上來。雖然被踹中側腹部，但不太痛，二宮抱住室井的腳往上抬，爬起來往前衝，完全不曉得是怎麼離開事務所的。他打開皇冠車門，跳進去按啟動鈕，拉排檔桿倒車。沒有人追上來。後擋泥板撞到東西，二宮把車頭轉向另一邊，開出停車場。

車子行駛在公車路線上。桑原被幹掉了嗎……？

怎麼辦——？打電話給嶋田嗎？

桑原叫我快跑，所以我跑了。這話我對嶋田說得出口嗎——？

說不出口。我丟下桑原自己一個人落跑了。

二宮把車子靠左停下，待後方行車告一段落，將車子掉頭，開往西山事務所。

在公車路線右轉，開進單行道。他在西山事務所前面的電線桿後方看到桑原站在那裡。

二宮停車放下車窗。

「桑原兄！」他大喊，解除車鎖。

桑原打開車門，坐進副駕駛座。黑色長褲溼成一片。是血。

「你挨刀了嗎？」

「看就知道了吧？去內藤醫院。」

「你撐得住嗎？」內藤醫院在島之內，很遠。

「不能去急診醫院！」

桑原吼道，二宮把皇冠開了出去，來到公車路線。

「是誰刺的？山根還是吉瀨？」二宮問桑原。

「矮的那個。」

那就是吉瀨。吉瀨手上的刀子很短。

「我搶下挺子，」桑原說。「抵住室井那傢伙出來了。還若頭咧，嚇得渾身發抖。」

「挺子丟掉了嗎？」萬一沾上桑原的指紋就麻煩了。

「怎麼可能？」

桑原打開外套。腰帶上插著一把紅柄匕首。桑原的襯衫都是血。

「真的要去內藤醫院嗎？」二宮問。桑原的臉色有些發白。

「吵死了，一句話要我說幾遍？」

二宮鐵了心。不去急診醫院就不去。「不可以睡著喔。」

「二宮老弟，我看不見了。身體好冷。」

「桑原兄！」

「騙你的。」

這人搞笑個屁啊？二宮從公車路線往南行。

島之內。車子在一點十分抵達了內藤醫院。二宮把皇冠停到玄關前，一個人進去醫院。「初診嗎？」櫃台女子問，二宮說「我找醫生」，敲了敲診間的門打開。內藤正對著一名坐在圓椅子上的老伯問診。

「喂，你幹嘛？我見過你。」內藤說。

「我是二宮企畫的二宮。」二宮走進裡面。

「晚點再來。我正在看診。」

「有緊急傷患，請醫生看一下桑原兄。車子就停在外面。」

「我說你啊，凡事總有個先來後到吧？」

「桑原兄受傷了。」

「叫救護車。」

「醫生，求求你。」

二宮行禮。內藤應該是察覺事態嚴重，對病患說「我開處方箋給你」，並要他預約下次時間再回去。「謝謝醫生。」老伯說，離開診間。

「桑原怎麼了？」內藤問。

「肚子被捅了一刀，流了很多血。」二宮說衣服都染紅了。

「叫他從後門進來。門沒鎖。」

「後門在哪裡？」

「玄關左邊。沿著圍牆走，就可以看到門。」

「好。我帶桑原兄過來。」

二宮離開診間，回到停在玄關的車子。趁著無人經過時，扶下桑原，攙著他繞到後門。

二宮把桑原扶進診間。內藤看到桑原，面不改色地說：

「外套脫掉躺下來。仰躺。」

桑原在診療台躺下。二宮解開他的皮帶。灰襯衫被血染得一片鮮紅。

內藤坐在椅子上靠近桑原，用剪刀剪開襯衫，拉下長褲拉鍊，連內褲也剪開了。他用沾了消毒水的紗布擦拭腹部。桑原的傷口在肚臍左下。血不斷地滲出。

「怎麼刺的？」

「跟人幹架。」桑原說。

「廢話，我是問被什麼刺的？」

「刀子。」

「多長？」

「大概十公分吧。小型的折疊刀，不小心疏忽了。」

「你就那麼喜歡跟人幹架？」

「不喜歡，但遇到挑釁，當然要以牙還牙。」

「你幾歲了？」

「四十一。」

「也差不多該懂得分寸了吧？」

內藤在左手戴上矽膠手套。

「醫生，你要用手指插嗎？」

「對。」

「感覺很痛。」

「當然痛了。可別昏過去了。」

內藤將左手中指插進傷口。桑原呻吟起來。

「這不行，傷口到達腹腔了。」

「你怎麼知道？」

「你是多語症嗎？」

「呃，沒有……痛死我了。」

「就跟你警告過了。收到肚子挨刀的傷患時，醫生會立刻考慮兩件事：是不是傷到大動脈了？

腸子是不是受損了？如果大動脈破了，就算止血，血也會噴個不停，十分鐘到三十分鐘你就沒命了……如果是腸損傷，雖然不到超緊急，但還是得在當天動手術。」

「我的大動脈……」

「還能說那麼多話，你的大動脈沒事啦。」內藤說。「人的肚子是依照皮膚、脂肪層、肌層、腹膜、腹腔這樣的順序愈來愈深，腹腔裡頭就收著腸子。剛才我的指頭摸到你的腸子了。」

「醫生也是多語症嗎？」

「這要動手術。腸損傷得開刀才知道傷得如何。」

「醫生，我不能動手術。」

「這由不得你。你是醫生還是我是醫生？」

「如果無論如何都要動手術，請醫生執刀。」

「這裡沒有手術設備。」

「又要送去急診醫院了嗎？湊町的大橋醫院。」

桑原去年側腹部挨了刀，在大橋醫院動了手術。大橋醫院的外科部長是內藤的大學學弟，所以事後的處理似乎方便許多。

內藤推動椅子滾輪，拿起桌上的電話。

「——有轉診傷患。可以幫我叫個救護車嗎？——得動手術。送去大橋醫院。」

「我就猜到會變成這樣。」桑原說。「本來只是想請醫生稍微縫個幾針就好的。」

「不好意思啊，這麼小題大作的。」內藤放下話筒。

內藤用脫脂棉擦拭傷口，疊上紗布，進行壓迫止血。「診察費多少？」桑原問。「三萬。」內藤板著臉說。

17

等救護車的時候，二宮問桑原：「黑岩要怎麼處置？」

桑原叫二宮去東洋信託銀行提完錢，就放掉黑岩。

讓桑原上了救護車後，二宮開車前往御堂筋本町的東洋信託銀行大阪分行。他進入銀行，讓女行員看了存摺，說要提領全額，對方問：「定存也要解約嗎？」

「什麼意思？餘額應該有三千八百二十萬。」

「您說的應該是定存加上活存的總額。」

「對。」

二宮再看了一次存摺。綜合存款帳戶存摺的第一頁，「定期存款　擔保明細」的存款金額為「￥15，000，000」，接下來的「活期存款」的最後餘額是「￥23，200，000」。

「定存可以當場解約嗎？」

「可以，但是要填寫解約申請書，並確認是本人。」行員的臉上浮現猜疑的神色。「抱歉，您是黑岩先生本人嗎？」

「不是，我是他兒子。」

「很抱歉，解約要本人親自辦理。」

「我爸生病不能下床，如果有委任狀就可以嗎？」

「不行，必須要本人親自到場。」行員搖頭。

不能在這時候死纏爛打，否則有可能會被報警。只能放棄定存了。

「沒辦法，今天就先領活存好了。」

二宮說「我爸跟我說過密碼」。行員微微點頭。

二宮提著裝了兩千三百二十萬圓的紙袋走下地下停車場，打開皇冠的後車廂。黑岩一動也不動。

二宮抓起毯子，撕下捆綁黑岩手腕的膠布。腳上的膠布也撕下來。

「黑岩先生，解散了。」

二宮說，黑岩爬了起來。他憤憤地撕下嘴上的膠布，以佈滿血絲的眼睛瞪著二宮。

「駕駛座地板有把刀子，是鳴友會小混混的匕首，你處理掉吧。」

二宮把皇冠的鑰匙丟給黑岩，離開停車場。

從御堂筋往南走，打電話給悠紀。沒人接。應該在上課吧。二宮走到人行道旁，攔了計程車。

回到節夫的公寓，插進鑰匙進入房內。暖爐矮桌旁有一團鼓起的毯子。節夫在睡覺。

二宮不想吵醒節夫，走到廚房椅子坐下來叼菸，卻找不到打火機。是掉在西山事務所了嗎？他打開瓦斯爐點菸。

「你回來啦？」節夫的臉轉向這裡。

「抱歉，把你吵起來了？」

「從剛才就醒了。在考慮要不要去澡堂。」

「你今天不用當差嗎？」

「蹺班。說我去幫忙桑原兄。」

「這理由森山先生接受嗎？」

「怎麼可能？只有若頭知道。」

「桑原兄在西山事務所挨刀了。」

「什麼……？」

「不用擔心，他現在在湊町的大橋醫院。」

二宮省略錢的部分，說明昨天在落葉山道別後發生的事。節夫默默聽著。

「——應該是黑岩的女人向長原告的狀。『葛蘭波瓦』的媽媽桑。我們被鳴友會的田井、吉瀨、山根和麒林會的室井埋伏了。」

「可惡！如果我在，桑原大哥就不會受傷了。」

拳腳軟弱的節夫不甘心地說。有沒有你根本沒差吧？二宮想。

「木下呢？」

「回去嶋田組了。他的本職是若頭的保鑣。」

「他會隨身攜帶模型槍，是因為做保鑣的關係嗎？」

「我哪知？是他的興趣吧。」

節夫爬了起來，在二宮對面坐下，點燃香菸。二宮從冰箱拿出兩罐啤酒，一罐放到節夫前面。

「我可以問件事嗎？」

「什麼事？」節夫拉開拉環。

「你跟木下為什麼要幫桑原兄？他跟二蝶會已經沒關係了吧？」

「跟我們組是沒關係了，可是桑原大哥還是黑道，再怎麼樣都不是一般市民。」

「破門狀發布出去，除非過了三年，否則在警方眼中，一樣還是黑道對吧？」

「你知道得真清楚。」

「我在這圈子也待了很久嘛。」

「現在咱們組裡硝煙四起。」節夫喝了口啤酒。

「硝煙？」二宮也喝了一口。夠冰，爽。

「傳聞滿天飛，說什麼老大要不要退休的。」

「這件事我聽桑原說過。森山先生被推薦當地區長，可是他好像不想接。」

地區長每個月要上繳本家的會費數目非常大，據說是一般直系組長的一‧五倍。二宮也聽說，好像是四年前的案子，同一個地區的底層組員在火拼中開了槍，波及一名女路人，造成重傷，今年三月的一審判決中，被法院命令支付將近一億圓的精神慰撫金和賠償金。

「如果嶋田若頭繼承第三代組長，桑原大哥絕對會回來。從桑原大哥的個性來看，應該是不會當上二蝶會第三代若頭，但起碼也會是小弟頭或顧問。」

「原來如此，你的處世之道，就是像這樣預測未來的發展啊。」

「俗話不是說，『侍君如伴鬼』嗎？」

「是『侍君如伴虎』啦。」節夫的比喻很好笑。原來侍奉黑道也像是在侍君嗎？「如果桑原兄當上小弟頭，你就是桑原兄的保鑣了。」

「開什麼玩笑？當桑原大哥的保鑣，有幾條命都不夠死。」

「這一點我完全同意。」二宮點點頭。「可是桑原兄要回去組裡，需要一筆錢吧？」

「是啊，五百萬到一千萬。嶋田若頭也是，為了繼承組長大位，現在似乎正在四處籌錢。」

那筆錢就在這裡。紙袋就放在腳邊。如果讓節夫看到裡頭裝的一疊疊鈔票，他一定會驚訝到眼珠子蹦出來。

「我要去大橋醫院，給桑原大哥探病。」

「搞不好不能會面。」手術應該還沒結束。

「沒關係，我在病房等桑原大哥。」

「要通知木下嗎？」

「不用了。他是若頭的保鑣。」

從這裡可以看出節夫對木下的競爭意識。居然自己一個人去探病，討好桑原，還真是滑頭。

「可以開你的車去嗎？」

節夫說二宮的愛快羅密歐停在附近的投幣式停車場。

「我也一起去，反正還有事要向桑原兄報告。」

得把銀行提出來的兩千三百二十萬圓交給桑原，跟他討分紅。

「好，出門吧。」

節夫在法蘭絨襯衫外面套上羽絨外套。

湊町，大橋醫院。桑原還在手術中，不知道什麼時候結束。二宮到護理站詢問桑原預定要住院的病房後，留下節夫，下去大廳。

手機振動了。是悠紀。

「喂，是我。」

『小啟，怎麼了？你打給我對吧？』

「沒什麼啦，只是想聽聽妳的聲音。麻吉還好嗎？」

『很好。牠都跟在我媽後面，整個家裡到處飛。我媽完全被麻吉迷住了，成天說牠好可愛。』

「那當然了，世上再也找不到那麼聰明的鳥了。」

『可是牠有時候好像會叫「小啟在哪裡、小啟在哪裡」呢。』

好想念麻吉。好想聽牠叫「小啟」。想讓牠站在膝上摸摸牠的頭。

「悠紀，妳今天沒事嗎？」

『怎麼可能沒事？還有兩堂課呢。』

「我是說上完課後。晚上有空嗎？」

『嗯，七點以後沒事。』

「那我們去吃飯吧。哪家餐廳都行，法國菜、義大利菜還是懷石料理，妳想吃什麼就吃什麼。」

『真的喔？今天是吹了什麼風？』

「我現在口袋麥克麥克。」

『那樣的話，吃法國菜嗎……？不，吃河豚好了。』

「河豚鍋的話，當然要去法善寺的『如月』囉？」

這是一家大阪人都知道的老字號河豚鍋店。喝個五合河豚鰭酒，一個人大概要三萬圓。

「我不知道『如月』的電話，妳可以預約嗎？」

『好。七點多對吧？』

電話掛斷了。二宮在大廳椅子坐下來。

一名美女護士經過旁邊，二宮盯著她的背影。腰線很高，雙腿修長。如果穿上高跟鞋，應該可以在新地的俱樂部當上第一紅牌。

不，年輕的時候做小姐是不錯，但上了年紀的話，還是護士比較好。再怎麼說，護士都有執照，不怕往後沒頭路——

美腿牧野小姐現在在做什麼？這筆生意解決後，得打個電話給她。不過她還肯跟我約會嗎？那麼下次應該要看電影吧。在電影院牽她的小手——

二宮把紙袋抱在膝上，漫無邊際地胡思亂想，不知不覺間打起盹來了。

白色連身裙、白色絲襪、白色護士帽——一名濃妝豔抹的女人走了過來。咦，這不是牧野小姐嗎……？

牧野小姐在說話。二宮睜開眼睛，前面站著一個穿深藍色制服的警衛。

「這裡不是睡覺的地方。」

「啊，抱歉……」二宮直起上半身。「——最近的護士都不戴護士帽了嗎？」

「十年前就已經廢除了。」

警衛一臉訝異，像是在說：這人沒頭沒腦地說什麼？

二宮看手錶。六點半。

他急忙站起來。自己好像睡了快三小時。他提著紙袋衝向電梯間。

搭電梯上五樓，正想敲五〇八號室的時候，門從裡面打開，護士走了出來。

「這裡是桑原保彥先生的病房吧？」

二宮問，護士點點頭。二宮看病房裡面，但床是空的。

「手術還沒結束嗎？」

「剛才結束了。」護士說桑原很快就會被送過來。

「有意識嗎？」

「應該沒有。手術是全身麻醉。」

「他什麼時候會醒？」

「不確定。」

「腸子破掉了嗎？」

「我沒辦法回答，請你去問醫生。」

「醫生呢？」

「你是家屬嗎？」

「不，我是他朋友。」

「那請你透過護理站。」

「護理站喔……」

真麻煩。反正桑原一時半刻應該不會醒來，也不清楚能不能會面。

「有沒有一個穿黑色羽絨外套、長得像螳螂的男人過來？大平頭、門牙四十五度突出。」

「有。」護士憋著笑應道，回望走廊。「不過現在沒看到。」

節夫跑去哪裡了？去外面吃牛丼了嗎？

「不好意思，我會再來。」

二宮行了個禮，離開五〇八號室。折回電梯間的途中，探頭看了一下休息區，發現節夫正靠在椅背上睡得不省人事。嘴巴閉起來啦，牙齒都跑出來了。

二宮坐電梯下去大廳，離開大橋醫院。

法善寺。二宮在水掛不動明王像的地方被人拍了肩膀。回頭一看，悠紀正對著他笑。悠紀穿著羽絨連帽外套、刷破牛仔褲，肩上斜揹著像郵差包的皮包。

「小啟，你在做什麼？」

「我正要去『如月』。」

「真的嗎！我也正要去『如月』呢。」

「那真是太巧了。」

悠紀勾住二宮的手臂。一道電流竄過二宮的胯下。

「悠紀好美，每個人都在看妳。」

「真的嗎？早知道就穿裙子來。」

「不行不行，悠紀的美腿對眼睛太刺激了。」二宮故意走得很慢，好感受悠紀柔軟的手。「妳穿牛仔褲的時候都穿丁字褲嗎？」

「那當然了。線條會跑出來啊。」

丁字褲是黑色的。如果是半透明的就更好了。二宮的胯下又一陣顫動。

「小啟，你在想像對吧？」

「一點點。」

「你要看嗎？丁字褲的繩子。」

「好啊，我想看。」

「才不給你看。」

兩人一起進入店裡。悠紀說「我是渡邊，有預約」，服務生領兩人到二樓的包廂。

兩人點了河豚生魚片兩人份和全套河豚鍋，拿氽燙河豚皮當下酒菜，先喝生啤酒。

「小啟，那紙袋裡面裝了什麼？好像是很重要的東西？」

「哦，這個啊。要是搞丟，我可能就得上吊了。」二宮放下杯子。「妳想看？」

「真的。」

「這是妳跟我之間的小祕密喔。」

二宮把紙袋放到桌上，然後打開。悠紀探頭過來。

「咦！是錢？」

「兩千三百二十萬。鉅款。」

「小啟，去自首吧。」

「什麼？」

「你搶了銀行對吧？」

「說什麼傻話，這是我拿存摺跟印鑑提出來的錢。」

「反正八成又是那個瘟神叫你去做的吧？」

「猜對了。」

「我說真的，你得快點跟他撇清關係，否則遲早會被警察抓走。」

「這不是什麼虧心錢，是從比警察黑道更惡質的傢伙那裡沒收來的正當報酬。」

「難道是圍事賺來的錢？」

「圍事才賺不到兩千三百二十萬。」

「那到底是什麼錢？」

「議員的錢。西山光彥。」

「想看。」

「那不是民政黨的國會議員嗎？」悠紀吃了一塊河豚皮。「小啟，你想拿這筆錢吃河豚？」

「不是啦，這不是我的錢，是桑原從西山光彥的選區祕書，一個叫黑岩的貪腐政客那裡賺來的錢。我要從這裡面拿分紅。」

「多少？」

「不曉得呢……兩百萬或三百萬吧。要跟桑原商量。」

「小啟，你實在太清心寡欲了。對方是那個桑原耶？拿他個一千萬圓也不為過吧？」

「也不能這樣啊。桑原得把這裡面一半的錢交給嶋田先生，請嶋田先生收拾他先前搞出來的爛攤子。」

「嶋田先生是二蝶會的若頭對吧？」

「以前是我爸的小弟，現在也很照顧我。」

「原來小啟是《暴力團排除條例》裡面說的黑道密切相關人士。」

「妳要這麼說，我是不能否定啦。畢竟我是我爸的兒子。」

「那，我就是黑道密切相關人士的相關人士囉？」

悠紀滿不在乎地說。她這人該怎麼形容？膽大包天？無動於衷？凡事都淡然處之，不為所動。悠紀從國高中的時候就是這樣。想要當她的男朋友，除非是膽識過人，或是成天張著嘴巴呆望天空的無腦男，否則應該無法勝任。

「告訴我，你怎麼會帶著這筆錢？」

「經緯喔……很複雜耶。」

「沒關係。好像很有趣，我聽你吹噓你的大冒險。」

悠紀放下筷子，雙肘靠在桌上，交握雙手。

兩人除了河豚鍋，又加點了河豚魚膘，吃了鍋底煮成的什錦粥，喝了四合河豚鰭酒，然後才離開「如月」。平常的話，二宮早已醉得飄飄欲仙，這時卻一點醉意都沒有。他知道理由是什麼。紙袋裡的錢。居然敢帶著兩千三百二十萬圓的鉅款在鬧區閒晃，全大阪應該也只有二宮敢這麼狂。平常的話，他應該會去笠屋町的小酒館坐坐，再去舊新歌舞伎座後面的同志酒吧，但今天完全提不起那個興致。

「悠紀，妳可以陪我去個地方嗎？」

「去哪？」

「大橋醫院。我想把錢交給桑原。然後我們再慢慢喝。」

「好。你一定很忐忑不安吧。看你一點都沒醉。」

「不好意思啊。」

兩人走到千日前通，攔了計程車。

二宮和悠紀從急診入口進入醫院，走上五樓。節夫在休息區。

「噢，怎麼——」節夫抬頭，注意到悠紀。「這誰？」

「在我那裡打工的小姐。」二宮不說是表妹。

「打工？你的事務所？」

「你好。你一定是節夫先生。」悠紀頷首。「我叫渡邊，多謝你平日關照所長。」

「哪裡哪裡，我才是，我叫德永。」節夫站起來深深行禮，眼睛直瞪著悠紀，幾乎要把她看出洞來。「妳長得超漂亮的，是寶塚歌劇團的演員什麼的嗎？」

「不是，我的本行是舞者。」

「太厲害了。什麼舞？」

「芭蕾。有時候也會演出音樂劇。」

「太榮幸了。我第一次遇到真的芭蕾舞者。」

還芭蕾舞者咧，二宮忍不住要笑。他第一次看到這麼有禮貌的節夫。

「桑原兄呢？」二宮問節夫。

「在病房。」

節夫說意識清醒，到剛才都還在說話。

「手術怎麼樣？」

「說是腸子開了個小洞，一個地方而已。把洞縫起來，肚子裡面洗了一下。好像得住院五、六天觀察才行。」

真是打不死的蟑螂，怎麼不住院個一個月呢？

「好，我去看看他。悠紀，妳在這裡等我。」

二宮說，前往五〇八號室，敲門之後打開。桑原把床調高了一些，人醒著。

「這種時間來幹嘛？很晚了欸？」

「有很多事情要處理。」

「你的臉好紅。去喝酒了？」

「喝了啤酒。一罐而已。」

「我叫節夫打過電話給你。」

「我剛好關機了。」

「人家在醫院痛苦呻吟，你居然手機關機？」桑原嘖了一聲。「錢呢？」

「領好了。在這裡。」二宮把紙袋擺到桑原旁邊。「兩千三百二十萬。」

「等等，應該是三千八百二十萬吧？」

這傢伙明明才剛全身麻醉醒來，錢的數目卻是一個子兒都不差。二宮不禁佩服。

「不是的，那裡面有一千五百萬是定存，除非黑岩本人親自去辦理，否則沒辦法解約。」二宮說委任狀也不行。

「什麼？是你說餘額有三千八百二十萬的。」

「對不起，我以為定存跟活存都一樣……而且定存的事，不是也跟桑原兄說過嗎？」

「也夠了吧？一千四百三十萬加上兩千三百二十萬，總共也拿到三千七百五十萬了。」這下事情就結了。二宮想恢復和平的生活。

「你他媽的說什麼蠢話？黑岩說要付的是五千萬，少了整整一千兩百五十萬！」

「那筆錢桑原兄去提吧。把定存解約。」

二宮把東洋信託銀行的存摺和印鑑交給桑原。桑原打開存摺確定。

「黑岩那個混帳東西，我一定要追殺他到天涯海角。」

「黑岩那個王八蛋……」

「我要收手了。」

「隨你的便。」

「說好的錢可以給我了嗎？」

「什麼……？我跟你說好什麼東西？」

「你答應我拿到東洋信託銀行的錢，就會分給我。」

「我已經給你一百萬了。」

「那筆錢跟這筆錢不一樣。」

「你想要多少？啊？」

「三百二十萬。」

「聽不見，再給我說一次？」

「尾數的三百二十萬。」

「虧你說得出口。你真是貪到連鬼神都不放在眼裡了。」

「給我三百二十萬吧，求求桑原大哥了。」二宮行禮。反正行禮又不用錢。

「這筆生意，你有什麼貢獻？」

「很多啊。北茨木、島本町、白濱、有馬、箕面……各地跑透透，我替桑原兄開車去了黑幫事務所，還被黑道恐嚇，經歷了幾乎魂飛魄散的可怕遭遇。還冒充雜誌記者，把議員羽田泡在冰塊裡，貢獻真正是數也數不清。把渾身是血的桑原兄送去內藤醫院的也是我。」

「無聊小事你倒是記得很清楚。」

「桑原兄，我去年的年收只有二百六十五萬耶。」

「還沒學會說話，就先學會撒謊，說的就是你這種人。」

「求求桑原兄，分給我三百二十萬吧。」

「媽的！」桑原把手伸進紙袋，抓出一疊上了封條的紙鈔丟在被子上。「滾！看了就煩。」

一百萬啊。二宮並不失望。他覺得走運的話，或許可以拿到三百萬，但一百萬也沒什麼好嫌的了。他收下鈔票，揣進夾克口袋。

「多謝桑原兄。這下我就可以多活三個月了。」好歹還是謝一下。「桑原兄要怎麼跟警察說？」

「什麼？」

「醫生報警了吧？會有刑警來問案。」

「所以呢？肚子是我自己捅的。」

「切腹自殺嗎？」

「我還沒死。未遂。」

「警察會接受這種說法嗎？」

「有什麼接受不接受的？我被幫派破門，了無生趣，想要一了百了，誰敢說我撒謊？啊？你說話也經過一下大腦吧。」

這傢伙絕對不會吐實，西山事務所也會掩蓋黑道分子在事務所亂鬥的事。就像火焰瓶事件一樣。

「桑原兄要繼續追殺黑岩嗎？」

「廢話。賭上我這口氣，無論如何都要逮到他。」

「請適可而止吧。桑原兄已經沒有組織做靠山了。」

「居然淪落到要你擔心，真是世界末日了。」桑原轉向天花板，手往旁邊揮了揮。「我睏了。少在那裡煩人了，滾。」

「我不會再來探望了。」

所以你也別打電話來啊——二宮言外之意如此暗示，離開病房。

二宮回到休息區。悠紀和節夫正在聊天，桌上擺著罐裝咖啡。

「悠紀，走吧。」

「等一下。節夫先生說他想要上有氧健身。」

「我要上老師的課。」節夫說。

「難道你要去『棉花』當學生？」

節夫頭戴粉紅色頭帶，身穿水點短熱褲，混在女生之間高舉大腿……簡直是惡夢般的畫面。

「——走吧，悠紀，十點多了。」

「我也要走了。」節夫站了起來。

「桑原兄在找你。」

二宮對節夫說，帶著悠紀坐上電梯。

「悠紀，千萬不要，絕對不可以收節夫當學生。那傢伙綽號叫『廁所蟋蟀』，專靠偷拍賺錢。」

二宮說明「廁所蟋蟀」的由來，悠紀笑了。

「所以節夫有可能在『棉花』的更衣室裡偷裝針孔。萬一悠紀的裸體被燒成ＤＶＤ怎麼辦？雖然我一定會第一個買。」

「誰看到都好，就是不想被小啟看到。」

「什麼意思？」

「小啟是自家人啊。」
原來是這個理由？二宮不曉得向老天祈求過多少次，希望悠紀不是自己的表妹。
「節夫人是不錯，可是不行，他會降低『棉花』的格調。」
兩人走下大廳。舊歌舞伎座後面的同志酒吧，距離這裡走路只要五分鐘。

18

事務所的電話響了。二宮看看螢幕顯示。「公共電話」。這年頭誰還在用公共電話？
「喂，二宮企畫。」
『Hello, it's a beautiful day.』
是瘟神。二宮後悔接了電話。
「外面在下雨。」
『所以咧？』
「這是公共電話打來的吧？」
『誰叫你不接我的手機？』
「哪有？我總是來者不拒，去者不追。」

『這樣啊，原來你喜歡我啊。』

這傢伙白痴啊？神經病。

『去吃飯吧。滾出來。』

「很不巧，馬上就有客人要來了。」

『放屁，你那裡一年到頭都是開店養麻雀。』

「桑原兄出院了嗎？」

二宮轉移話題。

『上星期出院了。繃帶也拿掉了。得吃點好的，滋補一下身體。』

「桑原兄最不缺的就是營養和體力。桑原兄身手高強，足智多謀嘛。」

『奉承就不必了。滾出來。』

「真的有客人要來啦。拜。」

二宮放下話筒。他以為桑原還會再打來，結果沒有。他暫時放下心來，在沙發躺下。麻吉飛過來停在胸口。二宮摸摸牠的頭。

「麻吉，桑原居然用公共電話打來耶。他那顆空腦袋還真會想。」

『吃飯好了，吃飯好了！』麻吉叫道。

「你餓了嗎？」

二宮爬起來，把鳥籠上的飼料盤添滿麻籽。麻吉啄食起來。

「麻吉真可愛，簡直是降臨人世間的天使。」

二宮看著麻吉，坐在沙發上喝發泡酒。平靜無事的安穩日子又回來了。雖然沒有生意上門，但他手上有足夠他吃上半年的錢，也把積欠悠紀的打工錢付給她了。是不是該來買台新車？拿愛快羅密歐舊車換新好了。

打開電腦，連上中古車網站，瀏覽悠紀說很可愛的ＢＭＷ迷你和飛雅特５００。只要掏出五十萬圓，感覺就可以買台二手舊款。悠紀會喜歡什麼顏色？紅色還是黃色？水藍色也不錯——

敲門聲響起。麻吉叫道：『悠紀！』

「哪位？」二宮應聲。

『我。開門。』

「呃……」

『呃什麼呃？給我裝傻？』

不妙。剛才那通電話，原來是為了確定二宮人在事務所。

二宮無奈，站起來打開門鎖。桑原走了進來。他望向桌上的電腦，說：

「怎麼？你要買車？」

「只是看看。」

「那台黃色的是什麼？輕型車？」

「是飛雅特。」

「窮人買什麼進口車。」

桑原在沙發坐下，叫二宮拿啤酒來。

「桑原兄是開車來的吧？喝了啤酒就不能開車囉？」

「不是你要開嗎？」

「我已經喝了發泡酒了。」二宮指著桌上的空罐說。

「這傢伙怎麼這麼不機靈？不是說要去吃飯嗎？」

「自己一個人吃不就好了嗎？」這傢伙沒半個朋友。

「客人呢？」桑原憑靠在沙發背上蹺起二郎腿。

「客人？馬上就要來了。」

「真的吧？」

「我騙桑原兄做什麼？」

「如果沒有客人來，就表示你騙了我。你知道後果吧？」

「……」二宮語塞了。他垂下頭坐到辦公椅上。

「那架子是怎麼了？」桑原望向鐵架。「上次不是堆著紙箱？」

「收回去了。太擠了。」

架子上沒有「可麗普」的包裹紙箱。二宮解除和藤井朝美的合約，退還給她半個月的倉庫租金。藤井也許是從長原那裡聽說了事情經緯，乾脆地同意解約，搬回了紙箱。

「去吃飯吧。去美國村吃義大利麵。」二宮說。

「客人呢？」

「今天好像取消預約了。」

「這樣啊。」桑原賊笑。「罰你撒謊，請我去日航飯店吃牛排。」

「是是是，要吃什麼我都請客。」二宮穿上掛在椅子上的夾克。「走吧。」

「出發之前先討論一下。吃完牛排就去北茨木。」

「等一下，去北茨木做什麼？那件事應該已經完了啊？」

「二宮老弟，我還有錢沒有拿到。不是說要追殺黑岩到天涯海角嗎？」

「不好意思，這種工作，請桑原兄一個人處理吧。」

「你以為可以做到一半就拍屁股走人？你在東洋信託銀行只拿到了二千三百二十萬，一千五百萬的定存還沒有到手。」

「這太扯了吧……」

「一百萬。」

「什麼？」

「如果拿回剩下的一千五百萬，就分你一百萬。」

「我才不要。就算給我五百萬也不幹。我跟這件事已經無關了。」

「你想一個人假清高？甭想。」

「桑原兄，真的饒了我吧。」

「饒你個屁。你是我的buddy吧？」

「什麼巴弟？」

「搭檔啦。」桑原笑道。「責任不負，但錢照拿，你很敢嘛？」

這傢伙果然是黑道，一旦咬住就絕不鬆口。雖然被咬住的二宮也有部分算是自找的。

「怎麼樣？你是要去北茨木還是不去？」

「兩百萬。」

「什麼？」

「如果從黑岩那裡拿回一千五百萬，請給我兩百萬。」

「瞧你，露出貪得無厭的本性了是吧？……好吧，一百五十萬。」

「一千五百萬的一成嗎？」

「不能再多了。我是製作人，你是工作人員。」

「真的會給我一百五十萬吧？」

「是要我說幾遍？我才不像你這種大騙子。」

「好，我知道了，我幫忙就是。」既然逃不掉，就只有從中牟利了。嘴上說的不屑一顧，但一百五十萬圓可是一筆大錢。飛雅特500可以直接升級成賓士C級。「那，要怎麼逼黑岩吐錢？」

「先見到黑岩再說。」

「沒有計畫喔？」

「世上有什麼事情是照計畫來的？我們這麼出招，對方就這麼接招——要是事事都這麼稱心如意，還需要黑道嗎？」

「原來如此，總之就是走一步算一步，見拆招拆是吧？」

「二宮老弟，我有個信念。」

「信念……？」

「就是這個。」桑原舉起右拳。「貫徹無理，道理自然會閃邊去。」

二宮重新見識到桑原的本質了。那就是暴力。最重要的是，這傢伙比任何人都更有種。唯有這一點，要二宮認同也行。

「麻吉，小啟要出門囉，你乖乖看家喔。」

二宮對麻吉說，穿上外套。

兩人在日航飯店的牛排餐館吃了午餐，但帳單是桑原付的。BMW740i由桑原駕駛，兩人前往北茨木，在下午一點抵達西山事務所。

「你去叫黑岩出來。」

「我不覺得他會理我。」

「他不來，我就去。鳴友會的人總不會在這裡吧？」

「請千萬不要對黑岩動手啊。」

二宮下了車，進入事務所。長原不在。

「我叫二宮，請問黑岩先生在嗎？」

二宮問紅髮女職員，對方說黑岩不在。

「出去了嗎？」

「黑岩暫時休假。」

「休假？有薪假嗎？」

「不是，他身體不適，沒辦法來上班。」

「什麼時候開始請假的？」

「已經十天了吧。」

是他們強擄黑岩，去銀行提錢那時候。

「長原先生呢？」

「長原目前停職。」

「停職……到什麼時候？」

「我不清楚。」

「黑岩先生是在家休養嗎？」

「應該不是。打到他的住家和手機都沒人接。」

「這樣啊……」

「如果黑岩有連絡，我可以替你轉達，請問有什麼事？」

「不，也沒什麼重要的事。」二宮遞出名片。「如果黑岩先生有連絡，可以請妳打這個號碼嗎？我是二宮企畫的二宮……對了，西山議員在東京對吧？」

「是的，在東京事務所。」女職員說在千代田區。

「他什麼時候會回來這裡？」

「議員的行程我不清楚。」

不是不清楚，是不能告訴來路不明的傢伙。

「好的，謝謝。我會再來。」

二宮行禮離開事務所，坐上車子。

「黑岩好像跑路了。被鳴友會追殺。」

「躲去哪了？」桑原吐出煙來。

「如果是我，就去菲律賓避鋒頭。泰國的芭達雅海灘也不錯。」

「你觀光客啊？不管黑岩躲去哪，跟鳴友會的帳都不可能勾銷。」

「就像桑原兄，還追到北朝鮮去抓詐騙師呢。」

「不只是我，你不也去了？」

「那一次我真的以為要沒命了。」

「是我救了你的。」

「真是太感謝了。託桑原兄的福，我現在才能四肢健全，正常呼吸。」

還託福咧，因為這傢伙，我不曉得吃了多少苦——

「混帳，黑岩那王八蛋，我一定要他見識到他老子桑原的可怕。」

桑原放下車窗，丟出菸蒂，拉動排檔桿。

車子在國道一七一號往西行，來到箕面市小野原。桑原把BMW停在黑岩家前。車庫鐵捲門關著，看不出黑岩的皇冠是不是停在裡面。

「喏，你去。」

「怎麼都是我？」

「二宮老弟，我是野狼，你是小白兔。」

二宮無法理解小白兔是什麼比喻，不過還是下了車。從大門的縫裡窺看玄關前方，狗屋裡的狗汪汪大叫。是隻醜陋的法國鬥牛犬。

二宮按門鈴。『喂？』女人的聲音回應。二宮朝著對講機鏡頭行了個禮。

「您好，我是光誠學園大學總務課，敝姓田中。請問黑岩先生在嗎？」

『不好意思，黑岩不在家。』

「如果不妨，可以請教他去哪裡了嗎？」

『黑岩出國了。他陪西山議員去馬來西亞和新加坡訪問，然後預定要去印尼旅行。』

「黑岩先生會在印尼和西山議員分開行動嗎？」

『黑岩有個大學的朋友在雅加達。他說要請朋友帶他參觀婆羅浮屠遺跡。』

複雜得可疑。黑岩一定是偽裝陪西山出訪，藏身去了。

「那麼，黑岩先生什麼時候回來？」

『他說這個月就會回來，不過手機沒有帶去，不清楚確切時間。』

「好的，謝謝。」

二宮離開門鈴對講機，上了車子。

「我猜對了。黑岩跑去東南亞了。」

二宮報告打聽來的情報，桑原嗤之以鼻。

「什麼陪西山出訪，那是藉口。黑岩才不是一個人跑路，他帶著女人遠走高飛了。」

「我覺得不可能。『葛蘭波瓦』的媽媽桑不可能離開店裡那麼多天吧？」

「你對人性太不瞭解了。只要拿出一疊鈔票在臉上拍一拍，管它是印度還是非洲，有些女人就是會搖著尾巴跟去。」

「桑原兄也有這樣的女人嗎？」

「大阪有三個，京都有兩個，神戶有一個。」

「起碼介紹一個給我嘛。」

「你又沒鈔票。」

桑原掏出手機，搜尋「民意代表‧西山光彥」。「——我說號碼，你打過去。說你想向西山陳情，問他在哪裡，還有他是不是去了東南亞。」

二宮打開手機，撥打桑原說的號碼。

『西山光彥服務處您好。』

「啊，你好，我是田中建設的中村，在北茨木工商會議所受到西山議員照顧。」

『是，謝謝您對議員的支持。』

「其實我有件重要的事，想要跟西山議員商量。只要五分鐘就好，有沒有辦法安排我跟西山議員見個面？」

『中村先生有介紹信嗎？』

「當然有。我有民政黨大阪府議會的羽田勇議員給我的介紹信。」

『議員這星期每天五點以前都在議員會館，然後會到事務所這邊。議員本人或許沒辦法見您，不過可以安排祕書與您見面。』

「好的……對了，上星期西山議員有去東南亞訪問嗎？」

『不，議員今年沒有出國。』

「這樣啊。謝謝。」

二宮折起手機。

「騙人的，西山根本沒有出國訪問。」

「我就知道。」桑原拿起手機，滑動之後按下通話鍵。「——節夫嗎？是我。你盯著黑岩家——箕面的小野原，九丁目之十二。清水混凝土圍牆，平屋頂建築物。開車過來——什麼？噢，那也可以。」

黑岩似乎跑路了，但並不確定。因為還是有可能回家，所以桑原交代節夫如果黑岩現身就連絡他，掛了電話。

「節夫那傢伙，說他得幫忙山名，沒法過來。」

「山名？那不是嶋田先生的競爭對手嗎？森山先生組長大位的繼承人。」

「節夫這人是個八面光，同時對若頭和山名兩邊示好。」桑原說，節夫說他沒辦法盯著黑岩家，但會叫一個最近進出二蝶會、不屬於幫派的小混混去箕面盯著。「我付他日薪一萬。」

「監視二十四小時才一萬圓，滿廉價的嘛。」

「放屁。我當小混混的時候，哪有什麼日薪可拿？」桑原厭煩地說。「西山人在哪裡？」

「東京。西山五點過後會待在事務所，不過他好像完全沒有要會客的意思。」

「好，走吧。」

「走？走去哪？」

「東京。」桑原望向手錶。「現在兩點。坐兩點半的新幹線，五點就到東京車站了。」

「呃，我們現在要去日本的首都嗎？」

「坐商務艙。我請你。」

桑原解除手煞車。

五點十五分。桑原和二宮來到了東京車站。

「真的一眨眼就到了呢。新幹線好快。」

從新大阪車站出發，吃完車站便當後，二宮一下子就睡著了。中間經過了京都、名古屋、新橫濱，他全無印象。醒來的時候，人已經在東京了。

「你吃完東西都不刷牙就睡覺的嗎？」

「我從小就沒這種習慣呢。膽子雖然小，牙齒倒是很強壯。」

「所謂『腦袋像蒟蒻、屁眼鐵罐洞』（註30），指的就是你這種人吧。」

兩人從丸之內出口搭乘計程車，前往平河町。大阪下著毛毛雨，但東京沒有下雨。天氣都是從西邊開始變化，所以今晚左右應該就會下雨吧。二宮穿著格紋法蘭絨襯衫，繫上向桑原借來的針織領帶，扣上外套鈕釦。

平河町。兩人在砂防會館前下了計程車，四下環顧。西山光彥東京事務所所在的「新平河聯合大樓」位在砂防會館斜對面。

「聽著，進入事務所後，絕對不許提到『二蝶』半個字。你是二宮企畫的所長，我是顧問，懂了沒？」

「羽田的介紹信呢？」

「在這裡。」

桑原按住切斯特菲爾德大衣的胸口。裡面裝著桑原用新大阪車站買來的信箋寫下的介紹信。桑原意外地字跡秀麗，文筆也有模有樣。黑道是他的天性，但搞不好也很適合去搞詐騙。

兩人進入新平河聯合大樓。「西山光彥政治經濟服務處」在六樓。

搭電梯上六樓，敲了敲事務所的門，待回應後進入裡面。頗為寬敞的空間裡，有五張辦公桌，一組會客沙發，牆邊並排著檔案櫃。有一名黑西裝男子和一名灰色開襟衫女子。

「我是二宮企畫的所長二宮，請問西山議員在嗎？」二宮行禮問。

「請問有什麼事？」男子說。

「關於北茨木的公共工程，有些事想拜託議員。」

二宮從桑原那裡接過信封，出示給男子。男子起身走到這裡來。頭髮理得很短，耳朵變形像餃子，應該是練過柔道或摔角。

「陳情的話，可以找選區事務所……」

註30：原句「あたりき車力、尻の穴ブリキ」是形容「理所當然」的俗俚說法，主要是取「あたり」（「理所當然」的江戶說法）的各種諧音湊成一句俏皮話。桑原把這句話又改編過。

「是府議會的羽田議員建議我們到這裡來求助的，羽田議員沒有連絡你們嗎？」舌頭都快打結了。連自己都覺得措辭有禮過頭了。

「不好意思，我沒有聽說。」

「這是介紹信。」

二宮從信封取出信箋，和名片一起交給男子。男子打開信箋瀏覽。

「的確是羽田議員的介紹信，但西山議員不見生客。」

「請務必通融一下。西山議員在吧？」

二宮指向裡面的門。男子也瞥了那裡一眼。

「難得兩位來到這裡，真的很抱歉。有什麼問題可以告訴我，我再轉達議員。」

「我們是來商量黑岩先生的副業的。」桑原開口說。「大津醫大、鳴友會、自由黨的蟹浦議員……包括北茨木的西山事務所遭人投擲火焰瓶的事件，能夠解決這一連串錯綜複雜問題的，就只有西山議員了……沒錯，我們是受到黑岩先生的委託，說起來也算是西山議員的人。這些事，可以替我們轉達議員嗎？」

桑原雙手扶膝深深行禮。男子似乎不知所措起來：

「我剛才也說過，議員……」

「火焰瓶事件會公諸於世，這樣也無所謂嗎？」桑原打斷說。

「好吧。請稍候，我去轉達議員。」

男子轉身，敲了敲裡面的門進去。

「那個人是祕書嗎？」

桑原問女人。女人微微點頭。

「妳也是祕書？」

「我不是，我是職員。」

「這樣一個大美女居然是政治家事務所的職員，真不愧是東京。」

奉承討好不用錢，桑原的讚美，讓女人露出微笑。

「妳應該去當電視主播。如果我是製作人，一定第一個挖角妳。」

「妳一定待過藝人事務所吧？當過賽車女郎之類的。」

二宮也附和說。女人默默搖頭。雖然不到賽車女郎等級，但年輕的時候應該頗可愛。

這時裡面的門打開，男子回來了。

「議員說要見兩位。」

「太好了。」桑原脫下大衣。

「這邊請。」

男子領兩人前往其他房間。

木板天花板、灰泥牆面和橡木腰板，地面鋪著威爾頓地毯，和腰板一樣是橡木的辦公桌另一頭，坐著一名矮小的男子。髮型是和桑原類似的油頭，戴著無框眼鏡，嘴唇異樣厚實，兩腮突出。

二宮恍然為什麼知子會把他形容為「鮟鱇魚」了。

「我聽說了。請坐。」

西山拿著二宮的名片走過來。桑原和二宮在沙發坐下。西山也坐下來，祕書站在旁邊。

「哪位是二宮先生？」

「我是。」二宮行禮。

「敝姓桑原。」桑原也行禮。「名片不巧用完了，我是二宮企畫的顧問。」

「那麼，你們來找我有什麼事？」

「很抱歉，這件事很複雜……」桑原看祕書。

「他沒關係，他是觀察員。」西山說。

他才不是什麼觀察員，是西山的保鑣。二宮明白為什麼男子會有柔道耳了。

「那麼我就直說了。」桑原轉向西山。「去年十一月，北茨木的事務所被人投擲火焰瓶對吧？」

「噢？出過這種事？」

「黑岩先生沒有向議員報告嗎？」

「我沒有聽說。」西山裝傻。

「既然議員不知情，那麼我說明一下好了。」

桑原上身往前探，打開兩腿，雙手垂在雙腿之間。

「這件事，肇因於光誠學園集團併吞大津醫大的計畫。」

「大津醫大……」

「大津醫大的理事長諸岡時雄投資股票失利，使得大津醫大的經營資金出現數十億圓的缺口。諸岡求助於議員，渡過倒閉的危機，但議員的目標是吸收大津醫大，將之收編為光誠學園大學醫學部。因此議員指示黑岩把諸岡弄走。黑岩指使《近畿新聞》的羽田勇寫下諸岡的情婦及背信侵占醜聞，脅迫諸岡，但諸岡抵死不從。因此黑岩便派出攝津的鳴友會。」

「黑岩不可能背地裡搞這些。他是個老實人，我最瞭解他了。」

「黑岩向鳴友會保證，成功併吞大津醫大之後，會支付三千萬圓的成功酬金……這麼一大筆錢，沒有議員的同意，是不可能拿得出來的。」

「我沒聽說過這樣的事。你說的話，一點真實性都沒有。」

「以結果來說，黑岩跟鳴友會槓上了。黑岩想要搞定鳴友會，但如果說出他是為了光誠學園大與大津醫大的利益問題而和鳴友會起糾紛，媒體會爭相報導這起民代西山光彥的醜聞，所以黑岩不願意讓這件事曝光。黑岩指使三島的麒林會對事務所投擲火焰瓶，試圖掩蓋起糾紛的對象……這樣的構圖，議員你應該很清楚。黑岩透過委託二宮企畫解決與麒林會的問題，一方面偽裝成這是為了買票後謝而起的過節，同時藉此來搞定麒林會背後的鳴友會。」

西山默默地聆聽桑原的分析。他的表情毫無變化。

「我不認為黑岩逐一將每一個細節都報告給議員了……不過議員，選區首席祕書捅出來的簍子，你可沒辦法撇清關係，宣稱自己毫無責任。」

「所以，你們想要我怎麼做？」

「沒什麼，只是希望議員發動指揮權而已。」

「什麼指揮權……？」

「請叫黑岩把這份定存解約，將餘額支付給我。」桑原掏出東洋信託銀行的存摺和黑岩的印鑑，打開存摺給西山看。「這不是我從黑岩那裡搶來的，而是黑岩同意交給我的。但黑岩沒有履行他的保證，就這樣失蹤了。」

「我聽說黑岩正在休假？」

「議員說這話是認真的嗎？」

「哪有什麼認真不認真的？黑岩的確請假了。」

「這份存摺的錢和西山事務所無關，是黑岩個人的錢。不管黑岩有沒有付我這筆錢，都不會給議員添麻煩。」

「黑岩長年擔任我的祕書，為我鞠躬盡瘁，我不能虧待他。」

「議員，請你仔細考慮。如果你包庇黑岩，那麼火焰瓶事件、大津醫大的利益糾葛、與麒林會和鳴友會的糾紛、羽田寫下的諸岡的醜聞報導，一切都會攤開在陽光底下——附上各大報的深入追蹤報導。」桑原抬起頭來。「我說議員，別看我這樣，我也是民政黨的支持者。我可不想看到醜聞纏身的議員向大阪地檢報到的畫面。」

「桑原先生，你是黑道？」

「類似。」

「你這是在恐嚇我，對吧？」

「議員，這話未免太難聽了。我只是來拜託議員發動指揮權，好將黑岩答應的這筆帳結清。」

「好吧，我可以替你說話。不過我連絡不上黑岩。」

「既然如此，可以請議員打通電話給自由黨的蟹浦嗎？」

「打給蟹浦？為什麼？」

「蟹浦是黑岩的協商夥伴，和麒林會的若頭室井也是莫逆之交。我想要懲治一下與黑岩勾結、四處謀利的蟹浦。」

「你這個黑道，要去懲治府議會議員蟹浦？這太有趣了。」西山傲慢地笑。「所以說，你要我跟他說什麼？」

「只要說二宮企畫的二宮要求追加採訪，叫他跟我們見面就行了。其餘什麼都不必說。」

「追加採訪……？」

「之前我們去過蟹浦的事務所，為雜誌《建築界》做採訪。」

「你要拿雜誌的報導恐嚇蟹浦嗎？」

「怎麼可能？我只是認為蟹浦應該知道黑岩在哪裡。」

「我不懂你在說什麼。到底哪些話是真的？」

「從一到十，全無虛言。只不過裹上了一點麵衣而已。」

「好吧，我就打電話。」

西山回頭，吩咐保鑣兼祕書：「打到蟹浦事務所。」

兩人搭電梯下去大廳。桑原吸了口菸：

「真是個垃圾。黑岩望塵莫及的人渣。日本要完蛋了。」

「他打算把所有的髒事都推到黑岩頭上，置身事外呢。」

「議員這種敗類就是這樣。『我不知情，全都是祕書做的。』」

「那傢伙很乾脆地打電話給蟹浦了。」

「蟹浦把持北茨木選區，是西山的眼中釘。西山從平日就看他不順眼吧。」

「可是蟹浦是地方議員，西山是國會議員，比他大不是嗎？」

「蟹浦是府議會的老大，才不把西山放在眼裡。」

「你為什麼叫蟹浦不放在眼裡的西山打電話給他？」

「當然是要給那頭死狐狸蟹浦來個天誅。」

「天誅？用『示現流（註31）』砍他嗎？」

「示現流你個頭，就不會說點更風趣的嗎？我是要趁著黑岩跑路，把蟹浦抓來嚴刑拷打一頓。」桑原說，叫西山打電話給蟹浦，是為了讓蟹浦知道桑原和二宮已經見過西山，桑原掌握了一切內幕，並且已經和西山對質過。「西山跟蟹浦都是黑岩的靠山。靠山替黑岩擦屁股，不是天經地義的事嗎？」

桑原的說法不可理喻，卻又多少說得通。這是黑道的道理。

「好，懂了就回去大阪吧。」

「請等一下，既然都來到東京了，不吃個握壽司還是天婦羅再走嗎？」

「二宮老弟，那樣也不錯呢。」

「咱們去銀座坐坐吧。」

吃完飯後，就上銀座的俱樂部。去赤坂還是六本木也行。在有二十名閃亮亮小姐陪酒的高級俱樂部喝光香檳王，打烊後帶回家。二宮口袋裡有足夠的飯店錢。

剛好一輛空計程車開過來，兩人攔車坐上去，桑原開口：「去東京車站。」

19

註31：示現流是江戶時代薩摩（鹿兒島縣）地方流傳的劍術流派。在各種文藝創作的描寫中，幕末時期來自薩摩藩的武士進行暗殺行動時，會高喊：「天誅！」故有此種聯想。

九點半，兩人回到新大阪車站前的停車場。雨停了。

「喏，開車。」

桑原把鑰匙丟過來。兩人坐上ＢＭＷ。

「麻吉在等我，我要去我的事務所，然後桑原兄請自己回家吧。」

「那太寂寞了。跟你在一起那麼歡樂。」

「真是不好意思喔。我也很快樂，可是還是需要獨處的時間。我得洗澡、刮鬍子、洗衣服、買東西，還要照顧麻吉。」

「你不是叫我給你錢？」

「對啊，一百五十萬。」

「那還不盡你的本分？」

「我累死了。蜻蜓點水似地來回東京，連握壽司跟天婦羅都沒吃到。」

二宮發動車子，打開車頭燈。

「去島本。從新御堂筋往北。」

「該不會要去蟹浦那裡吧？」

「不是教過你了？凡事就要一鼓作氣。愣頭愣腦閒晃的人，就會輸給一直線衝刺的人。」

「明天再去就好了嘛。桑原兄破掉的腸子也得換個繃帶吧？」

「早跟你說繃帶已經拿掉了。」

「ＯＫ繃呢？」

「二宮老弟，少在那裡囉哩八嗦，還不快點從新御堂筋北上？」

桑原的聲音變低沉了。他靠坐在椅背上，閉上眼睛。二宮乖乖地把車子開向新御堂筋。

桑原在國道一七一號線旁的超商買了一瓶啤酒，請店員開瓶後回到車上，將破毛巾塞進瓶口。

「那是火焰瓶嗎？」

「怕嗎？」

「怕死了。」

抵達島本町小谷的蟹浦文夫事務所了。四層樓建築物的二、三樓亮著燈。二宮把ＢＭＷ停在前方車道上。

桑原下了車。二宮也下車，按下對講機按鈕。

『喂？』

男人的聲音。是蟹浦嗎？

「抱歉夜裡打擾。我是二宮企畫的二宮，前些日子來採訪過議員。」

『噢，《建築界》的……今天西山議員打過電話來。』

「我們去找了西山議員。」

二宮和桑原當面聽到西山講電話，西山並沒有多嘴。

『是要追加採訪嗎？』

「這也是目的之一。稿子已經完成了，我帶來請議員過目。」

『好，我下去事務所。』

對講機關掉了。一樓亮起燈來。正門打開，蟹浦站在裡面。

「請進。」

「打擾了。」

二宮率先入內，桑原跟在後面。蟹浦勸坐，兩人在沙發坐下。

「你們的工作也真辛苦。採訪、寫稿，如果內容不夠，又要再採訪，還得一一查證。沒日沒夜的，一定很忙吧？」

蟹浦心情愉悅地說。脖子很紅，可能剛喝過燒酎之類的。

「有些地方採訪得不夠周詳，所以我們想要更進一步請教議員。」桑原說。「——去年十月的大阪府議會議員北茨木市選區的補選中，蟹浦議員答應說要支持桝井義晴。然而你卻與西山事務所的黑岩串通，為了讓新人羽田勇當選而暗中活動。這事麒林會的若頭室井也有一份。沒錯，你們就是在新地的『葛蘭波瓦』協商的，對吧？……你和黑岩拿了桝井和羽田兩個人的錢瓜分。選舉這回事，對你來說就是賺錢的門路。黑道掙錢得賭上性命，但是議員只需要動動你的如簧巧舌，連詐騙分子都要甘拜下風呢……我說蟹浦議員啊，桝井和羽田，你腳踏他們兩條船，總共拿了多少錢？」

「你在胡說什麼？血口噴人！簡直胡說八道。」蟹浦的臉一眨眼就漲紅了。

「大津醫大的倒閉騷動、與鳴友會的糾紛，這些你都聽黑岩說過了吧？」桑原把黑岩的存摺和印鑑放到桌上。「這裡有一千五百萬的定存。是黑岩的錢。你和我折半吧。」

「少在那裡胡言亂語了！」蟹浦嚷嚷說。

「黑岩跑路了。鳴友會在追殺他。他把存摺交給我，但我沒辦法解約……沒錯，這是黑岩開出來的一千五百萬支票。你是他的詐騙搭檔，你得負責兌現。」

「你小子，到底是什麼人？」

「那是什麼口氣？你老子是你隨便叫的嗎？叫桑原大哥！」桑原半帶嘆息地又說：「我是二蝶會二代若頭輔佐，桑原保彥。去年遭到破門，現在是一般市民。」

「被黑道裁員的傢伙，跑來恐嚇府議會議員？我在府警跟轄區警署都有朋友，大阪地檢也是。」

「那真是太好了。不愧是府議會的頭頭。」

「我要報警了。」

「好啊，快叫署長來啊。」桑原從大衣底下取出火焰瓶。「看是警車會來，還是消防車會來，隨你選一個。」

蟹浦看到火焰瓶，整個人膽怯了。桑原右手高舉卡地亞打火機。

「可別小看人了，我會把這裡變成一片火海。」

「住手，不要這樣！」

「啊？怎樣？你到底要不要兌現支票？」

桑原點燃卡地亞，湊近火焰瓶。

「桑原兄，別衝動，縱火是重罪啊！」二宮制止說，然後看蟹浦。「西山知道一切。如果驚動警方，西山會傾全力毀掉你，你跟黑岩都要完蛋。」

蟹浦默默無語地注視著火焰瓶。

「蟹浦先生。」

「好吧……」蟹浦喃喃說。

「很好，很懂事。」桑原闔上卡地亞的蓋子。

蟹浦拿起存摺，翻開來確定存金額。

「一半就好了是吧？」

「七百五十萬。你也可以賺上一筆。」桑原笑也不笑地說。「明天匯進我的戶頭。大同銀行守口分行。」

二宮在名片寫上桑原說的帳戶號碼，遞給蟹浦。

「我會在明天三點前去銀行。如果到時候沒收到匯款，這家事務所就等著燒成灰吧。可不會像西山事務所那樣，只是虛驚一場。」

「我會履行諾言。」蟹浦嘖了一聲。「你們回去吧。」

「用不著你說，我們也要走了。」

桑原拿起火焰瓶站起來，從外套口袋掏出信封，丟到桌上。

「這是什麼……？」蟹浦問。

「USB裡有照片。與和歌山縣議員聯盟舉辦懇親會的晚上，羽田叫了小姐到白濱的飯店。他說要用五十萬買下這張照片。羽田的嘴巴根本不牢靠，他把你跟黑岩的骯髒事全抖出來了……那個USB，是七百五十萬以外附贈給你的。你跟羽田鬧翻的時候，可以用這個幹掉他。」

桑原說，轉過身去。

兩人上了BMW。桑原把火焰瓶丟到腳下笑了：

「真該頒給你一座奧斯卡泥像獎。」

「什麼意思？」

「桑原大哥，別衝動，縱火是重罪啊！……你的演技爛透了。」

「誰叫桑原兄對著根本不會著火的火焰瓶點打火機嘛？」

「所以咧？」

「記得給我一百五十萬喔，錢匯進來的話。」

「沒聽見。」

「你不是答應要給我一百五十萬的嗎？」

「喂，你少隨便亂喊價。七百五十萬的一成是多少？七十五萬吧？」

「原來如此，的確是。」一百五十萬果然還是太奢求了。「明天我也一起去大同銀行。」

「你就是這副死德行。說到錢，衝得比誰都快。」

「二宮企畫全靠桑原兄支持。」這是二宮的肺腑之言——感覺上。「——不過，原來那張照片桑原兄還留著啊。」

「那可值五十萬圓，哪捨得丟？本來想交給節夫，不過他沒有恐嚇的才能，所以決定送給蟹浦好了。」

「既然這樣，幹嘛不給我呢？」

「你是個窮鬼，為了五十萬，不曉得會幹出什麼蠢事來。我可不想受牽連。」

不愧是瘟神，很瞭解我嘛——

「應付那些敗類老頭，肚子都餓了。去吃飯。」

「去新地吃壽司嗎？」

「好啊，多謝招待。」

「那吃旋轉壽司。」

吃完壽司，去「葛蘭波瓦」喝酒。簽黑岩的帳。

車子從國道一七一號開進新御堂筋。心情說不出地雀躍。蟹浦應該會匯七百五十萬進來。畢竟都給他一千五百萬圓的存摺、印鑑和USB了。

記得「葛蘭波瓦」有個叫露娜的小姐。短髮，渾圓大眼，長得很可愛。酒店打烊之後帶她回去吧。就去麗茲卡爾頓酒店還是威士汀酒店好了。

20

二月底。木下忽然來訪事務所。他說是嶋田派他來的。二宮請木下坐沙發，拿了罐發泡酒放到桌上招待。

『悠紀，喜歡喜歡喜歡！』麻吉飛過來，停在木下頭上。

「嚇我一跳，原來你養鳥？」木下沒有動，眼珠子轉上去看麻吉。

「玄鳳鸚鵡。整天都在這裡玩。」

『你是誰？你是誰？』麻吉叫著。

「會說話啊？」

「牠很聰明，教牠就會學起來。」可能是音質的關係，悠紀教的話，麻吉兩三下就記住了，但牠不太常說二宮教的話。「牠還會唱〈倫敦橋要倒了〉、〈瑪莉有隻小綿羊〉、〈王老先生有塊地〉。」

王老先生有塊地，咿呀咿呀喲~二宮唱了一段，但麻吉沒反應。牠抬起一腳，張開翅膀開始整理羽毛。

「牠可能會在你頭上拉屎喔。」

「真的嗎？」木下沒有厭惡的樣子。

「那，你說是嶋田先生派你來的？」

「森山組長要退休了，若頭繼承第三代組長。」

「真的喔？太恭喜了。」

「二宮先生不是道上的，不好送繼承典禮的請柬給你，所以我過來通知一聲。若頭轉告，不需要紅包，也謝絕送花。」

「很像嶋田先生的作風，這麼關照我。」二宮打算二蝶會改朝換代，事情告一段落後，帶著香檳王之類的好酒去向嶋田致意。「嶋田先生開銷應該很大吧？」

「我是不太清楚，但嶋田組的保險箱好像都空了。」

「那是一定的。」

黑道能往上爬，靠的不是道義人情，而是過去建立的人脈和灑出去的銀子。嶋田很有人望，對金錢不執著，但似乎還是存了一筆資金，以備關鍵時刻之需。

「桑原兄怎麼樣了？」

「他會回到組裡吧。畢竟他可是若頭成功繼位的大功臣。」

木下說，包括與鳴友會的和解金在內，桑原似乎拱手送上了超過一千萬圓的鉅款。

「原來如此，這也是他的處世之道啊。」

看來桑原也是思考過錢要怎麼花的。

「嘴上說什麼才不回去，但桑原大哥是沒辦法離開幫派生存的。」

「這我再同意不過。他不管去到哪裡，永遠都是黑道的一份子。不過我覺得蠻牛到他那種地步，就算少了幫派的名號撐腰，照樣可以混得很好。」

「主要還是回敬吧。不只是嗚友會，桑原大哥過去痛宰過好幾個黑道。如果害怕回敬，實在沒辦法在北區或南區大搖大擺地行走。」

黑道靠的就是代紋。光是性子夠火爆，是沒法掙大錢的，木下說。

這麼說來，桑原對嶋田說過，他常覺得後頸發涼。他能像那樣四處幹架，也是因為有二蝶會這個後盾。

「可是桑原大哥能回來，我真的很開心。」

再也沒有比桑原大哥更像黑道的黑道了，木下說。

「繼承典禮是什麼時候？」

「三月四日。」

「什麼？那天我生日耶。」

「幾歲生日？」

「四十。」

「老大不小了呢。」

什麼意思？

「你呢？」

「二十七。」

「好年輕。」

二十七。就是二十七歲的時候，二宮搞垮了從父親手中繼承的建設公司。五名員工各奔東西，然後二宮開始幹起這一行，也已經過了十二個年頭了。

「都說企業的壽命是三十年，不過二宮企畫感覺撐不了那麼久。」二宮環顧事務所。「這真是教人一籌莫展。」

「黑道也是一樣，遲早要走上滅絕一途。」

「你我都是夕陽產業的一分子啊。」

「不過也不曉得其他的謀生方式了。」

「沒法洗心革面，也捧不了別碗飯是嗎？」

兩人對望，露出賊笑。麻吉飛過來停在二宮頭上，發出「噗」的一聲。

「牠大便了。」

「牠常這樣。我的頭就像牠的馬桶。」

最近頭髮愈掉愈多。搞不好會一口氣禿光。

木下望向貼在窗邊牆上的海報。上面的字樣是：「☆冒牌天使春季公演　妖精王國」。

「那張海報是什麼？」

「噢，那個喔，音樂劇啦。」

「這種鬼地方怎麼會貼什麼音樂劇海報？」

「我認識的女生要演出。」不好意思喔，貼在這種鬼地方。

「那個叫悠紀的小姐嗎？」

「要演出的是悠紀的朋友……等一下，你怎麼會知道悠紀？」

「我聽節夫說的。他說二宮先生跟一個漂亮到爆的女生搞在一起。她是跳芭蕾舞的對吧？其實我是來看那個小姐的。」

「不好意思，悠紀今天休假。」

「那太可惜了。」木下收回視線。「二宮先生也等到桃花了呢。」

「欸，我得聲明，我一年到頭都是桃花盛開的。」

二宮很想跟木下說，他今天要跟牧野瑠美約會。他預約了東清水町的「雪莫」七點。

「我要回去了。」

木下喝光發泡酒，站了起來。

「你有個妹妹對吧？做美髮師的。」

「對啊，身高一百六，體重七十五。」

「下次要不要三個人一起去喝個酒？」

我妹不喝酒——木下說完，離開了事務所。

「麻吉，瘟神要回歸黑幫了耶。」二宮憑靠在沙發上。

『那當然了，那當然了！』麻吉叫著。

參考文獻

《國會議員與金錢》（国会議員とカネ）　朝倉秀雄　著／寶島社新書

〈あこがれの北新地〉
歌曲：AKOGARENO KITASHINCHI
作者：UEDA, MASAKI
OP：NICHION INC.
SP：WARNER/CHAPPELL MUSIC TAIWAN LTD.

〈いつでも夢を〉
歌曲：ITSUDEMO YUMEO
作者：詞/佐伯孝夫、曲/吉田正
OP：VICTOR MUSIC ARTS INC
SP：EMI MUSIC PUBLISHING (S.E.ASIA) LTD.,TAIWAN

〈王老先生有塊地〉
歌曲：王老先生有塊地
作者：詞/王毓騵、曲/美國民歌
OP：台北音樂教育學會
SP：常夏音樂經紀有限公司

國家圖書館出版品預行編目資料

喧嘩 / 黑川博行作 ; 王華懋譯 . -- 初版 . --
臺北市 : 臺灣角川 , 2018.04
面 ; 公分 . -- (文學放映所 ; 105)

譯自 : 喧嘩
ISBN 978-957-564-156-6(平裝)

861.57 107002708

喧嘩

原書名＊喧嘩

作　　者＊黑川博行
封面繪圖＊黑川雅子
譯　　者＊王華懋

2018年4月2日　一版第1刷發行

發 行 人＊成田聖
總　　監＊黃珮君
總 編 輯＊呂慧君
主　　編＊李維莉
設計指導＊陳晞叡
印　　務＊李明修（主任）、黎宇凡、潘尚琪

台灣角川

發 行 所＊台灣角川股份有限公司
地　　址＊105 台北市光復北路11巷44號5樓
電　　話＊(02)2747-2433
傳　　真＊(02)2747-2558
網　　址＊http://www.kadokawa.com.tw
劃撥帳戶＊台灣角川股份有限公司
劃撥帳號＊19487412
法律顧問＊寰瀛法律事務所
製　　版＊尚騰印刷事業有限公司
I S B N ＊978-957-564-156-6

香港代理＊香港角川有限公司
地　　址＊香港新界葵涌興芳路223號新都會廣場第2座17樓1701-02A室
電　　話＊(852)3653-2888